ハーレクイン文庫

笑顔の行方

シャロン・サラ

宇野千里 訳

HARLEQUIN
BUNKO

A PLACE TO CALL HOME

by Sharon Sala

Published by Harlequin Japan, a Division of K.K. HarperCollins Japan, 2018

笑顔の行方

◆主要登場人物

シャーロット・フランクリン……農場手伝い。愛称チャーリー。
レイチェル・フランクリン……チャーリーの娘。
ウェイド・フランクリン……チャーリーの兄。刑事。
ジュディス・ダンドリッジ……薬剤師。
デイビー・ダンドリッジ……ジュディスの義弟。
レイモンド・シュラー……地元の銀行家。
ウィルマ・セルマ……図書館員。
ジャド・ハンナ……刑事。
ジョー・ハンナ……ジャドの父親。

1

「くそっ。ハンナ、わたしの話を聞いとらんのか」

　タルサ市警のジャド・ハンナ刑事は、とるに足らない相手なら黙らせてしまう目で警部を見かえした。ロジャー・ショー警部は降参するように両手をあげた。

「その、勘弁してくれと言わんばかりの目つきはやめてくれ。これはまじめな話なんだ」

　ジャドは警部の顔から肩口へ視線を移し、その後ろの窓を見た。向かいのビルの中層に窓ふきをしている男の姿がある。あの男はなぜあんな危険な職業を選んだのだろう？

　ショーは部下の注意がそれたのに気づいた。ジャドの視線を追って振りかえり、向かいのビルのつり台で作業している男を見つけると、大股で窓へ近づいてブラインドをおろした。向きなおったとき、ジャドはドアのほうへ歩きだしていた。

「話はまだ終わってない」ショーはぴしゃりと言った。「今すぐ戻れ。これは命令だ」

　ジャドはため息をついた。反抗したいのはやまやまだった。だが、公然たる命令を無視はできない。振り向きながら、どうにもやりきれない思いが消えてくれればいいのにと願った。目標を見失い……自分が抑えられなくなっている気がする。ジャド・ハンナの存在価値は、万事を制御することにこそあるのに。それが、職務を果たす際の唯一の方法だ。

「なんでしょう……警部？」

ショーは深々と息を吸い、ミントの粒を口にほうりこんで気を落ちつかせた。この十分間で、通常のひと月分以上は腹を立てた。血圧が相当あがっているに違いない。警部は肩をすくめ、その思いを頭から追い払った。

「いいか、ハンナ。わたしはまじめだ。われわれ風俗犯罪取締班はチームで動いている。手入れを行うたびにむちゃをするやつがあるか。無線を使って応援を呼べ。パートナーに頼るんだ。パートナーはそのためにいるんだから」

ジャドは目を細めた。「ぼくのパートナーは死にました」そっけなく答える。

ショーは薄くなった髪を憤然とかきあげた。新しいパートナーが決まって一カ月以上たつのに、ジャドはまだ相手の存在を認められずにいるのだ。

「あんな形でマイヤーズを失ってどれほどつらいかはわかってる。みんな彼が好きだった。だがな、人生は進んでいく。今はデビッド・サンガーがおまえのパートナーだ。やつをパートナーとして扱え」

ジャドはまばたきをせず、返事をしようともしなかった。この胸に巣くっている罪の意識は誰にもわかりはしない。定年を翌日に控えていたダン・マイヤーズは、ジャドに向けられた銃弾を受けて死んだ。ダンの退職パーティーは彼の葬儀になった。それ以来、ジャドは朝まで目を覚まさず眠ったことがなかった。

ショーはかたくなな表情のジャドをにらみつけた。これほど相手を揺さぶってやりたいと感じるのははじめてだ。しかし、正気の者なら絶対にそんなことはしない。身長百八十センチをゆうに超えるジャド・ハンナはもっとも怒らせたくないタイプの男だ。警部はため息をつき、別の方法で説得を試みた。

「ハンナ、おまえにもよくわかっているはずだ。規則は全員の安全のためにあるものだってな。おまえだけのためじゃない。わたしはもう、誰かの葬儀に出るのはごめんなんだ。すなわち、おまえのな」

ジャドがぼそりとなにか言った。ショーの耳には、誰がかまうものか、とつぶやいたように聞こえた。

「もういい!」ショーは怒鳴った。「バッジとリボルバーをよこせ。おまえの頭のねじがきちんと締まるまで、療養休暇をくれてやる」

ついにジャドは警部に注意を戻した。「そんな! あと少しでダンを殺したやつを見つけられるのに」

ショーは部下の顔に指を突きつけた。「そのことを言ってるんだ。ダン・マイヤーズの事件は殺人課の管轄だ。われわれは風俗犯罪取締班なんだぞ」

ジャドはせりあがってくるパニックをぐっとこらえた。ここで投げだすわけにはいかない。なぜ警部はわかってくれないのだろう？

「いいですか、警部。ダンはぼくのパートナーだった。彼が受けた弾は――」

ショーは首を振った。「聞こえたはずだ。たった今からおまえは休暇に入る。もちろん有給だ。明日の午前九時にドクター・ウィルスンを訪ねろ。再び任務についていいと言われるまで、毎朝通うんだ」

市警づきの精神科医だって？ ジャドは鼻孔をふくらませた。「まっぴらごめんです」

警部はデスクの向こうから身を乗りだしてジャドの顔をにらみつけた。

「そうだろうとも。だが、とにかくドクターがいいと言うまで、復帰は認めんからな」

ジャドは背筋をのばした。心に住みついている悪魔を解き放とうとは考えもしなかった。記章をデスクの上に投げ捨て、その横にリボルバーを置いた。そしてなにも言わずにドアへ向かった。

「ハンナ――」

ジャドはいったん足をとめた。しかし振り向かず、なおも怒鳴る警部をそのままにして去った。

「明日の朝、九時だぞ」

部屋を出ると、ジャドは音をたててドアを閉めた。それが彼にできる精いっぱいの返事だった。

ショーは受話器をつかんで乱暴に番号を押し、しかめっ面で応答を待った。

「ドクター・ウィルスンか……わたしだ、ショーだ。たった今ジャド・ハンナに療養休暇をとらせた。明日の午前九時にきみの診療所へ行くよう通告してある。ああ、あいつはぎりぎりの状態だ。なにが悪いのかはわからないが、あの男を失わないうちになんとかしたい」

ショーは受話器を置き、椅子に体をあずけて目を閉じた。ジャド・ハンナに厳しく接するのは楽ではなかった。彼のことは好きだし、高く評価してもいる。それに、十五年来のパートナーを失えば誰だってつらいはずだと思えた。だがまあ、少なくともこれでものごとは好転してくれるだろう。

一方、ジャドはすっかり動転していた。アパートメント以外に行き場がないなんて、公職の宣誓をして以来はじめてだ。彼は署の外でしばしばためらい、バーのほうへ歩きだした。アパートメントは家とは言えない。あそこはただ眠るだけの場所だ。今はベッドにもぐりこむにはあまりに早すぎる。

バーは涼しく静かだった。午後の客はまだ押し寄せていない。ジャドはすべるようにスツールに座り、いらだたしげに手ぐしで髪をとかした。いったいなぜ、ぼくの人生はこれほど混乱してしまったんだ？

「なんにしますか?」バーテンダーが尋ねた。

「バーボンを」ジャドはつぶやいた。

バーテンダーはプレッツェルの皿をジャドのほうにすべらせ、飲み物をつぎに行った。ジャドは皿をわきへ押しやった。食べたくはない。忘れたいのだ。

「お待たせしました」バーテンダーが言った。

ジャドはショットグラスをつかんで口もとへ運んだ。そのとき、カウンターの奥の鏡に映る自分の姿が目に入った。それに気づいてから目を凝らすまでのあいだに、なにかが起こった。鏡のなかにいるのは今の自分ではなく、幼いころの自分だった。胃が締めつけられるような気がして、胸が痛んだ。


尻ポケットに入っているピンク色の紙片が、焼けた火かき棒のようにジョー・ハンナの良心を苦しめていた。彼はくだらない仕事をまたくびになって打ちのめされ、この四時間、なけなしの金を費やして地元のバーで憂さを晴らそうとした。残ったのはいつものとおり、人生に味わわされた数々の幻滅と、望みもしなかった十歳の息子というお荷物に対する激しい憎悪の念だけだ。

帰ろうと思って家へ近づくにつれて、明かりがともっていないのに気づいた。ジョーはぎらつく街灯に目をすがめて悪態をついた。あのくそがき。まだ学校から戻っていなかったら、ぶちのめしてやる。

　息子のジャドが帰宅するはずの時間を七時間以上過ぎていることや家に食べ物がないことは、思いださなかった。自分の無関心さに対して罪の意識は覚えない。おれは家族に住む家を与えている。おれのおやじより上等じゃないか。

　階段をのぼりはじめたとたんに足を踏みはずしてつんのめり、ポーチに顔を打ちつける寸前に両手両膝を突いた。鋭い痛みが右のてのひらを貫いた。ジョーはののしりの声をあげて起きあがり、よろよろと家に入ると部屋から部屋へ電気をつけてまわった。

「ぼうず！　どこにいるんだ？」

　返事はない。ジョーはまた悪態をつき、ふらつく足どりでキッチンのシンクへ向かった。てのひらに血がにじんでいる。それをシャツでぬぐい、キャビネットに手をのばした。上から二段めに酒を置いてある。なにか飲みたい。だが、棚は空っぽだった。

　ジョーは激しい音をたてて扉を閉めた。「ちくしょう、ジャド・ハンナ！　返事をしろ、ぼうず！　おれのウイスキーをどうしたんだ！」

　あたりにジョーの声だけが響いた。怒りがつのる。胃は焼けるようで、頭はくらくらした。早く横になりたい。だが、まずはあのがきをつかまえなくては。

　ジョーはジャドの名をわめきながら部屋をめぐった。ドアが乱暴に閉じられる。ランプが床に落ちて粉々に砕けた。それでもまだ息子の気配はない。ジョーは怒り狂った。解雇された屈辱感が人生に対する不満と相まって燃えあがり、最高潮に達した。よろめきながらキッチンに戻り、信じられない思いでまわりを見渡した。

しばらくして、地下室へおりる階段のドアがかすかに開いているのに気づいた。ジョーの怒りの表情は冷たい笑みに変わった。数秒後、彼は階段の戸口に立ち、下の暗闇《くらやみ》に向かってジャドの名を叫んだ。

地下室の壁は結露していて、空気中にはほこりとかびの入りまじったむせかえるような臭気が漂っていた。闇のなかで、十歳のジャドの足もとをなにかが走り抜けた。あっと声をたてたくなるのを、息をのんでこらえた。得体の知れないもののほうが、階段の戸口に立っている男よりずっとましだ。

「ジャド……なあ、ジャド、おまえがそこにいるのはわかってるんだぞ。返事をしろ、くそったれ」

ジャドは息をとめた。恐怖のあまり、息を吸うことすらできなかった。父親が階段をおりはじめたとき、ジャドの全身はこわばった。

いやだ、やめて、やめて……。神さま、どうか父さんがぼくを見つけませんように。

「返事をしろ、哀れなちび。そこに隠れているのはわかってるんだ」ジョーが怒鳴った。

ジャドはきつく目を閉じ、壁のほうへわずかにあとずさりした。ぼくから父さんが見えなければ、父さんからもぼくは見えない。それは、もはや数えあきたほど何年も昔から心のなかで続けているゲームだ。うまくいくこともあれば、いかないこともある。

「ウイスキーをどこへやった、ぼうず？　聞こえてるなら返事くらいしろ。このおれに、わざわざおまえをつかまえさせるようなまねをするんじゃない」

ジャドは歯を食いしばり、泣きたい気持と闘った。父さんはぼくを痛めつけることができる。もう何年もジャドはその事実を身をもって証明し、ジョーを満足させてきた。

ジョーは舌打ちして、照明のスイッチに手をのばした。だがなにも起きなかった。彼は激しく悪態をついた。父親に見つからないようにジャドがわざと電球をはずしたことには気づいていない様子だ。ところが悪いことに、ジョーは罵声《ばせい》を浴びせながら暗闇のなかを手探りで階段をおりはじめた。

ジャドは静かに床にしゃがみこみ、目に見えない存在になろうと試みた。両目をつぶり、息を殺す。

「そこにいるのはわかってる」ジョーがささやいた。

ジャドの心臓の鼓動は激しくなり、口のなかに苦い恐怖の味が広がった。

お願い、神さま、もしいらっしゃるなら……ぼくを逃がして。逃がしてよ。

「隠れていられると思うなよ。さっさと出てきて、男らしくお仕置きを受けたらどうだ」

喉の奥に胃液がこみあげた。ああ、神さま。お願い。もういやだ。もう。やめさせて

――。

「つかまえたぞ！」ジョーの声がした。

後ろから首をつかまれたとき、ジャドはこれで終わりだと悟った。それでも、強く締めつけてくる痛みと闘い、自由になろうとあがいた。階段までたどりつければ逃げられる。そうすればもう安全だ。父さんはじきに酔いつぶれるだろう。いつものように。そのあいだだけは平和に過ごせる。

もがいているうち、たまたまジャドの歯が父親のこぶしにあたった。ジョーは表情をゆがめ、息子の顔を手の甲で張り飛ばした。

「かみつくな、このちび」ジョーがののしった。

口もとをはれあがらせながら、ジャドはなんとか父親の手から逃れようとした。

「わざとじゃないよ、父さん。誓うよ」

「うそをつけ」ジョーは言いかえし、再び手の甲で息子を殴った。「呼んだのに、なぜ返事をしなかった？　おれのウイスキーをどうしたんだ？」

力任せの殴打を浴びてジャドは頭がくらくらしてしまい、考えることも返事をすることもできなかった。ただ頭をさげ、両手をかざして父親のこぶしをかわそうとするしかなかった。

しかし、それは無駄な抵抗だった。

ジョーは怒りにわれを忘れ、今なにをしているのかわからなくなった。殴りつけている相手は彼をくびにした男であり、最後の一杯を拒否したバーテンダーであるような気がしていた。ジョーの目には、よろめきながらバーを出る彼を嘲笑《あざわら》った女性と、出口のない自滅のサイクルにとらわれた自分の姿が映っていた。

見るものすべてが憎らしかった。

ようやくジョーの意識にしみこんできたのは、肉と肉がぶつかりあう激しい痛みだった。手の皮がひりひりしている。腕を振りあげたまま静止し、息子を見つめた。少年の顔は血まみれだった。ジョーは身震いした。アドレナリンの分泌が切れかけたせいで、急に胃が暴れだした。横になりたかった。

「わかったな」ジョーは壁際まであとずさりした。「これに懲りてよく覚えておけ」

ジョーは息子が逃げだすものと思っていた。しかしジャドは動かなかった。ジョーは肩をすくめて向きを変え、階段の手すりにつかまって体を支えた。戸口からもれ入ってくるほのかな光で、ジャドが身じろぎひとつしないのが見てとれた。あまりに静かな少年の態度がジョーの気にさわりはじめた。

「おまえが悪いんだぞ」ジョーはぶつぶつ言った。

ジャドはゆっくりと慎重に息をしただけだった。傷ついたことをジョー・ハンナに悟られるくらいなら死んだほうがましだ。

ジョーは息子の鼻の下に血がどろりと垂れているのを見とがめ、不安になった。明日は学校のある日だ。ジャドがこの状態で登校すれば、他人のことに口出しする人間が現れないとも限らない。もしそうなったら、ジョーが失うものはあまりに大きかった。

ジョーの妻は彼との生活に疲れはてたすえに亡くなった。彼女の死は、たったひとりで息子を育てるという重荷をジョーに残した一方、予想外の恩恵をもたらした。つまり、保険金の給付だ。ジャドは十八歳になるまで毎月、母親の代わりに社会保障手当を受けとれる。その小切手はジャドの法的な後見人であるジョーのもとに届いた。おかげでふたりはとにもかくにも屋根の下で暮らすことができ、ジョーは酒が飲めるのだ。

どれほど酔っていても、ジョーは息子の養育権をとりあげられたら金づるを失うと理解するだけの頭はあった。そうはさせるものか。そこで彼は息子に謝る代わりに、その顔に憤然と指を突きつけた。

「大好きな先公どものところへ駆けこんで、おれのことを告げ口しようなんて思うなよ」ジョーは怒鳴った。「あいつらは助けちゃくれない。なぜだかわかるか？　おまえが能なしだからさ、ぼうず。世間は能なしのことなんか、はなも引っかけないんだ」

ジャドは両のこぶしを握りしめた。父親とのあいだに赤いもやが立ちこめ、腹に熱いものがこみあげた。目の前の男を殴ってやりたかった。だがそれ以上に、父親の顔からいまいましい表情を永遠に消し去ってやりたいという気持のほうが強かった。

ジョーは鼻を鳴らした。このがきは負け犬だ。思いをぶちまけることさえできないんだからな。

「おれは疲れた。もう寝るぞ」

そう言ってジョーは階段をのぼりはじめた。半分ほどのぼったとき、ジャドがついに沈黙を破った。

「父さん」

呼びとめられて振り向き、ジョーは大きな目をしばたたいて眼下の暗闇を見つめた。暗がりにジャドの輪郭がぼんやり浮かびあがった。

「なんだ？」

「ベッドに入る前に……お祈りをしなよ」

ジョーは顔をしかめた。「なんだって、そんなことを言うんだ？」

「父さんが眠ったら、ぼくが殺してやるからさ」

思わずジョーは口もとをほころばせた。あまりのばかばかしさに、どう答えていいかわからなかった。しかし、キッチンから差しこむ光のなかにジャドが立ったとき、ジョーは本能的にすくみあがった。息子の顔に浮かんだ憎しみは紛れもなく本物だった。

ジョーは笑おうとした。ジャドはただの子供だ。十歳のがきだ。だが声が出なかった。

ジョーは足をもつれさせながら、明るいキッチンへと階段を駆けあがった。心臓が激しく打ち、胃が引っくりかえりそうだった。体がぐらりと揺れて、意識が遠のいた。

〝父さんが眠ったら、ぼくが殺してやるからさ〟

頭のなかでその言葉がこだました。階段をのぼってくる息子の足音を聞き、ジョーはあわてふためいた。またたくまにポーチへ飛びだして階段をおり、裏庭の茂みを抜けて走った。

ジョーが路地に出ると、ごみ箱をあさっていた猫が歯をむきだしにしてうなった。それにつられて近所の犬がほえだした。ジョーの血は凍りついた。ジャドさえその気なら、騒音をたどっておれを見つけられるはずだ。

ジョーは足をとめて後ろを振りかえった。暗がりでなにかが動いた。とたんに心臓の鼓動が乱れた。彼は向きを変えて一目散にその場から駆けだし、やがて市立公園の木々の下で意識を失った。

翌朝目覚めたとき、ジョーの頭にはこの運命から逃げださなければという思いしかなかった。数日後、ケンタッキー州当局の職員が来てジャドを連れていった。ジョーは安堵《あんど》のほかはなにも感じなかった。

ジャド・ハンナもまた、自分の人生から父親が消えたことを気にかけてはいなかった。心のなかではもう何年もひとりぼっちだったからだ。最後の逃げ場は神だった。地下室の階段の下に隠れたあの夜、その神でさえジャドを見捨てた。

バーの外で大きな音がして、ジャドは現実の世界に引き戻された。何度かまばたきをし、ようやくわれに返った。鏡に映った自分と唇からわずか数センチの距離にあるウイスキーのグラスを改めて眺める。彼はぞっとした。これでは、憎いあの男とたいして変わらないじゃないか。

その瞬間、心のなかでなにかがはじけた。口をつけないままグラスをおろし、カウンターに金を投げだして外へ出た。警部の言ったことは正しい。ぼくは命を粗末にしていたようだ。なぜかは自分でもわからない。だが、これから先も生きていきたいなら、今すぐそんなことはやめるべきだ。

いくつかの選択肢をはかりにかけながら何時間も通りを歩いた。家賃は来年の一月一日まで払ってあり、光熱費は銀行口座から引き落とされることになっている。自分以外に責任を負うべき人間はいない。精神科医に胸の内を吐きだすつもりはさらさらなかった。となれば、進む道はひとつしかない。手遅れにならないうちにその道を選ぼう。

ジャドの問題をうまく処理したというロジャー・ショー警部の満足感は長続きしなかった。翌朝九時半、市警づきの精神科医から電話があり、ジャド・ハンナは現れなかったと告げられたのだ。

憤慨してジャドのアパートメントに電話してみたところ、不通のメッセージが流れた。再び信じられない思いで受話器を見つめ、番号を間違えたのだと考えてもう一度かけた。再びメッセージが流れ、この番号は現在使われていないと告げた。午後六時には、ジャド・ハンナの失踪《しっそう》は確実になった。

ワイオミング州、コールシティ、八月。

ジャド・ハンナは助手席に置いた地図に目をやってから肩をすくめ、首の凝りをいくらかでもほぐそうとした。車を運転するといつも緊張する。彼は時計を見た。まもなく五時だ。日が落ちるまでにはあと数時間あるものの、とりあえず夕方になってくれてありがたい。たぶん今夜はよく眠れるだろう。夢さえ見ずに。願わくば、そうであってほしい。ジャドは疲れていた。疲れきっていた。

急な丘をのぼりきると、先に広がる牧草地でなにかが動いたように見えた。なんだろうといぶかってスピードを落とした。すぐに、草むらをよちよち歩く二歳ぐらいの女の子の姿が目に飛びこんできた。その百メートルほど後方から、若い女性が口を大きく開けて全速力で走ってくる。声は届かないが悲鳴をあげているようだ。右側には、ひと足ごとにぐんぐん速度をあげてふたりとの距離をつめている巨大な黒い雄牛がいた。牛の目標が子供であり、母親がその子に追いつけないのは明らかだった。

ジャドはとっさにアクセルを踏みこんだ。タイヤが路面でスピンして、ゴムの焼けるにおいをあとに残した。車は浅い溝をはずむように渡って柵《さく》にまっすぐ飛びこみ、五本よりの有刺鉄線を巻きこんで柵柱をなぎ倒しながら突き進んだ。ジャドはハンドルを握りしめ、次第に狭まっていく子供と雄牛の間隔に意識を集中した。

今日は洗濯日和だ。二歳になるレイチェル・フランクリンは、母親のシャーロットが大きなかごから衣類を全部引っぱりだして洗濯のためにより分ける日が大好きだった。家族からはチャーリーと呼ばれているシャーロットは娘をなにより愛している。けれど、たまには娘にお手伝いされずに洗濯をしたいと思う日もあった。今日のように。さっきから二回も色物を分けているのに、そのたびにチャーリーの赤いTシャツが白い服のあいだから出てくるのだ。娘がそのTシャツを気に入っているのはたしかだ。でも、チャーリーの兄のウェイドはピンクに染まったアンダーウェアはあまりお気に召さない。コールシティの警察署長になってからはとくに。

「レイチェル、ママにそのシャツをちょうだい」チャーリーは言った。

レイチェルは服の山から赤いTシャツをとりあげて母親に手渡した。娘の笑顔があまりにかわいらしかったので、チャーリーは抱えていた洗濯物をおろし、レイチェルを抱きあげて耳の下のすべすべした肌に鼻をこすりつけた。

娘は喜んできゃっきゃっと歓声をあげ、チャーリーの首にしっかり抱きついた。「ママ！」

チャーリーも抱擁を返した。「レイチェル」いとしさがこみあげて喉がつまる。

レイチェルはチャーリーの生きがいだった。隣家の息子であるピート・タッカーとの恋愛からたったひとつだけ得られたすばらしいものだ。ピートはチャーリーの気持をもてあそんだあげく、ロデオの巡業をするという夢を追いかけて、妊娠二カ月の彼女のもとから逃げだした。レイチェルが生まれる一カ月前、ピートは雄牛の背に這《は》いのぼった。が、ほんの一瞬で彼の夢はついえた。

チャーリーはその死を悲しんだ。ただしそれは生まれてくる子の父親が亡くなったからにすぎなかった。ピートに対する愛情は、ふたりでしたことの責任を彼女ひとりに背負わされた日に消えていた。

「おりるー」レイチェルがむずかった。

チャーリーはため息をつきながら、娘を地面におろした。レイチェルに独立心が芽生えるのは避けられないけれど、どこか残念な気持は否めない。チャーリーは娘の巻き毛をくしゃくしゃとかきまわした。

「いい子だから、自分のお部屋で遊んでて。ママはこの服を洗濯機に入れるから。ウェイドおじさんのために、みんなきれいにしておかないと」

「ウェイドおじしゃ？」

「そうよ、ウェイドおじさんのためなの」

レイチェルはその説明で納得し、よちよち歩きで去った。ウェイド・フランクリンは母親の次に大好きな人だ。

チャーリーは赤いシャツが紛れこまないように注意しながら白い衣類を拾いあげ、キッチンを出て家事作業室へ向かった。数分後、家のなかがやけに静まりかえっていることに気づき、部屋をまわって娘を捜した。

「レイチェル、どこなの？」チャーリーは呼びかけた。

返事はない。

「レイチェル、お返事して。どこにいるの？」

静寂が不安をかきたてた。われを失うまいとしながら来た道をたどり、お気に入りの場所のどこかにいるに違いないと考えて、レイチェルの好きな隅やくぼみをくまなく捜した。

家のなかを二巡したのち、リビングルームのスクリーンドアがわずかに開いているのが目に入った。チャーリーは落ちつきなさいと自分に言い聞かせて、ポーチへ駆けだした。

「レイチェル、どこなの？」

沈黙が続くせいでいらだちがつのった。レイチェルの名を呼びながら家の周囲を走りまわって貴重な時間をさらに費やしたあと、きっと裏庭の木陰にある砂場で遊んでいるのだろうと思いついた。しかし、レイチェルはそこにもいなかった。

チャーリーはパニックに陥りかけた。あたりを見渡して、隣家のエベレット・タッカーが飼っている黒い雄牛がまた牧草地に入りこんでいるのに気づいたからだ。今に始まったことではない。兄のウェイドは過去に何度も、柵を直すようエベレットに警告した。チャーリーはしばらくその場に立ちすくみ、なにかに興味を示している雄牛の姿を観察した。雄牛の体はほとんど動かさず、頭をもたげている。自分の縄張りを侵すものを見つけたときの動物そのものだ。そして、彼女ははっとひらめいた。

「ああ、まさか……ああ、やめて」チャーリーがうめき声をあげて駆けだすと同時に、雄牛も勢いよく走りだした。

牧草地の方々に視線をめぐらせてやみくもに駆けまわるあいだじゅう、どうか勘違いでありますようにとチャーリーは祈りつづけた。そのとき、片手に花束を持って草むらをよちよち歩いているレイチェルが見えた。チャーリーは柵の合間に設けられた溝を飛び越え、これまでにないほどの速さで走りながらレイチェルの名前を絶叫した。

顔に照りつける太陽の熱は感じなかった。自分の悲鳴さえ聞こえない。ただ、レイチェルの頭を一心に見つめ、顔にかかるあの巻き毛がどんなにやわらかいか、シャンプーのあとにはどれほどいい香りがするかを思いだした。

雄牛の怒りの咆哮《ほうこう》があたりに響き渡った。チャーリーはまた悲鳴をあげ、なんとか牛の注意をそらそうとした。けれどもうまくいかない。娘が死ぬ光景が脳裏をよぎった。牛はもうレイチェルに追いつこうとしている。チャーリーがどれだけ速く走ったところで、猛牛の勢いはとめられそうになかった。

そのとき、どこからともなく牧草地に現れた黒いジープが猛スピードで飛ぶように地面を走り抜けた。それが意味するところを理解するより先に、チャーリーはつまずいて転倒した。気づいたときには、地面に顔をつけて倒れていた。目に泥が入り、脚には燃えるような痛みが走った。それでもすばやく立ちあがり、前を見ようと目をこすった。わたしが泥のなかに顔を突っこんでいるあいだに、レイチェルは死んでしまったのではないだろうか？

涙でかすんだ目をあげると、娘が立っている場所からわずか三十センチほどのところで、ジープが急停止するのが見えた。車のドアが開いた。男性が身を乗りだしてレイチェルを車内に引っぱりこんだ。ほんの数秒後、雄牛がジープに激突した。金属のたわむ重い衝撃音が、まるで音楽のように心地よく聞こえた。チャーリーはがくりと頭を落とし、深々と安堵の息をついた。もう心配しなくていい。レイチェルは無事だ。

ジャドは麻痺《まひ》したようにぐったりした。彼をここまで駆り立てたアドレナリンの分泌は始まったときと同じく急速におさまり、あとには疲労と動揺が残った。腕のなかの子供は、あの光景を見た先刻の彼に負けないくらいびっくりしているようだ。雄牛はすでにジープの助手席側を壊してしまい、今は渾身《こんしん》の力をこめてラジエーターに頭突きを食らわせている。ボンネットの下から蒸気が吹きだすのを見て、ジャドはため息をついた。どこが壊れたかはわからない。だが、そんなことはどうでもよかった。ともかく子供は無事だったのだから。

ジャドは少女の体をあちこちさわった。どこもけがをしていないことを確かめたかった。抱きあげたときにかなり乱暴に引っぱってしまったからだ。もっとも、あのときは礼儀正しく名乗りあう暇などなかった。少女の無事を確認して満足し、ジャドはちらりと雄牛を見た。牛は少し離れた場所で怒りのポーズをしていた。

とりあえず、最悪の事態は逃れた。ジャドはそう考え、先ほど走っていた女性を目で捜した。すると、遠くで地面にへたりこんでいる彼女の姿が見えた。その表情から苦痛を感じているのがわかった。

ジープの正面で雄牛が脚で土をかきはじめ、空中に多量のほこりを舞いあげた。ときおりあがる怒りの咆哮で空気が震えるようだった。

ジャドは不安な気持で女性に目をやった。もし彼女が雄牛に存在を気づかれれば、確実に次の標的にされるだろう。彼はジープがまだ動くことを祈り、少女が助手席からずり落ちないよう体をしっかりつかんで支え、ギアを入れた。

「ようし、お母さんを助けに行こう」

少女はまじめくさった面持ちでジャドを見つめた。

「ママ」片手に握りしめている花束で母親のほうを示す。

「ぼくにはちゃんと見えるよ。きっと、ママもきみの姿を見たがっているんじゃないかな」

ジープは霧のように吹きだす蒸気のなかを進みはじめた。ジャドは牛がそのままでいてくれるよう願いながら、ゆっくりと車を走らせた。


彼らが近づいてくるのを見て、チャーリーの鼓動は激しくなった。雄牛は動きだしたジープをじっと見据えている。彼女は立ちあがろうとした。だがふいに、その動きが——どれほど小さな動きであろうと、牛を刺激するかもしれないと思い至った。チャーリーは息を殺し、まばたきをするのさえためらった。熱い痛みは足首から脚全体に広がっている。ジープがそばにとまったので、立ちあがろうとした。しかし、激痛に耐えかねてすぐにうずくまった。

耳もとで、低く重みのある声がささやいた。「気をつけて。手を貸そう」

チャーリーは震えはじめた。「子供は——」

「無事だ」男性が言った。「ぼくの首に腕をまわして」

反射的に男性のシャツの襟をつかむと、チャーリーは抱きあげられた。彼のたくましい体と黒い髪、運転席側のドアからシートにおろしてくれたときに顎の横がぴくりと動いたことが、漠然と印象に残った。チャーリーは痛みをこらえながら助手席側にお尻をすべらせ、レイチェルをぎゅっと抱きしめた。

「ママ」レイチェルは、こんなことは日常茶飯事だと言わんばかりにチャーリーの膝へよじのぼった。

チャーリーは夢中で娘にしがみつき、その首に顔をうずめた。ややあってからドアが音をたてて閉まったので、男性も車に乗りこんだのだとわかった。きちんとお礼を言わなければ。まともに目を合わせ、自分を日常の世界に連れ戻してくれたのがどんな人かを知る必要がある。だが、しばらくは腕のなかのレイチェルしか目に入らなかった。

やがてチャーリーは顔をあげた。レイチェルは無邪気に笑っている。もう少しで親子ともども死ぬところだったなどとはまるで気づいていない様子だ。

娘の頬についた花粉のしみや唇の端についたつぶれた花びらを見つめているうちに、チャーリーは笑っていいのか泣いていいのかわからなくなった。レイチェルは花を摘んでいただけでなく、それを食べていたらしい。

涙があふれて顔を伝うのを感じながら、チャーリーはレイチェルも花も一緒に腕に包みこみ、やさしく揺さぶった。

「ママ、泣いてるの？」母親の頬に涙が流れるのに気づいて、レイチェルが尋ねた。

チャーリーは嗚咽《おえつ》に喉をつまらせ、娘の髪に顔をうずめた。「そうよ、ママは泣いてるの。あなたが驚かせたからよ」

「ママ、お花。お花あげる」

チャーリーはうなずいて笑顔をつくろうとした。だが、できなかった。

ジャドには彼女が疲れきっているのがわかった。この女性は精神的にも肉体的にも傷ついている。彼は柵のすぐ向こうにある一連の建物を見やり、ジープのギアを入れた。

「しっかりつかまって。家まで送ろう」

2

ファームハウスは古びてはいるものの、よく手入れされているようだった。平屋の白い建物は正方形で、そのまわりを幅の広いポーチが城壁のようにとり囲んでいる。北側の屋根の上には茶色い煉瓦《れんが》の煙突があった。冬の寒い日にはきっと、あそこから煙が周囲の木立よりも高く立ちのぼるのだろう。

横にいる女性はまだ泣いている。といっても、もうすすり泣き程度だ。ジャドは彼女をとがめる気になれなかった。彼自身、しばらくは泣きたい気分だったのだ。浅い溝を渡りはじめると、ジープはぱちぱちと異様な音をたてた。家に着くころには今にもとまりそうだった。けれど、そんなことはどうでもいい。みんな無事なのだから。ジャドはエンジンを切り、隣の女性をちらりと見た。顔には泥が、膝には血がこびりついている。彼女は震える指で、娘の顔のまわりの乱れた巻き毛をとかしていた。ジャドは仕事柄、ショックに見舞われた人間を数多く目にしてきたので、女性の緊張の糸が切れないうちに家のなかへ入れてやりたいと思った。

「よければ、なかに入るのに手を貸そう。それから、牽引車《けんいん》を呼ぶために電話を使わせてほしいんだが」

そう言われてはじめて、チャーリーはこの男性が自分たちを救うためにどんな犠牲を払ったかに気づいた。顔をあげ、じっくり彼を見つめる。瞳は透き通るようなブルーだ。目鼻立ちは整っていて、顎はがっしりしている。鼻がかすかに曲がっているのは折れたことがあるからだろう。顎の右側には小さなぎざぎざの傷がある。体はかなり大きかった。肩幅はシートの幅の半分はありそうだ。彼が自分の腰に腕をまわして安全な場所へ運んでくれたときの感触を思いだし、チャーリーは身を震わせた。

「どうぞ、わたしのことはチャーリーと呼んで」

男性はほほえんだ。「昔、チャーリーという男を知っていたけど、きみほどきれいじゃなかったな」

彼女が落ちつきをとり戻すのに必要なのは、まさにそんなたわいない言葉だった。「シャーロットの愛称なの……シャーロット・フランクリンよ」

彼は片手を差しだした。「はじめまして、〝シャーロットの愛称〟さん。ぼくはジャド・ハンナだ」

チャーリーは一瞬ためらったあと、ジャドの手を握った。彼はしっかりと、それでいてやさしく、握りかえしてくれた。さりげないふれあいが彼女の不安をさらに少しとり除いた。チャーリーはため息をつき、車のボンネットから吹きだす煙を指さした。

「ミスター・ハンナ、あなたの車がこんなことになってしまって、本当に申し訳ないわ」

「ジャドだ」彼はそう言ったのち、レイチェルを見おろした。「車をだめにしただけの価値はあったよ。さあ、家に入ろう。手を貸すよ」

ジャドはチャーリーの腕からレイチェルを抱きあげてポーチへ運んだ。

「ここで待っているんだよ。ぼくらでママを助けるんだ。いいかい？」

「ママ、助ける」レイチェルは復唱して階段に座りこんだ。手にはまだしおれた花束を握っている。

チャーリーは急いでハンドルの下をくぐり、運転席側から外へ出た。立とうとした瞬間、足首からくずおれた。すかさずジャドが彼女を抱きあげて階段をのぼった。抗議の声をあげる暇すらなかった。まったくの他人に体をあずけているせいで落ちつかず、チャーリーはそわそわしはじめた。

「ミスター・ハンナ、わたし――」

「ジャドだよ」

チャーリーはため息をついた。「ジャド、困るわ」

彼は立ちどまった。「お嬢さま、今まで出会ったなかでもっとも勇敢な方の手助けをする栄誉を、このぼくにお与えください」

彼女は赤面した。「なにを言ってるのか――」ジャドのまなざしがチャーリーを黙らせた。

彼は静かな声で言った。「きみたちはふたりとも死んでいたかもしれないんだ。わかるだろう？」

花びらをむしっている娘を見おろし、チャーリーは顔をくしゃくしゃにした。

「この子なしでは生きる意味なんてないわ」

ジャドは胸がつまる思いがした。他人のために喜んで命を投げだす人間がいるという事実を頭ではわかっているつもりだ。だが、子供のためなら本当に自らを危険にさらすことさえいとわないシャーロット・フランクリンの姿勢を見て、無欲の献身をはじめてまのあたりにした気がした。かつてはぼくの母もこんなふうにぼくを愛してくれたのかもしれない。そう思ったが、それを覚えてはいなかった。彼は階段に腰かけているレイチェルに目をやった。

「ああ、わかるよ」ジャドは静かに言った。それから少し声をあげた。「おいで、おちびちゃん。おうちに入ろう」

驚いたことに、レイチェルは見知らぬ男性の言葉に素直に従い、ふたりに続いて家に入った。ジャドがチャーリーをおろすが早いか、レイチェルは母親の膝によじのぼって胸に頭をもたせかけた。

「この子は大丈夫かい？」ジャドは尋ねた。

チャーリーはうなずいた。「ちょっと混乱しているようだけれど、すぐ元気になると思うわ」電話機を指さす。「電話帳は下の引き出しのなかよ」

ジャドはかぶりを振った。「きみの手当てが先だ。ぼくが家のなかを歩きまわってもかまわなければ、足首にあてる氷をとってきたいんだけど」

「キッチンは向こうよ」チャーリーは教えた。「シンクの横の引き出しにビニール袋が入っているわ。製氷器は冷蔵庫のいちばん上の段よ」

ジャドはキッチンへ消え、すぐに氷をいっぱいつめた袋にタオルを巻きつけて戻ってきた。それを足首にあてられると、チャーリーは痛みにひるんだ。

「すまない。ご主人は近くで働いているのかい？」

彼女は揺るぎない声で答えた。「夫はいないの」

ジャドはまずレイチェルに、次いでチャーリーにちらりと目を向け、氷の袋をもてあそんだ。

「悪かった。つらいことを思いださせるつもりはなかったんだ。ただ、この家にきみたちだけで暮らしているはずはないと思って。誰か連絡をとったほうがいい人はいるかい？」

チャーリーはため息をついた。この人は勘違いしている。どう思われようとかまわないはずなのに、なぜか説明しておかなければならない気がした。

「わたし、未亡人じゃないわ。それどころか、結婚したことはないの。質問の答えはイエスよ。兄のウェイドに連絡したいの。受話器を渡してもらえれば、わたしが電話をかけるわ」

ジャドはくるりと彼女に背中を向けて、窓の外に目を凝らした。「私道に警察の車が入ってきた」

ふいにチャーリーは感情の波に襲われた。ウェイドがこの時間に帰ってくるなんてめったにない。今日がその珍しい日で本当によかった。驚いたことに、また涙がこみあげた。深く息を吸いこみ、懸命に声の震えをとめようとした。「きっとウェイドよ。兄はコールシティの警察署長なの」

ジャドは一度身をかたくしたあと緊張をゆるめ、皮肉な状況を受け入れようと努めた。警察組織からしばらく離れるために車で国を半分ほど横断してきて、はじめて誰かと知りあう機会があったと思ったら、その誰かもまたあのいまいましい国家機関と結びついているなんて。

しばらくして、車を運転してきた警官がドアから入ってきた。その目はけげんそうに見開かれている。ジャドは正式な対面を前に気を引きしめた。

ウェイドは夜をのんびり楽しもうと考えながら帰宅した。しかし、牧草地の柵《さく》が壊されているのをひと目見て、悪い予感に襲われた。玄関のドアをくぐったときには、のんびり気分どころではなくなっていた。涙を浮かべたチャーリーとその横に立つ見知らぬ男を見た瞬間、手が反射的に銃へのびた。

「チャーリー……いったいどうしたんだ?」

「大丈夫だから」彼女は急に泣きだした。

ジャドはため息をついた。泥のなかから引きあげてやって以来、ずっとチャーリーはヒステリーを起こす寸前の状態だった。ここへ来て、ついに感情のたががゆるんだのだろう。無理もない。ジャドにとって意外だったのは、彼女をなぐさめたいという強い衝動に駆られたことだった。

ウェイドはチャーリーに歩み寄った。だが、視線は一瞬たりとも不審な男から離すまいとしている。

「落ちついてくれ」ジャドはなだめた。「ぼくは悪者じゃない」片手を差しだして自己紹介する。「ジャド・ハンナだ」

ウェイドが軽く会釈した。詳しい事情がわかるまで握手は控えるつもりのようだ。ジャドは肩をすくめた。ウェイドを責める気はまったくなかった。

「あの柵はどうしたんだ?」ウェイドがジャドを見据えて尋ねた。「きみの車に突進でもしたのか?」

ジャドは声をあげて笑った。チャーリーも涙まじりに笑った。ジョークを理解できるはずのないレイチェルまでもがくすくす笑い、ドアの外を指さした。

「おっきい牛」

ウェイドは眉をひそめた。「なんの牛だって？」

チャーリーがしゃくりあげながら説明した。「だからその……タッカーの雄牛が……またうちの牧草地に入りこんだの。レイチェルがいなくなって……やっと見つけたと思ったら……牛が突進しようとしてて……でもわたし、追いつけなかった……もし彼がいなかったら……彼が車で柵に突っこんで……わたしは転んで、それで……つまりね、兄さん……この子はあの牛に殺されるところだったのよ」

チャーリーは身震いし、娘の首筋に顔をうずめた。

ウェイド・フランクリンの顔からあらゆる色が消えた。今度は彼のほうがジャドに手を差しだした。

「ミスター、細かいことはあとで整理するとして、ぼくの理解が間違っていないなら、きみはふたりの命を救ってくれたんだね。だとしたら、どれだけ礼を言っても言い足りないよ」

ジャドは突然注目を浴びて少し困惑し、肩をすくめた。「たまたまその場に居あわせただけさ」

感激のあまり言葉を失い、ウェイドは衝動的にジャドを抱きしめた。ジャドは勢いよく背中をたたかれてバランスを崩し、ウェイドが体を離してチャーリーに注意を移したときもまだふらついていた。

ウェイドは妹の横にしゃがみこみ、足首から氷の袋を持ちあげた。「医者に診せたほうがいいな」ハンカチをとりだし、まるで子供に対するように、チャーリーの顔についた涙と泥をぬぐった。

彼女はその手をつかんだ。「いいの。ただの捻挫《ねんざ》だもの。すぐによくなるわ」

ジャドは再び胸がよじれるような気がした。仲のよいきょうだいを見て、自分の人生になにが欠落しているかを思い知らされた。

「電話をかけるつもりだったが……」ジャドは言った。「きみたちが車の牽引サービスとモーテルを紹介してくれるなら、これ以上お邪魔はしないよ」

ウェイドが答えた。「コールシティにモーテルはないんだ。それに、一台しかない牽引車は出動中だ。ぼくが要請したんだから間違いない」

兄は妹をちらりと見た。彼女はうなずいた。この家を宿として提供するほかないだろう。ジャドがしてくれたことを思えば、せめてそれくらいのお礼をするのが当然だ。

「チャーリーもぼくも、きみに泊まってもらえれば光栄に思う」

ジャドは首を振った。「そこまでしてくれなくていいよ。車のなかで寝たことなら何度もある。もう一度そうしたところで、こたえやしないさ」

「だめよ。うちに泊まってちょうだい」

深く息を吸いこみ、ジャドは視線をさげた。顔が泥で汚れていてもこの女性は美しい。だが、彼を動揺させたのはそのまなざしだった。彼女は償いたがっている。ジャドは自分が望もうが望むまいが、もてなしを受ける義務がある気がした。

「じゃあ、ご厚意に甘えさせてもらうよ。きみたちが枕《まくら》の下に銃を忍ばせて寝なくてすむように言うんだが、実はぼくも警官なんだ」

安堵《あんど》の笑みを浮かべて、ウェイドは立ちあがった。「なぜもっと早く言ってくれなかったんだ？」

「無断で管轄区域を離れているからだろうな。最悪の想像をされる前に言っておくけど、問題を起こしたわけじゃない。すべてにいやけが差してね」

ウェイドは考えこむように目を細くした。「まあ、そういうことだってあるよな」

「オクラホマ州のタルサ市警に電話をかけて、ロジャー・ショー警部を呼びだしてくれ。彼がぼくの潔白を保証してくれる。正気までは無理だとしても」

チャーリーはたじろぎ、娘をかたく抱きしめた。この見知らぬ男性をひと晩家に泊めるのが急に不安に思えてきた。ジャドはその表情に気がついた。

「チャーリー」

彼女は顔をあげた。

「ぼくは誓って人を傷つけたりはしない」

チャーリーはジャドを見つめた。彼に命を救ってもらった事実以外、今の言葉を信じる理由はない。でも、その事実だけで充分だった。ついに彼女はうなずき、なんとか笑みを浮かべた。

「これで決まりだな」ウェイドが言った。「きみが修理屋を呼ぶ前に、電話を使っていいかい？　牛のことで、ある男と話をしなきゃならないんでね」

ウェイドはゆっくり電話のそばへ行って番号を押し、子機を持って大股にポーチへ出た。震える手で、チャーリーは娘の髪をとかした。レイチェルはおろしてほしくて身をくねらせた。開け放たれた戸口からウェイドの話し声がとぎれとぎれに聞こえてくる。

「理由なんかどうだっていい……もう少しで死ぬところだったんだぞ……あんたが引きとりに来ないなら、挽肉《ひきにく》にしてやっても……」

チャーリーはジャドのほうを見てため息をついた。「ウェイドは気が立っているようね」

ジャドは肩をすくめた。「仕方ないさ。ぼくならさっさとあのろくでもない牛を撃ち殺し、面倒なことはあとまわしにするけどね」

チャーリーはジャドの淡々とした口調に驚き、なんと答えていいかわからなくなった。

ジャドが顔をそむけたので、彼女はそれまで自分が彼の一挙一動を見つめていたのに気づいた。

「おしっこ」ふいにレイチェルが大声で言った。

チャーリーはうめいた。足首を痛めていては、レイチェルをトイレに間に合わせることはできない。

「兄さん！　早く来てちょうだい」

チャーリーの声を聞き、ウェイドが飛ぶように戻ってきた。「どうした？」

「レイチェルがトイレに行きたがっているの」

ウェイドは笑い、電話の子機をチャーリーのわきのクッションの上にほうりだして姪《めい》を抱きあげた。

「さあ、行こう。急いでな」

レイチェルはくすくす笑ってくりかえした。「急いで、急いで」

チャーリーは目をくるりとまわしてからジャドに視線を向けた。彼はにっこり笑っていた。

「トイレの訓練中なの」彼女は説明した。「でもまだ、おもらしせずにすんだためしがなくて」

ジャドの笑みが大きくなった。

「ウェイドが戻ってきたらすぐ、あなたに寝てもらう部屋へ案内させるわ。わたしはこの泥を洗い流したあと、夕食の支度をするから」

「いや」ジャドが反論した。「ぼくらがつくるよ。きみはおめかしして、そこに座っていてくれればいい。そうすればぼくらはみんないい気分になれる」

チャーリーは赤くなった。そこへウェイドが戻ってきた。彼はチャーリーを立たせて一緒にバスルームへと廊下を歩いていったので、あとにはレイチェルとジャドだけが残された。

ジャドは少女と目の高さが同じになるようにしゃがみ、頬に張りついている花びらをとってやった。

「これはおいしいのかい？」ジャドは花びらをぺろりとなめた。

少女はくすくす笑って頭をこくりとさげた。

ジャドは胃を締めつけられる感覚が薄れるのを感じた。ここで寄り道をするのも悪くはなさそうだ。


一時間のうちに、ジャドはコールシティでは迅速さがまったく重視されていないと悟った。修理工が車を引きとりに来るのは明日の朝以降になるらしい。今夜じゅうに運んでくれれば追加料金を払ってもいいとほのめかしたが、なんの解決にもならなかった。修理工場は朝の七時まで開かないのだから、とめておくだけのために急ぐ必要はないというのだ。

これも運命だとあきらめて、ジャドはジープからスーツケースをおろし、与えられたベッドルームへと運んだ。狭いけれど清潔な部屋で、頑丈そうな家具が置かれている。バスルームは一家と共用しなければならないことは、家庭料理が食べられて衣類が洗濯できる贅沢《ぜいたく》の代償としてはささいなものだ。

しばらくたって、一台のピックアップトラックがトレーラーを引いて私道をやってくるのが見えた。例の雄牛の飼い主だろう。ジャドは、ウェイドが男性を出迎える様子を窓から見守った。またもや言い争いが始まったようだ。どちらかがパンチをくりださないうちに割って入ろうかと真剣に考えているうちに、驚くべき事実が耳に飛びこんできた。タッカーという男性は牛の所有者であるだけでなく、レイチェル・フランクリンの祖父でもあるらしい。しかも、タッカーはその事実をあまり好ましく思っていないらしい。いったいどうしてなのだろう？

「彼は幸せな人じゃないのよ」チャーリーがトラックに乗った男性を指さした。

ジャドはぎょっとして振り向いた。「誰が？　ウェイドがかい？」

「いいえ、エベレット・タッカーのことよ」

ジャドは彼女から顔をそむけた。立ち聞きしているのを見られてばつが悪かった。あらゆることの真相を知りたがるのは自分のなかの刑事魂のせいだ。

「のぞき見するつもりはなかったんだ」

チャーリーは肩をすくめた。「彼がわたしたちを嫌っているのは、このあたりでは公然の秘密よ」後ろを振りかえって、テレビの前に座りこんで遊んでいる娘を見つめる。「とくにレイチェルをね」

「でも、どうして?」ジャドは尋ねた。

「あの子は彼のひとり息子のピートの、たったひとつの忘れ形見だから。たぶん、あまりに苦しくてあの子を見ていられないのよ」

「すまない。また死者を踏みつけにしたようだ」

チャーリーはジャドを見て、かたい笑みを浮かべた。「いいえ。死者はみんな安らかに眠っているわ、ミスター・ハンナ。ピートは妊娠したわたしを捨てたのだから、彼の死を嘆く気持はないの」

ジャドは青ざめた。「何度も同じことを言うようだが、すまなかった。ともかく、その男は純然たる愚か者に違いない」

彼女はため息をついた。「本当にそうだったわ」

さまざまな感情が頭のなかを駆けめぐって、ジャドは落ちつかなくなった。彼はしばらくチャーリーを見つめてから、大股でドアの外へ向かった。

ジャドが家に戻ったころには、太陽が西の空低くかかっていた。彼はウェイドが柵の修理をするのを手伝った。ただし、家畜に餌《えさ》をやることに関しては見ているしかなかった。農村の暮らしはジャドの知っている世界とはまったく異質なものだ。

　手を洗ったあと、ウェイドはジャドにじゃがいもの入ったボウルとナイフを手渡し、ステーキ肉を載せた大皿を持って出ていった。ウェイドが外のバーベキューグリルで肉を焼くあいだ、ジャドはキッチンのシンクに立ってじゃがいもの皮をむいた。窓の向こうでは、レイチェルが庭のぶらんこからおじのもとまで走ってはまた戻り、ひとりで引っきりなしにしゃべりつづけている。ジャドは片手にじゃがいも、片手にナイフを持ったまま立ちつくし、そんな家族の情景に自分が加わった場面を想像した。やがて現実に戻ってじゃがいもに注意を向けると、いらいらと皮をむいた。自分の面倒すらろくに見られないのに、妻や子供を養えるわけがない。なのに、どうしてないものねだりをするんだ？

　そのときふと人の気配を感じた。振り向くと、チャーリーが壁に寄りかかるようにして戸口に立っていた。ジャドはナイフとじゃがいもをほうりだし、両手をジーンズでぬぐいながら彼女に駆け寄った。

「その足で立ったりしちゃだめじゃないか。ほら、手伝ってあげるから、椅子に座って」

　チャーリーがジャドのたくましさに感謝して寄りかかろうとすると、彼はわきに腕を入れて彼女を抱きあげた。

「恥ずかしいわ」チャーリーはつぶやいた。

ジャドは彼女をリラックスさせようとにっこり笑った。「チャーリー、きみは男からこんな最高の機会を奪う気じゃないだろう？　美しい女性を抱きあげる許可なんて、毎日得られるものじゃない」

「奥さんが相手でも？」

ジャドはチャーリーに見つめられていると気づいた。長いこと、ふたりは身動きもしなければ口もきかなかった。湿り気のある洗い髪がジャドの手の甲をくすぐる。物問いたげに目を見開いて表情をこわばらせている彼女は、まるで聞きたくない答えが返ってくるのを恐れて息を殺しているかのようだ。彼はすぐにその考えを振り払った。どうかしている。チャーリーは赤の他人じゃないか。

「結婚はしていないんだ。恋人もいない。警官という仕事は長続きする関係を築くのに向いてなくて」

「ここでおろしてちょうだい」チャーリーが言った。

ジャドは、突然話題を変えられたことに少し驚きながらも、彼女をフロアの奥まで連れていき、そっと椅子におろした。

「ありがとう」チャーリーは礼を言った。

ジャドはうなずいた。シンクのほうに戻りかけたとき、チャーリーに呼びとめられた。

「ミスター・ハンナ……」

ジャドはため息をついて振り向いた。彼女はその気になるまでジャドとは呼ばないつもりらしい。

「なんだい？」

「仕事のせいじゃないでしょ。生き方を左右するのは制服ではなくて、制服を着ているその人自身よ」

その言葉に含まれた真実にうろたえてジャドが返事に困っているところへ、ウェイドが現れた。

「ステーキが焼けたぞ」純金でも運ぶかのように大皿をうやうやしく捧《ささ》げ持っている。

「じゃがいもはまだだ」ジャドはシンクへ向かった。

チャーリーは兄の興味ありげな視線には気づかないふりをして、ジャドのこわばった肩を見つめた。彼女の言葉はジャドの神経にさわったようだ。

「かまわないよ」ウェイドが言った。「どのみち、レイチェルを砂場から引っぱりだしてこないと」彼は皿をチャーリーのそばにおろし、また外へ行った。

食事を終え、ベッドに入ってかなりたっても、ジャドの耳にはまだチャーリーの言葉が響いていた。

〝仕事のせいじゃないでしょ。生き方を左右するのは制服ではなくて、制服を着ているその人自身よ〟

それが本当なら、自分がだんだんおかしくなっていく気がするのも不思議ではない。その夜ジャドの夢に出てきたのは、かつてのパートナー、ダン・マイヤーズだった。ダンは笑っていた次の瞬間、胸のなかで炸裂《さくれつ》した銃弾のせいで血まみれになっていた。

ここは田舎だ。雄鶏《おんどり》の鳴き声で目覚めるなら、ジャドも驚きはしなかった。しかし、顔にかかる穏やかな幼児の吐息で起こされるとは予想だにしていなかった。彼は夢うつつの状態から一瞬にして完全に目覚め、大きなブラウンの目をまじまじと見つめかえした。ジャドが身動きするより先に、レイチェルが彼の鼻の穴に指を突っこんだ。

「お鼻」レイチェルが言った。

ジャドは笑った。警察署の同僚が知っているような穏やかな含み笑いではない。もしも録音されたその声を彼自身が聞かされたとしても、とうてい自分の声とは思えないだろう。腹の底から出てきた低い笑い声は静かな家のなかに響き渡った。少女はくすくす笑い、腕に抱えたくしゃくしゃの毛布の陰にひょいと頭を引っこめ、再び彼をちらりとのぞいた。

ジャドは手をのばしてレイチェルを抱きあげ、ベッドの縁に座らせた。やわらかい巻き毛が目の上に垂れている。靴下は片方しかはいていない。少女は甘い香りがした。ジャドに向けられた笑顔はそれよりさらに甘くとろけそうだった。

「へえ、きみは早起き《アーリーバード》なんだね」

「鳥《とり》」レイチェルが窓の外を指さした。

ジャドの笑みは広がった。この子はかわいいだけじゃない。頭もいいのだ。どうでもいいことではあったが、それを知って彼はうれしかった。

「ああ、そうだね。鳥は木に住んでいるんだ」

レイチェルがお尻をもぞもぞ動かしてカバーの下にあるジャドのあたたかい脚のほうへ近寄り、自分の毛布を顎まで引っぱりあげた。そのとき、チャーリーが足を引きずりながら部屋に入ってきた。

チャーリーの髪は娘と似たり寄ったりの乱れようだ。だが似ているのはそこまでだった。素顔のままで、まだ眠たげなはれぼったい目をしたチャーリーは、愛する男性の腕のなかで一夜を過ごした女性のように見えた。ジャドは一瞬、彼女と愛を交わしたらどんなふうだろうと想像し、すぐにその考えを振り捨てた。

「本当にごめんなさいね」チャーリーはレイチェルを抱きあげた。「この子ったら、最近ひとりでベビーベッドから出ることを覚えちゃって」

ジャドはにっこりした。「この子の行動が予測できるとしたら、目覚まし時計は時代遅れになるな」

「きくのが怖いけど、この子なにをやったの？」

彼はにんまりと笑った。「さっきまでは違ったとしても、今ぼくの左の鼻の穴は間違いなくきれいだとだけ言っておこう」

チャーリーは目をくるりとまわしてみせた。「まあ、なんてこと」

ジャドはまた声をあげて笑った。「そう悪くはなかったよ。四十五口径の銃を突きつけられるよりはよっぽどましだ。絶対にね」

チャーリーが顔をしかめた。「あなたたち警官のユーモアのセンスって理解できないわ。さて、わたしたちはもう行くから、ゆっくり寝てちょうだい」

彼は体をのばしてあくびをした。「もう眠れないよ。コーヒーをいれてもかまわないかな？」

シーツがジャドのおなかのあたりまですべり落ちたと同時に、チャーリーの脈は跳ねあがった。彼女はなんとか返事をした。

「その、ええ……いえ、いいわよ。好きにしてちょうだい。シャワーは今ウェイドが使っているんだけど、すぐに出てくると思うわ」

ジャドはドアへ向かうチャーリーの足首に目をやった。まだはれていて、青くなりかけている。手を貸そうと反射的に起きあがりかけ、自分がなにも着ていないのを思いだした。ふたりが去るのを待ってベッドを抜けだし、服を着た。唯一残っている清潔なジーンズと、少ししわの寄ったタルサ市警のロゴ入りTシャツだ。

キッチンへ向かう途中、娘の着替えを手伝うチャーリーのやさしいなだめるような声にまじって、ウェイドの低い声が聞こえた。聞こえてくる話からすると、署長はすでに電話で今日の務めをこなしはじめているようだ。ほんの一瞬、ジャドは仕事に出かける準備をしていないことを後ろめたく感じた。だが、今ここにいるのはあのいまいましい仕事のせいだ。ダン・マイヤーズと一緒に死ななかった自分を許す方法を、どうにかして見つけなければならない。

数分後、コーヒーを探してキャビネットをごそごそやっていると、ウェイドがキッチンに入ってきたので、ジャドは振り向いた。

「コーヒーをいれてもかまわないかどうか、あらかじめチャーリーにきいたよ」ジャドは言った。

明らかに心ここにあらずの様子で、ウェイドが肩をすくめた。「あ、ああ……勝手にやってくれ」

水差しに水を満たして粉を量るあいだ、ジャドはちらちらとウェイドを観察した。コーヒーがポットにたまりはじめると、おもむろに向きなおった。

「トラブルがあったのか?」ジャドは尋ねた。

ウェイドはうなずいた。「おそらくな」

「話してみたらどうだい?」

ウェイドは鎮痛剤の瓶に手をのばした。「膝が悪くてね」そう言って、水なしで二錠のみくだした。

ジャドは待った。相手が本当に話したいなら、心の準備ができ次第そうするだろう。やがてウェイドが顔をあげ、鋭い視線をジャドに向けて言った。

「きみの署の警部と話したよ」

ジャドは苦笑した。「なんて言ってた?」

「あの愚か者がまだ生きていたとは喜ばしい、さっさとタルサに戻ってくるよう伝えてくれ、と」

ジャドは肩をすくめた。「警部はぼくが好きでたまらないのさ。まったく、迷惑な話だ」

ウェイドは笑いそうになった。しかし、気にかかっているのはジャドの反逆精神とは別のことだった。

「彼はきみのことを優秀な刑事だとも言っていた。それでぼくは自分の問題を思いだしたんだ」

その瞬間、ジャドは次に来る話題が好ましくないものだと直感した。

「実は、コールシティでは困ったことが起きていてね」ウェイドはふたり分のコーヒーをついだ。「レイモンド・シュラーという地元の銀行の頭取が行方不明になった。彼の妻の話では、ゆうべ会議に行ったきり帰ってこないらしい。レイモンドの車は会議が開かれた公会堂の前にとめてあった。ぼくの部下が発見したんだ。だが、当人はどこにもいない」

ジャドは眉をひそめた。「前にもそんなことがあったのか？」

ウェイドは首を振った。「はじめてだ。レイモンドは愚かな策略をするタイプじゃない。なにかあったのは間違いないだろう」

「強盗か、あるいは愛人にまつわるトラブルか？」

ウェイドは肩をすくめた。「可能性はいくらでもある。署に着くころにはもっと考えつくさ」

「それがぼくとなんの関係があるんだ？」

ウェイドは答えを渋った。その顔にためらいが浮かぶのをジャドは見てとった。

「ぼくの部下のハーシェル・ブラウンは、明日結婚式をあげてハネムーンに出発する予定なんだ。少なくとも二週間は戻らないだろう。あいつに、この事件のために結婚を延期してくれとは頼めないし、ハネムーンはおあずけだなんてとても言えやしない。でも実際は人手が足りないんだ」

ジャドは身をかたくした。「ほかに部下は何人いるんだい？」

ウェイドはにやりとした。「ひとりもいない。それで、きみなら捜査に協力してもらえるのではないかと期待しているんだけどね。いくばくかの相談料は支払えると思う。充分とはいえないだろうけど」

ジャドはため息をついた。予定外の事態だが、選択の余地はなさそうだ。

さらなるウェイドの言葉がとどめを刺した。「ジープが修理されて走れるようになるまで、どのみちきみはここにとどまるわけだから――」

「わかったよ。ただし、報酬はいらない。厳密には、ぼくはまだオクラホマ州の職員なんだから」

ウェイドはにっこり笑った。「ありがとう。本当に感謝するよ」

「礼を言うのはまだ早い」ジャドは言った。

肩をすくめたウェイドが口を開くより先に、誰かが外でクラクションを鳴らした。

ウェイドは自分のカップにコーヒーのお代わりをつぎ、顎をしゃくった。「大酒飲みのハロルドだ」

「大酒飲みだって?」

ウェイドはにやりとした。「きみの車を町の修理工場へ引いていく男さ。もっとも、きみが修理工と話したいなら、明日まで待たなきゃならないがね」

ジャドは眉をひそめた。もう一日遅れが出るわけか。ため息が出た。なぜか驚きは感じなかった。

「どうして明日なんだ?」ジャドは尋ねた。

「今日が月曜日で、ハロルドは月曜には店を開けないからだよ」

尋ねても無駄だとわかっていたのに、疑問が口をついて出た。「なぜ月曜は店を開けないんだ？」

　ウェイドの笑みが広がった。「週末の酔いを醒《さ》ますために一日じゅう寝ているからさ。「たとえ彼が店を開けたとしても、仕事をしてもらえるとは思わないほうがいい。酒が抜けるまでは、まるで役に立たない男だからね」

「つまり、今日は車を工場に運ぶだけなのか？」

「そんなところだな」

「まあいいさ。だったらぼくは、ここに残ってチャーリーの世話をするよ」

　ウェイドは心配そうな表情になった。そういう話の展開は予想していなかったのだろう。

「いや、それは……」

「誰かいるのか？　親しい隣人とか友達とか、彼女の面倒を見てくれる人が？」ジャドが尋ねた。

　ウェイドは渋い表情になった。「いないよ」

「きみ自身が世話をするつもりだったのかい？」

「レイモンドが失踪《しっそう》しなければね。本当はもう署にいなきゃならないんだ」ウェイドが言った。

「じゃあ、そのなんとかってやつに車を引いていってもらい、ぼくはここでチャーリーの面倒を見るよ。たぶん明日には足首のはれは引くだろう」

外でクラクションが鳴った。ジャドの申し出を断る理由は見つからない。ウェイドはカップを置いてドアへと向かった。

「いいだろう」そっけなく了承する。「とにかく車を町まで運ぶよう、ぼくから大酒飲みに伝えておく。明日になれば、きみはハロルドと修理の相談ができるはずだ」

「それで決まりだな」ジャドは内心、どうして女性や子供のお守りにこれほど精を出す気になったのだろうといぶかった。まったく自分らしくなかった。

3

ジャドはチャーリーにふれたかった。女性に対してこれほどふれたいと感じたことはかつてない。彼女は今、家の前の花壇にひざまずいて草をとっている。金色に焼けたなめらかな肌はうっすらと汗をかいてきらめいていた。髪は一本の太い三つ編みに束ねられている。あたたかみのある栗色《くりいろ》は太陽の光を受けて燃え立つようだ。三つ編みはチャーリーが草をとっているときは肩から垂れ、のびをして背中を休めるたびに片側の胸の上ではずんだ。着古して裾《すそ》のほつれたデニムのショートパンツは度重なる洗濯で色落ちし、Ｔシャツのロゴは読みとれない。ジャドは彼女のほっそりした首筋と華奢《きゃしゃ》で小さな素足を見つめながら、なにか別のものに集中しろと自分に言い聞かせた。しかし、聞く耳はなかった。

砂利道の向こうでレイチェルが遊んでいた。小さなバケツいっぱいにすくった土をひとつの山から別の山へ運んでは、またスコップで土をすくっている。頭上ではコンドルが一羽、空高く旋回しながら獲物を探していた。ジャドはコンドルのはるか上空に浮かぶ飛行機雲を見あげ、飛行機に乗っている見知らぬ人々に思いをはせた。気づいてはいないだろうが、彼らは今天国の上を飛んでいるのだ。

「ジャド、その小さい鍬《くわ》をとってくれる?」チャーリーのことを考えていたと悟られただろうか? 顔に表れていたのだろうか?

彼はやましさを覚えながら鍬をつかんだ。

「ありがとう」チャーリーは鍬で地面を引っかき、灌木《かんぼく》の根のまわりの土をほぐしはじめた。

「ぼくにやらせてくれたら喜んで引き受けるよ」

チャーリーは手をとめ、なにげなさを装ってジャドを見つめた。彼のシャツは肩にぴったり張りついていて、脚の筋肉も立派だ。ジャドはフィットネスフリークなのかしら?

彼女はすぐにその考えを振り払った。なんであろうとわたしには関係ない。

「マリーゴールドと雑草の違いがわかる?」

ジャドは少し間を置き、笑顔を見せた。「いや」

「じゃあ、悪いけど自分でやるわ」

ジャドは笑い声をあげた。「きみは男をあまり信用しないんだね」

チャーリーは顔をあげなかった。「だって、信用する理由がないもの」

ジャドは真顔に戻った。レイチェルに目をやり、ちょこちょこ歩くたびにはずむ巻き毛を眺めた。そして、この子を拒んだ愚か者のことを思った。

「きみにしてみればそうだろうな」ジャドは静かに言った。スコップを持ったレイチェルが小さなバケツを置いて、ふたりのほうへやってきた。

「ママ、喉渇いた」

「ちょっと待ってね」チャーリーが言った。「これが終わったら、なにか飲ませてあげるから」

ジャドはチャーリーの肩に手を置いた。「ぼくが連れていってあげるよ」

チャーリーはためらい、笑みを浮かべた。「ありがとう。でも、わたしが連れていくほうがいいわ。たぶんトイレにも行きたがるだろうから」

ジャドは反論しかけ、すぐに考えなおした。もしレイチェルが自分の娘だとしたら、よく知りもしない男にトイレへ連れていってほしくはないだろう。

彼はうなずき、両手をチャーリーのわきの下にすべりこませて彼女を立たせた。そのまましばらく向かいあい、ふたりは視線をからませた。

その瞬間、なにかが起こった。

あとになってチャーリーはあのとき魂が互いを認めたのだと考えた。一方ジャドは、ただ無性に彼女にキスしたかったことしか思いだせなかった。

ジャドは進みでた。

チャーリーが顔をあげ、息をのんだ。

「ママ……」

レイチェルのおねだりでジャドとチャーリーは現実に引き戻され、ここにいるのはふたりだけではないと鮮明に思いだした。なにかふたりを隔てるものが欲しくてジャドはとっさに少女を抱きあげ、自由なほうの腕をチャーリーの腰にまわして家に入るのに手を貸した。不思議とチャーリーはたくましいジャドにおとなしく体をあずけ、彼の助けをあたりまえのように受け入れた。なかに入ると、ジャドはバスルームのドアの外に少女をおろした。

チャーリーは無言でジャドの横を通り過ぎた。彼は閉じられたドアを見つめ、やはりウエイドと一緒に町へ行くべきだっただろうかと思った。この家でチャーリーとともに過ごすのはいい考えではなかった。ぼくはすでに彼女に魅了されている。好きになどなりたくはないのに。少なくとも、ここを去りがたくなるほどには。

レイモンド・シュラーは闇《やみ》のなかで意識をとり戻し、はじめ自分が失明したのかと思った。やがて目隠しをされているのだとわかり、懸命にはぎとろうとした。抗議のうめきが喉からもれた。だが、猿ぐつわをかまされているので口のなかにしか響かない。手首と足首に巻かれたロープがざらざらしてきついくらいは、この不安のなかではささいなことだった。自分は誘拐されたのだ。殺されるかもしれない。

時が過ぎた。頭がはっきりし、肌をかすめる空気の流れがわかるようになった。ややあって、はっとした。ああ、なんてことだ！

彼は裸だった。自由になろうともがくものの、恐怖に切り刻まれ、胃がむかついた。ほこりのにおいが濃く立ちこめているせいで、喉が渇き唇がひび割れて焼けるようだ。

がたんという音がした。もう一度。足音を聞き、レイモンドは身をこわばらせた。これが死ぬ瞬間なのか？　彼は妻のこと、身内のこと、抱えている債務や隠し持っている秘密を思い浮かべ、自分がいない世界はどうなるのだろうと考えた。低い嗚咽《おえつ》がこみあげて、猿ぐつわにつっかえた。

乱暴に体をぐいとつかまれ、あおむけからうつぶせに転がされた。レイモンドは涙を流し、享受できるはずのない哀れみを無言で願い求めた。ふいになにか熱いものが尻に押しつけられ、肉の焼けるにおいが漂った。予想外の鋭い痛みに貫かれたショックのあまり、彼は大きく身をのけぞらせた。そしてすべてが終わる前に幸いにも失神した。腕に針を刺されて抗生物質を注射されたことや、足音が遠のいていったことに、レイモンドはまるで気づかなかった。次に目覚めるのは翌日になるだろう。そのときにはもう行為は終わり、とりかえしのつかないダメージが与えられているはずだった。

「ところで、行方不明の銀行家についてはは今朝以降なにかわかったかい？」ジャドは夕食を終えたばかりのテーブルを片づけながら尋ねた。

まわりで交わされている会話の深刻さには気づかず、レイチェルがおじの膝に這《は》いのぼってシャツのボタンをはずした。最近お気に入りの新しい遊びだ。

ウェイドは姪《めい》を見おろし、小さな指がボタンをひとつずつはずしていくのを眺めてにやにやした。

「それが、ほとんどなにもわかっていないんだ。どうやら本当に誘拐されたらしいということだけだ。ただし、身代金の要求はまだない」

「彼は金持なのか?」

チャーリーがかすかに鼻を鳴らした。「わたしたちのお金をたっぷり持っているんですもの」

ウェイドは妹の手を軽くたたいてたしなめ、ジャドに視線を移した。「つまり、ローンの返済が難しいときに返済期日をのばしてほしいと頼む相手としては、レイモンドはあまり〝いい人〟とは言えないんだ」そう説明したあと質問に答えた。「たしかに彼は金を持っているよ。父親から相続したんだ」

ジャドは眉をひそめた。「レイモンドの仕事のやり方を好ましく思っていないのはきみたちだけじゃないんだろうな。彼には敵が多いのかい?」

チャーリーが今度ははっきり鼻を鳴らした。「味方を数えるほうが早いわ。ほとんどいないから」

ジャドは彼女に向かってにやりとした。まったく、こんな気骨のある女性を好きにならずにいられるものか。「そんなにひどいのかい？」

チャーリーは顔をしかめ、ウェイドを見てため息をついた。「わたし、また大げさになってる？」

「まあね。それがおまえの愛すべき一面だけどな」

彼女はにっこりした。「ほかには？」

ウェイドは膝の上のいたずらっ子を見おろした。シャツのボタンはベルトの部分まではずされている。レイチェルが胸毛を指に巻きつけて引っぱりはじめたので、彼は悲鳴をあげて姪をチャーリーに渡した。

「この、ミス・レイチェルさ。そう考えると、ぼくはマゾヒストに違いないと思うよ。毎晩このいまいましいちっちゃな指の拷問に耐えているんだから」ウェイドはジャドに向かってにんまりした。「レイチェルがいれば、かみそりは必要ないんだ」

「ハンカチも、だろう？」ジャドはつけ加えた。

チャーリーは今朝娘がどんなふうにジャドを起こしたかを思いだし、笑いはじめた。

「なにがあったんだい？」ウェイドが尋ねた。

「今朝、兄さんがシャワーを浴びていたときに、ジャドはかなり荒っぽく起こされたのよ」

ウェイドも笑顔になった。「まさか、鼻の穴に指を突っこむいたずらじゃないだろうな？」

ジャドはくすくす笑った。「ああ、それだよ。指でぐるっとなかを探られたおかげで、ぼくはすっかり目が覚めた」

ウェイドはくっくっと笑い、チャーリーはレイチェルをぎゅっと抱きしめて首筋に鼻をうずめた。

「困った子ね。ママはどうすればいいの？」

ジャドは身を乗りだし、レイチェルの頭をぽんぽんとたたいた。巻き毛は絹糸のような感触だった。

「愛してやればいいだけさ」ジャドは静かに言った。「今の時代、子供が無邪気でいられる期間は短いんだから」

ウェイドの笑みが消えた。「そのとおりだ」彼は好奇心から話題を変えた。「さあ、ぼくの話はもう終わりだ。きみたちは今日なにをやってたんだ？」

「とくになにも」チャーリーはレイチェルのテニスシューズのひもをそわそわといじりだした。

「彼女は庭仕事を少しやったよ」ジャドがつけ足し、残りの皿をシンクのなかに積みあげた。

ふたりの声の調子が不自然だったので、ウェイドはいぶかった。疑惑の目でしばらくふたりを観察する。チャーリーは娘の靴ひもをやけにきつく結び、ジャドはそれほど洗いものがない割には勢いよく水を流しはじめた。ウェイドの心に不安が忍び寄った。ジャドは警官であり、姪の命の恩人でもあるとはいえ、知らない人間であることに変わりはない。ぼくの留守中に妹になにかしたのだろうか？

ウェイドはリノリウムの床をきしませて椅子を引き、ふいに立ちあがった。

「ふたりとも、なぜ急に黙りこんでしまったんだ？　話したくないようなことがなにかあったのか？」

チャーリーが立ちあがり、怒りに燃える兄の目を見た。「いいかげんにしてよ、兄さん。もしジャドが紳士らしからぬことをしたのなら、こうして無事な姿でキッチンに立っているはずないじゃない。わたしを見くびらないで」

ジャドも怒りを感じた。ただしそれは、こんな状況に入りこんだ自分自身に対してだった。

「ふたりとも。町まで乗せていってくれさえすれば、ぼくは永遠にきみたちのもとからおさらばするよ」

チャーリーは激しく狼狽《ろうばい》してジャドを振りかえった。その瞬間、彼に出ていってほしくないと感じていることを悟った。けれど彼女が口を開くより先に、ウェイドが肩をすくめてにっこり笑った。

「早とちりしてすまなかった。ぼくはうたぐり深いたちなんだ。警官を長年やっているせいでね」そしてつけ加える。「それに、きみはまだ出ていけない。レイモンドの事件を手伝うと約束したんだから」

ジャドは無言でうなずいた。なるべくしゃべらないほうがいいと判断したのだ。実際、チャーリーの言ったことは正しい。ふたりのあいだにはなにも起こらなかった。だがふたりとも、なにかが起きていたかもしれないとわかっていた。後ろめたさを覚えるにはそれだけで充分だった。

翌朝、空はどんよりした灰色の雲に覆われていた。チャーリーはベッドから足をおろし、おそるおそる体重をかけてみた。明らかによくなっている。これならひと安心だ。ジャド・ハンナを客として扱うのは兄がそばにいて緩衝役になってくれるときでも難しい。ふたりきりだとなお大変だった。どういうわけかジャドのことを意識してしまうからだ。はじめは命を救ってくれたことへの感謝の気持だと思った。けれども、ジャドにキスする場面をはじめて想像したときから、その理屈は通らなくなった。これまで彼女は多くの人々に感謝してきた。だが、その人たちにジャド・ハンナにしたいと思っているようなキスをしたくなった経験は一度もない。

　ひと晩じゅう、チャーリーは自分の良心と闘った。そして明け方近くに、男性に夢中になるべきではないと結論を出した。男性に気を許したあげく未婚の母となった。あんなことは二度とあってはならない。

　レイチェルが起きる前にキッチンへ行って朝食をとろうと思い、静かに服を着替えた。天気を考慮してショートパンツの代わりにブルージーンズを選び、Tシャツの裾をジーンズに押しこんで鏡に目を走らせた。髪はきれいな三つ編みになっている。服は古びてはいるものの清潔だ。はれた足を履き古したサンダルに突っこんだときもさほど違和感はなかった。なのに、ベッドルームを出たとたん、なにかやり残したような気がして仕方がなかった。そのとき、ジャドが彼の部屋から出てきた。ふたりは互いに驚いて、ほかには誰もいない廊下に立ちすくんだ。

　ジャドがなにか言いかけたので、チャーリーは指を唇にあてて黙らせ、キッチンへ導いた。

「レイチェルが起きるわ」廊下の奥の部屋を示しながら説明する。「あの子、眠りが浅いの」

　ジャドはうなずいた。だが心は、彼女のきっちりした三つ編みからところどころはみでている巻き毛や、額にかかる羽毛のような髪に奪われていた。

チャーリーはコーヒーポットを手にとり、水を満たした。ジャドがそばにいると落ちつかない。

「よく眠れた?」彼女は尋ねた。

「ああ」

ふたりのあいだに沈黙が流れた。

「足の具合はどうだい?」今度はジャドが尋ねた。

チャーリーはつくり笑いを浮かべて振り向いた。「よくなったわ。ありがとう」

会話がとぎれ、気まずい雰囲気になった。

とうとうふたりは同時に向きなおって口を開こうとし、決まり悪そうな笑い声をあげた。

「あなたからどうぞ」チャーリーが言った。

ジャドは首を振った。「レディファーストだ」

彼女はフライパンを火にかけ、冷蔵庫から卵の入ったボウルをとりだした。

「卵はスクランブルでいいかしら?」

彼は苦笑した。「かまわないよ。ぐちゃぐちゃに混乱したぼくの頭の中身に、まさにぴったりだ」

チャーリーは手をとめた。ジャドが仕事からの逃避について軽口をたたくのは今がはじめてではない。本当は、口で言うほどのんきに構えているわけではないんじゃないかしら。

彼女は卵を置いた。「ねえ、質問してもいい？」

ジャドは肩をすくめた。「どうぞ」

「あなた、なにがあったの？」

彼の笑みがすっと消えた。「知るもんか」それだけ言って顔をそむける。

「ごめんなさい。わたしには関係ないことよね」

ジャドはため息をつき、再び彼女に向きなおった。「ぼくのパートナーは退職の前日に死んだんだ。ぼくをねらった弾を代わりに受けてね。彼の奥さんの顔が今でも頭から離れない」

「まあ、ジャド……」

彼はしかめっ面になった。「ダンは殉職したとぼくが告げたとき、彼の奥さんもそう言ったよ」

「警官は危険を伴う職業だわ。彼はそのリスクがわかっていたはずよ。奥さんもね」

ジャドはその言葉をかみしめた。理屈では、チャーリーが正しいとわかっていた。しかし、理屈と感情はめったに意見が合わないものだ。

「シャーロット？」

チャーリーは顔をあげた。名前で呼ばれたことなど久しくなかった。ジャドの口から出たやさしい響きを耳にして、彼女は身を震わせた。

「なに?」

「ぼくもひとつきいていいかい?」

チャーリーはとまどった。だが、なんとかほほえんでうなずいた。「ええ、いいわよ」

「レイチェルの父親を愛していたのかい?」

彼女の笑顔が苦々しげにゆがんだ。「昔はね。わたしがまだ純粋にも、人は思ったままを口にすると信じていたころは」

ジャドはたじろいだ。チャーリーの怒りは理解できる。驚いたのは、彼女の答えが胸に響いたからだ。誰かに欺かれて捨てられる痛みは、彼自身よく知っている。とっさにジャドは彼女の頬に手をふれた。

「悪かった」

チャーリーは凍りついた。そして頬にあてられたてのひらのぬくもりや彼の声のやさしさを無視しなさいと懸命に自分に言い聞かせた。

「謝ることなんてないわ」彼女はそっけなく言い、おかしなまねをしてしまわないうちに顔をそむけた。

ジャドは悲しみと憤りを感じた。チャーリーが人に弱みを見せたがらないのはわかる。昔一度そういう部分をさらけだし、つらい目に遭ったのだから。

廊下をぱたぱた駆けてくる足音がその場の雰囲気を打ち破った。すぐにレイチェルがキッチンに入ってきた。毛布を丸めて抱え、親指を口に突っこんでいる。巻き毛はもつれていて、またもや靴下を片方はいていない。なんとも愛らしいその姿に思わず心を動かされ、ジャドは少女を抱きあげた。首のわきに鼻を押しつけて子供らしい甘い香りをいっぱいに吸いこみ、頬に軽くキスをした。

「おはよう。お口になにを入れてるんだい？」

ジャドはからかい、小さな親指をやさしくつまんで引っぱるそぶりをした。新しいゲームに喜んでレイチェルが笑うと、彼の心はあたたかくなった。

チャーリーはうっとりとその光景に見入った。娘がジャドを驚くほど信頼しているさまを目にし、喉がつまった。ピート・タッカーがああいう男でなければ、今ごろこんな暮らしをしていたかもしれない。レイチェルには父親がいて、わたしには……。

チャーリーは息を吸いこんで卵を手にとり、憤然とボウルのなかに割り入れた。やめなさい。今すぐやめるのよ。夢を見るだけならいいけれど、夢中になりすぎると大変なことになるわ。

レイチェルに続いてウェイドが入ってくると、キッチンはすぐにおしゃべりや笑い声や少女が食べるものをねだる声で満たされた。ジャドは座って、彼らを結びつけている愛情を見守り、吸収した。それからすぐウェイドはパトカーで出かけた。ジャドはあとでチャーリーと一緒に車で町まで行く予定だった。今日はやることがたくさんある。チャーリーは買い物。レイチェルは健康診断。ウェイドは消えた男性の捜索。そして自分は、ジープの修理の件でハロルドと会わなければならない。ありきたりの一日の、ありきたりな出来事。しかしジャドはなぜか、今にもなにかが起こりそうな予感がした。

苦痛の波がレイモンド・シュラーの脚に打ち寄せ、背中を駆けのぼった。今が何時だかわからない。目隠しと猿ぐつわをずっとつけさせられているせいで、時間の感覚が失われている。昼かと思えば夜になり、また昼が訪れた。正気に戻りかけるたび、何者かに注射針を突き立てられて非現実の世界に送りかえされた。もっとも、それはレイモンドにとって幸いだった。意識がない分、状況に耐えやすい。とらえられて以来なんの情報も得られず、いまだに裸であるという事実と尻の傷が炎症を起こしているらしいことしかわからなかった。傷口の熱が全身に広がり、しばしば悪寒に苦しめられた。うつぶせに寝かされているマットレスは鶏の羽根とほこりのにおいがした。これほど弱っていなければ、腹が減ってたまらなかっただろう。しかし、この悪夢が始まってから、水以外は喉を通らなかった。彼は移ろう意識のなかで、自分をこんな目に遭わせるのはいったい誰なのだろうと考えた。

銀行家という仕事柄、敵は少なくない。だが、どれほど必死に考えても、今まで怒らせた人間のなかにこんな大それたことをやりおおせる度胸のある者などいそうになかった。

とはいえ、現実にレイモンドは両手両足を縛られて、神の目すら届かない場所で痛めつけられている。今の彼にできるのは、どんな形であれ、この状況が早く終わってくれるよう祈ることだけだった。

ジャドはジープを腕のいい修理工にあずけられたことに満足して修理工場を出た。あとは、少し忍耐強さを見せればいいだけだ。部品が到着するまでに数日かかり、ハロルドが故障を直すのにさらに数日かかるだろう。普段ならいらいらするはずなのに、なぜか今は執行猶予をもらったような気分だった。少なくともこれで、素通りする予定だったコールシティにしばらくとどまる正当な理由ができたわけだ。

空を見あげ、雲の層がぐんぐん厚くなって今にも雨が降りそうなのを見てとると、あたりを見まわしてチャーリーの車を捜した。最後に見たとき、彼女はレイチェルを連れて診療所に入っていくところだった。案の定、車はまだ駐車場にある。チャーリーの様子を見に行くべきか警察署に向かうべきか少し迷った。正直なところ、消えた銀行家に対する好奇心がふくらみつつある。だが、足首を痛めているチャーリーがちょこまか動きまわる子供に手を焼いている場面を想像し、まずは診療所へ行くことにした。

通りを行き交う車はほとんどなかった。左へ二ブロック行ったところに二台とまっているほかは、駐車場のチャーリーの車の隣に一台あるだけだ。年老いたレッドハウンドが路地からのんびり現れ、舗装された道路のにおいをかぎながら通りを渡った。数ブロック先から、大柄な男性が子供用の赤いワゴンを引っぱって近づいてきた。ときどき立ちどまっては、縁石の端に置かれたごみ箱をあさっている。リサイクルできる缶を探しているようだ。

ジャドは思わず笑みを浮かべた。ここはタルサのように大きな街とはまるで違う、のどかな雰囲気だ。彼はしばらく歩道にたたずみ、熱心に探しものをする男性を眺めた。男性が近づいてくるにつれて、年はけっこう若そうだと気づいた。どうやら、知能と身体の両方に障害があるらしい。ジャドは青年の顔に浮かんだ子供のような表情に心を奪われた。決して成長しない少年をいじらしく思った。

数分が過ぎた。とうとう青年はジャドからほんの数メートルのところまでやってきた。

「ずいぶんどっさり拾ったね」ジャドはワゴンのなかでがらがらと音をたてている缶を指さした。

青年は見知らぬ人にとまどった様子で顔をあげた。

衝動的に声をかけたことを、ジャドはたちまち後悔した。相手は見るからにおびえている。

「ぼくはジャド・ハンナだ。ウェイド・フランクリンとチャーリー・フランクリンの家に泊まっているんだ。彼らを知ってるかい？」

青年の顔がぱっと輝いた。「レイチェル」そう言ってしきりにうなずく。

ジャドはほほえんだ。「そう、レイチェルもいる。きみもあの子が大好きなんだね。きみの名前はなんていうんだい？」

「デイビー。ぼくはデイビー」

ジャドは手を差しだした。「よろしく、デイビー」

デイビーは一瞬ためらった。握手の仕方なら知っている。ただ、これまで他人から握手を求められた経験がなかった。デイビーはシャツで手をぬぐったのち、ジャドの手を握って力いっぱい揺さぶった。

デイビーはきちんと洗濯された服を着ていた。髪は少し長めではあるが、ぼさぼさというほどではない。誰か世話をしてくれる人がいるのだろう。

「ぼく、仕事を続けなくちゃ」デイビーはそう告げて、ワゴンの取っ手をつかんだ。

通り過ぎていくデイビーを、ジャドは笑顔で見送った。「がんばれよ」

だがデイビーはすでにもっと大事なもの――次のごみ箱とそこに待ち受けている貴重な缶に注意を奪われていた。

がらがらいう缶の音が遠ざかるのを聞きながら、ジャドは通りを渡って診療所に入った。

すると今度は子供の泣き声に出迎えられた。レイチェルがわんわん泣く横で、チャーリーも泣きだしそうな顔をしている。待合室にいる人々が好奇の目を向けるのもかまわず、ジャドはふたりのもとへ駆け寄った。

「いったいどうしたんだ?」レイチェルの頭を後ろから支えてやりながら尋ねる。

顔をあげたチャーリーの目には涙が浮かんでいた。

「今日が最後の予防注射だったのよ。今はこの子、わたしや世間をかなり恨んでいるわ」

「そいつは気の毒に」ジャドはつぶやいた。

同情に満ちたジャドを見てレイチェルはまたもや泣き声をあげ、彼のほうに腕を突きだして抱っこをせがんだ。

「かまわないかしら?」チャーリーが尋ねた。「支払いをするのに、両手が空くと助かるんだけど」

ジャドは笑顔でチャーリーの腕から少女を抱きとった。「喜んで。さあ、おいで、おちびちゃん。お外に鳥がいるかどうか見に行こう」

激しくしゃくりあげていたレイチェルが、突然泣きやんだ。「鳥?」

ジャドはにっこり笑った。「そうさ。鳥を探しに行くんだよ」チャーリーに片目をつぶってみせる。「外に出て空をよく見てみよう」

チャーリーは感謝をこめてほほえんだ。

「ぴい、ぴい」レイチェルは教わった鳥の鳴き声をまねて声をあげた。

待合室にいる全員が笑い声をあげた。レイチェルにはなにがそんなにおかしいのかわからなかった。でも、注射をされるより注目の的になるほうがずっといい。少女はみんなに涙まじりの笑顔を見せ、ドアの外に出ようとするジャドの襟にしがみついた。

「そうだわ、これを持っていくと役に立つかも」チャーリーは小さなマシュマロがいっぱいつまったファスナーつきのビニール袋をジャドに手渡した。

「この子の好物なのかい？」ジャドが尋ねた。

チャーリーは目をぐるりとまわしてみせた。「そりゃあもう。でも、お願いだから、いっぺんに全部口に入れさせないでね」

「了解」ジャドはレイチェルがさっそく袋に手をのばすのを見て、不安を覚えながら言った。

やがて、ふたりは外に出ていった。

「今の人、誰なの？」チャーリーが小切手を渡したとき、受付の女性が問いかけた。

チャーリーは窓の外に目をやった。ここからちょうどジャドのシャツの背中とレイチェルの頭のてっぺんが見える。ふたりとも空を見あげていた。チャーリーは受付の女性に視線を戻し、笑いをかみ殺した。女性は好奇心ではちきれそうな顔つきだ。

「ジャドのこと？　レイチェルとわたしをタッカーの雄牛から助けてくれた人よ」

待合室にいる全員の視線が外の男性へ注がれた。人々はすでにチャーリーが足を引きずっている理由を聞き、親子が死ぬ思いをしたのは知っていた。ふたりを救った英雄を実際に見られるとあっては、誰ひとり無関心ではいられなかった。

チャーリーはつけ加えた。「彼はオクラホマ州のタルサから来た警官なの。車が直るまでわたしたちの家に泊まっているわ。レイモンドの件では喜んでウェイドを手伝ってくれるそうよ」

受付の女性は息をのみ、外の芝生にいる男性をもっとよく見ようとカウンターから身を乗りだした。

「本当にハンサムね」女性が言った。

急にチャーリーは口を閉じた。バッグのなかにボールペンを落とし、ぱちんとふたを閉めた。彼女がピートに妊娠させられたあげく捨てられたときには、大勢の人がさまざまな陰口をたたいた。もちろん、ピートが牛に首の骨を折られたときは、それ以上に多くの人が当然の報いだと考えてくれた。だからといってチャーリーのやましさはみじんも消えなかった。事実は否定しようがない。彼女は男性に気を許しすぎた結果、痛い目を見るはめになったのだ。同じ過ちをくりかえす気はなかった。

「レイチェルの次の予約については、もう少し間近になってから電話するわ」チャーリーは言った。

「わかったわ。足首をお大事にね」

チャーリーはうなずいてドアへと歩きだした。フロアを横切りながら人々の視線をひしひしと感じ、また色眼鏡で見られているのを意識した。外に出てようやくほっと息をついた。そして、悲惨な過去を忘れて、ほかのことに注意を向けた。

不運にも、意識を集中できる対象はレイチェルとジャドだけだった。彼が娘を抱いている姿を見て、チャーリーは胸がじんとした。ふいに、人生が渦を巻いて制御不可能になっていく気がした。

すると、ジャドが振り向いた。チャーリーは彼の視線にとらわれたのを感じた。長い沈黙が流れ、彼女は心のなかで祈った。神さま、どうかわたしをまた同じ目に遭わせないでください。

4

チャーリーは車を駐車場から出してメインストリートに出た。隣にいる男性のせいで注意が散漫になる。ジャドは座席に横向きに座り、レイチェルに突っこまれたマシュマロで口をいっぱいにして笑っていた。ひと口もらうたびに彼がうなり声をあげて小さな指にかみつくふりをするので、娘は大はしゃぎだ。チャーリーはため息をついた。この子の笑い声は父親そっくりだ。ピートの哀れな魂が安らかでありますように。彼女は角を曲がり、速度を落とした。

「ここで薬を調剤してもらわなきゃならないの」チャーリーはドラッグストアの前に車をとめた。

「ぼくが行くよ」ジャドが言った。「きみはなるべく歩かないほうがいい」

チャーリーはためらったが、ありがたく受け入れた。「薬剤師のジュディス・ダンドリッジに言って、請求書はウェイドのオフィスにまわしてもらって」

「そうするよ」ジャドはレイチェルに向かってウインクした。「すぐに戻るからね。ぼくのマシュマロを全部ママにやっちゃうんじゃないぞ」

レイチェルは袋をぽとりと落とし、両手を突きだした。「いっしょに行く」

ジャドはチャーリーをちらりと見た。「きみさえよければ、ぼくはかまわないけど」

少し迷ってからチャーリーは答えた。「いいわ。でも、この子に言いくるめられちゃだめよ。お菓子はもうたっぷり食べたんだから。それと、なにがあってもこの子を下におろさないで。この前連れていったとき、棚のコンドームを床にぶちまけて大変だったの。わたしがしゃがんで拾いはじめたら、この子、その箱をわたしのバッグに突っこんだのよ」

ジャドは頭をのけぞらせて大笑いした。座席からレイチェルを抱きあげたときもまだ笑っていた。

「おちびちゃん、きみとぼくは本当に気が合うな」

チャーリーは薬を入れてもらう瓶をジャドに手渡し、ぎこちない笑みを浮かべた。ふたりが店内へ消えるのを見守りながら、関節が白くなるほど強くハンドルを握りしめた。大柄でたくましい男性が小さな子供を抱いている姿は感動的で、見つめずにいられない。ふたりの顔に浮かんだ楽しそうな笑みがチャーリーの不安をかきたてた。このまま泣いてしまえればどんなに楽だろう。けれど、感情を解き放つのは許されない贅沢《ぜいたく》だった。

神さま、どうかこの気持をとり除いてください。あの人が欲しいと思いたくないんです。

チャーリーは再びため息をついてから通りを見渡した。あたりは彼女の人生を映しだすかのように閑散としていた。もちろん、チャーリーには愛し気づかってくれる兄もいれば、子供だっている。レイチェルの母親である以上に幸せなことはない。それでも、人生に大切ななにかが欠けている気がしてならないのだ。わたしはウェイドとレイチェルの世話をして家事をこなしているのに、わたしの世話を焼いてくれる人はいない。ひとりで眠り、ひとりで泣く。心の大部分ではそれが当然だと思っている。けれどときどき、なにか、もしくは誰かが、わたしの孤独さを思い知らせる。男性の愛情のこもったやさしい腕に抱いてもらえるならなにを差しだしてもいいと思うのは、そんなときだ。ちょうど今のように。

もしジャドがチャーリーの感情に気づいていたら、彼の気持はまったく違ったものになっていただろう。だが、ジャドはレイチェルのおしゃべりにつきあい、いたずらな小さな手を握るのに忙しく、残してきた女性に思いをはせる余裕がなかった。調剤カウンターにたどりついて薬剤師の前に瓶を置いたときには、女性の厳しい表情に驚かされた。名札には〝ダンドリッジ〟とあるだけで、ジュディスともミスともミセスとも記されていない。女性は彼と同じくらい背が高く、四十歳前後にしか見えない顔立ちの割に白髪の目立つ豊かなストレートヘアを男っぽいミリタリーカットにしていた。かつては魅力的な女性だったのだろう。しかし今は、苦々しげな表情の奥にひそむ女らしさをのぞくのは難しい。

「すみませんが」ジャドは空の瓶を手渡した。「シャーロット・フランクリンが薬を調剤してもらいたいそうです。請求書はウェイドのオフィスにまわすように言ってほしいと頼まれました」

　薬剤師は瓶をとって名前を確かめ、意味ありげな目でジャドを眺めてから、彼の肩越しに窓の外を見た。チャーリーが車のなかで待っているのを確認して、ようやく態度をやわらげた。

「チャーリーはどうかしたの？」ジュディスは尋ねた。「どうして自分で来ないの？」

「足首を捻挫《ねんざ》しているんですよ」

　彼女は納得し、背後の棚から大瓶を手にとった。

　待っているあいだ、レイチェルはジャドの頬をぱちぱちたたいた。小さな指が口に迫るたびに彼がうなり声をあげてやると、少女はくすくす笑った。

　ジュディスは向きなおり、かすかな笑みを見せた。「レイチェルはかわいいけど、手が焼けるでしょ」

　ジャドはうなずいた。「ええ、まあ」

　薬剤師は小さなトレイに空けた錠剤を数えた。

「あなたはご親戚《しんせき》なの？」

「いいえ。通りすがりの者です」

　一瞬にして、ジュディスの顔から笑みが消えた。「そういう男は少なくないわ」彼女はつぶやいた。

ジャドは眉をあげた。だが賢明にも、自分の考えは胸にしまっておいた。この女性は明らかに男という種族をよく思っていないようだ。

数分後、薬剤師はジャドに白い袋を渡し、ふと思いついたように少女にキャンディを差しだした。

レイチェルは恥ずかしそうにそれを受けとり、ジャドの首筋に顔をうずめた。彼は凍りついた。子供特有のやわらかい吐息が頬にかかると、自分がだめになってしまいそうな気がした。こんな小さな女の子に男の弱さを思い知らされるとは。彼は喉につかえた塊をのみくだし、薬剤師に軽く頭をさげた。

「どうもありがとう」

キャンディを握りしめ、レイチェルがはにかみながらジャドをまねて言った。「どうもありがと」

ジャドは小さく笑った。驚いたことに、ジュディスの陰気な顔にもゆっくりと笑みが浮かんだ。

「それじゃ、ママのところに戻ろうか」

「ママ」レイチェルがくりかえして、ジャドのシャツの襟にしがみついた。ふたりは出口へ向かった。

チャーリーはふたりを迎える覚悟ができているつもりだった。けれども、いざふたりが店から出て車へ近づいてくると、心臓がどきどきした。大股でしっかりした足どりといい、広い胸といい、ジャド・ハンナは彼女が思い描いていた男性そのものだ。顔はカウボーイハットのつばで半分隠れているものの、セクシーな下唇の曲線はとても魅惑的に見える。彼は愛を交わすときも、生きるのと同じくらい全力をつくすのかしら？　きっとそうだ。

彼女はぶるっと身を震わせ、そんな考えを振り払った。

「愉快だったよ」ジャドはレイチェルを座らせてベルトを締めてやってから、助手席にすべりこんだ。

チャーリーは驚いた顔をした。「レイチェルがまたなにかしでかしたの？」

「いや、ぼくは薬剤師のことを言ったのさ」

チャーリーはエンジンをかけた。だが、車をバックさせる前に少しためらった。

「ごめんなさい。先に教えておくんだったわ。ジュディスはちょっと変わった人なのよ。あなたが薬をとりに行ったせいで、彼女は文句でも言ったの？」

ジャドは肩をすくめた。「そんなことはないよ。ただ、あそこにいたあいだじゅう感じていたんだが、たとえぼくが目の前で首をかき切ったとしても彼女は黙ってぼくが死ぬのを見ていただろうね」

「どういうこと？」チャーリーが尋ねた。

「ジュディスは男が好きじゃないってことさ」

彼女は車を発進させた。「その気持はわかるわ」

ジャドは目をしばたたき、チャーリーとレイチェルの父親とのいきさつを思いだした。この場は口を閉じておくほうがよさそうだ。しかしチャーリーは別のことが気になっているらしく、会話を続けた。

「ねえ、ジャド、ジュディスはほかになにか言わなかった？　その……あなたが声をかけたとき――」

ジャドはため息をついた。チャーリーが言わんとした内容はほぼ想像がついた。それでも彼は彼女が自分から口に出すのを待った。

「なにかって、なんだい？　はっきり言ってくれ」

チャーリーは赤信号で車をとめ、彼をにらんだ。

「いいわ」ぴしゃりと言う。「彼女はわたしたちのあいだになにかあると勘ぐっているようだった？」

ジャドはチャーリーの頭から爪先へと視線を走らせた。最後に唇を見つめてようやく口を開いた。

「つまり、彼女はぼくらがベッドをともにしていると思っていたか、ということかい？」

チャーリーは赤面し、こくりとうなずいた。

「そんなの、わかるもんか」彼はレイチェルに聞こえないよう、小声で言った。

チャーリーは肩を落とした。「彼女はきっとそう思ってるわね。ピートとの一件以来、わたしは評判がよくないから——」

ジャドはいらだたしげにさえぎった。「きみは人が思うより自分に厳しすぎるんじゃないか？」

彼女はまたもや彼をにらんだ。「あなたにはわからないのよ。ジョークの的にされたり、自分が入っていくだけでにぎやかだった部屋が急にしんとなったりしたら、いったいどんな気持がするか」

子供時代を思いだし、ジャドは表情をこわばらせた。「あいにくだが、ぼくは知っている。きみには想像しかできないようなこともね。だから自分だけを哀れむのはよせ。人生にひどい目に遭わされたのはきみひとりじゃないんだ」

彼女は青ざめた。今の軽率な言葉がジャドの神経を逆撫《さかな》でしたらしい。彼のことは名前以外なにも知らないという事実が、改めて思いだされた。

「あの、ごめんなさい。そんなつもりじゃ——」

「もうやめよう」ジャドは腕時計に視線を落とした。「きみが買い物をするあいだ、ぼくがレイチェルを見てるよ。そのあと、ウェイドに約束したとおり、レイモンド・シュラーの件を手伝いに行く」

「ええ」チャーリーは再び車を走らせはじめた。

ジャドとは離れているのがいちばんだ。それでもなお、一刻も早く彼女の前から消えたがっているような彼を見ると悲しくなり、罪悪感すら覚えた。

一時間後、チャーリーは帰途につき、ジャドは警察署で行方不明の銀行家に関してウェイドが集めた情報に目を通していた。

「これで全部なのか？」ジャドは五、六枚の写真と数枚のメモを分類しながら尋ねた。

ウェイドがうなずいた。「ほとんどなにもわかっていないと言っただろう？」

ジャドは音をひそめて口笛を吹いた。「これじゃ、〝ほとんどない〟どころか、皆無だ。指紋も足跡も目撃者も血痕《けっこん》もなく、動機もわからなければ身代金の要求もない。主よお恵みを、ってところだな。きみに必要なのは奇跡だよ」

ウェイドはどすんと椅子に身を投げだした。彼の表情は態度に劣らず不機嫌そうだった。

「それくらいわかってるさ」ウェイドがつぶやいた。

手がかりがないからといって、ジャドの意欲がそがれたわけではなかった。彼はいつだって挑戦を好む。事態が難しければ難しいほど幸せを感じるのだ。

立ちあがり、表の通りを見おろせる窓へ近づいた。

「怨恨《えんこん》か、激怒している顧客の線はどうなんだ？」

ウェイドはかぶりを振った。「レイモンドは生まれてからずっとこの町で暮らしている。町でいちばんの人気者ではないが、誰かの暗殺リストに載るような人間でもないさ。言えることはそれだけだ」

ジャドはうなずいた。「ミセス・シュラーはなんと言ってる？　彼女の動機について考えてみたか？　金銭的なトラブルを抱えているとか、レイモンドに巨額の生命保険をかけているとか。ひょっとすると夫以外に恋人がいるんじゃないか？」

ウェイドは鼻を鳴らした。「あのベティに？　まさか。彼女はひどくとり乱している。夫を心配しているからだけじゃなく、自分の社会的地位を失いたくないからだろうがね。彼女が夫を裏切っているかっていう質問の答えはノーだ。こういう小さな町では秘密など保てない。みんな他人の事情に通じているんだ。頭取の妻ともなれば、ご婦人方の集まりでは格好のうわさの的だよ」

ジャドは振り向いた。「じゃあ、レイモンドはすべての女性が理想とする結婚相手だったのか？」

ウェイドは顔をしかめた。「ああ……いや……知らないよ、そんなこと。彼の頭ははげているし、体重だって十キロ近く標準をオーバーしている。権力を利用して人を思いどおりに動かそうとする面もあるしな。だが、傲慢《ごうまん》であることは法律違反ではない。ぼくの知る限り妻に手をあげたことはないようだ」

「わかった。それじゃ、もう一度最初から始めよう。たしか彼は車に乗りこむ際に誘拐されたんだな？」

「おそらくね」ウェイドは答えた。「彼の失踪《しっそう》が報告されてから、われわれは車を発見した。運転席側のドアが開いていて車内灯はついたまま、キーはイグニションに差してあった。彼が会議に持参したブリーフケースは前の席に置かれていて、灰皿のなかのよく見えるところに数ドルの現金さえあった。要するに、消えたのはレイモンド本人だけだ」

「車はむろん、押収したんだろう？」

ウェイドがうなずいた。

「それを見せてくれ」

ウェイドは立ちあがってほほえんだ。「どうぞ」


昼だ。レイモンドは蒸し暑くて風通しの悪い部屋の温度からそう推察した。尻はまだ痛むが、前ほどではない。この身になにをされたのだろうと考えるうちに、さらなる不安が頭に浮かんだ。〝すでに起きたこと〟など〝これから起こること〟に比べればたいしたことはない。

誘拐犯がいまだに食事を与えてくれないことは、生きて解放されたいと望むレイモンドにとって不利な現実だった。彼が生きようが死のうが、犯人たちはかまわないらしい。そう考えたとき、水や睡眠薬や抗生物質のたぐいを与えられたのを思いだした。

なにかが尻にとまって皮膚の上をもぞもぞと這《は》いだしたので、レイモンドはびくっとした。すぐにただの蝿《はえ》だとわかった。筋肉を収縮させて蝿を追い払う。動いたせいで尻に激痛が走った。しばらくして、また蝿がとまった。もしかしたら蝿は卵を産みつけるのに適した場所を探しているのかもしれない。彼は尻の傷口が化膿《かのう》していることを思いだし、猿ぐつわの下からうめき声をもらした。やめてくれ！　傷口にうじがわいたらどうなるんだ？

うめいたり身じろぎしたりして必死に束縛から逃れようとしたが、びくともしなかった。そこへ足音が聞こえてきた。レイモンドは動きをとめ、歩調に耳を澄ましてほかの物音を聞きとろうとした。ふいにドアの蝶番《ちょうつがい》がきしみ、彼は縮みあがった。得体の知れない犯人が戻ってきたのだ。これで終わりということか？　ついに解放してもらえるのだろうか――それとも殺されてしまうのか？

レイモンドは心のなかで悲鳴をあげた。しぼりたてのオレンジのような香りが鼻をつんと刺激したかと思うと、おなじみの注射針が尻に刺さった。すぐに感覚が鈍くなる。意識を完全に失う直前、何百回も聞いた覚えのある音を耳にした。それはしつこく、何度もくりかえし鳴り響いた。

彼はふうっと息を吐いた。あらゆるものがぼやけ、今にも正体がわかりそうだったものまで失われた。

雷鳴が空気を震わせ、ジャドのベッドルームの窓をがたがた鳴らした。彼は浅い眠りにつき、昼間は思いだすのを避けている場所に入りこんでいた。窓の外の闇《やみ》は彼が夢のなかで追体験している恐怖を映しだしているかのようだった。今はフランクリン家にいて安全であるにもかかわらず、ジャドの心は幼いころ暗い地下室の階段の下に隠れて見つからないよう祈っていたあの場所へと舞い戻っていた。かびとほこりのにおいが鼻につき、Tシャツの薄い布地は恐怖のあまりかいた汗でびしょびしょだった。少年は十年という短い人生で、戦場の兵士にも勝る地獄を経験した。恐怖や飢え、そしてジョー・ハンナから受けた苦痛や苦悩に耐えながら生きていた。まるで、出口のない迷路に入れられたねずみのように。

嵐《あらし》の接近に伴って、戸外では風が吹き荒れていた。大木の枝が家の羽目板に打ちつけられ、歯ぎしりのような音をたてる。ジャドの耳には、その音は頭上で突然きしむ床板の音に聞こえた。彼は身震いし、息を殺しながら静かに床におり立った。

遠くで光った稲妻がワイオミング州の夜空を一瞬明るく照らした。だが、ジャドはキッチンから地下室へ続く階段に差しこむひと筋の細い光を見ていた。

外の柵柱《さく》にぶらさがっているバケツが突風に吹かれるたびに、柱に打ちつけられる。ジャドにはそれが、階段の上で響く重い足音のように聞こえた。

レイチェルのベッドルームで泣き声があがり、古いファームハウスの静寂を破った。しかしジャドは自分を明かりの下へ引きずっていく父親の、ののしり声を聞いていた。廊下を駆け抜けるチャーリーの足音は耳に届かず、レイチェルの部屋に明かりがともったのにも気づかなかった。

突然の静けさに、ジャドはうめき声をあげ、こぶしが飛んでくるのを覚悟した。ジャドはようやく夢から覚めた。上半身を起こすと、心臓は早鐘のように打ち、体は汗でぬれていた。ブーツは椅子の横に脱いだままの状態できちんと置かれている。ジーンズはクロゼットの扉の裏のハンガーにかかっていて、ステットソン帽は窓のそばの帽子掛けの上にあった。ここは地下室ではなく父親の顔はもう二十年以上見ていないという現実が浮上するのに、しばらくかかった。

「ちくしょう」ジャドはつぶやき、ベッドから出た。

廊下の奥からチャーリーが娘をなだめて寝かしつけようとする声が聞こえ、隣の部屋からはウェイドのいびきが聞こえた。ジャドは過去の亡霊がさまよう場所にとどまりたくない一心で、ジーンズをはいて部屋を出た。少し外の空気が吸いたい。

玄関を開けてポーチに足を踏みだしたとたん、ジャドはたじろいだ。嵐が来ていることに気づいていなかったからだ。彼は殴打に備えて身構えるかのように顎をあげた。不安定な空模様はジャドの心を表していた。暗く、怒り狂っていて、威嚇的だ。押し殺した呪《のろ》いの言葉をつぶやいて何度も深く息を吸い、目を閉じて記憶を消そうとした。

チャーリーは古い松材の揺り椅子に腰かけ、腕のなかで眠る娘をランプの明かりのもとで見おろした。レイチェルの眠りを妨げていたものは過ぎ去った。チャーリーは心地よいベッドを恋しく思いながらため息をつき、立ちあがって娘をベッドに寝かせると、毛布をかけて明かりを消した。最後にもう一度部屋を見渡し、忍び足で外に出た。廊下に出てすぐ、ジャドの部屋のドアが細く開いているのに気づいた。なかをのぞいてみる。ベッドは空だ。たぶんトイレだろうと思って自分の部屋へ戻りかけたとき、むきだしの腕や脚に隙《すき》間《ま》風を感じた。彼女は眉をひそめた。どこかの窓を開けっぱなしにしていたかしら？もしそうなら、朝までには雨が吹きこむに違いない。ひんやりしたシーツとやわらかい枕《まくら》を思い浮かべると心引かれたが、なんとか誘惑に耐えて、開いた窓を探しに行った。

玄関のドアが大きく開いていて、闇に包まれたポーチに男性がたたずんでいようとは、チャーリーは予想すらしていなかった。ジャドを見た瞬間、彼女の鼓動は速まった。顎を突きだして立っている彼は、銃殺隊を前にして最後まで大胆不敵な態度を貫く男性を思わせた。彼を抱きしめて苦痛をとり除いてあげたい。チャーリーはそんな衝動を覚えた。けれども防衛本能が働いたおかげで、行動には移さなかった。そのときジャドが振り向いた。顔は影になっている。だが、びくりと震えた肩の動きで、彼女の存在に気づいて驚いたことがわかった。

「ジャド？」

彼は一歩後ろへさがった。

チャーリーはスクリーンドアを押し開けてポーチへ足を踏みだした。

「レイチェルが泣いたせいで起きてしまったの？」

ジャドは答えなかった。

チャーリーは眉をひそめた。「大丈夫？」

彼の顔が見えた。チャーリーは最初逃げだしたいと思い、次に共感を示したいと感じた。後者の意見が勝った。彼女は一歩前に進みでた。

ジャドはうろたえた。チャーリーに同情などされたら、自分はきっとだめになる。

「大丈夫さ」彼はそっけなく答えた。ありがたいことに、チャーリーはそこで足をとめてくれた。

「たしかならいいけど……」

ジャドは笑った。風がその声を包みこみ、さらっていった。チャーリーは身震いした。どういうわけか、彼が楽しくて笑っているとは思えなかった。

ジャドはチャーリーに手をのばしてしまわないよう、両手をポケットに突っこんだ。彼女に今すぐ立ち去ってほしい。ぼくがばかなまねをしないうちに。

「たしかかだって？　とんでもない。この世で唯一たしかなのは、笑顔で暮らそうと心がけたって人生にひどい目に遭わされるってことだけさ」

チャーリーは息をのんだ。ジャドの声の苦々しさに胸が痛んだ。彼女がいちばん落ちこんだとき――ピート・タッカーは二度と戻らないと知ったときでさえ、今ジャドが見せたほどの喪失感は味わわなかった。彼をなぐさめてあげたい。ここにいるのはマシュマロを口いっぱいほおばって娘と笑っていた人ではなく、わたしの秘密にぎりぎりまで近づいた人でもない。わたしの知らない男性だ。

「亡くなったパートナーのことで苦しんでるの？」

「そういうわけじゃない」ジャドはくるりと向きを変えてポーチから芝生へおりた。草の葉が素足に冷たく感じる。ここから先へは行かないほうがいいだろう。蛇は夜行性だ。これ以上厄介な状況に自分を追いこみたくはない。

チャーリーはしばしためらったのち、彼に続いて芝生におりた。

ジャドには足音が聞こえなかったので、腕にチャーリーの指がふれた瞬間、驚いて跳びあがった。だが、彼はあくまで平静を保とうとした。

「裸足《はだし》でこんなところに出てきちゃだめだ」

「あなただってそうじゃない」

彼はため息をつき、腹立たしげに髪をかきあげた。

「いいかい？　ぼくは眠れなかった。それで少し外の空気が吸いたくなったんだ。それだけだよ」

風はますます強くなり、ゆるく編まれたチャーリーの髪を顔や首にたたきつけ、ナイトシャツを体に張りつかせた。ジャドは見るまいとした。しかし、薄い布地を押しあげる豊かな胸やほっそりした体の曲線を無視することはできなかった。

チャーリーは空を見あげた。ひと筋の閃光《せんこう》が闇を切り裂いた。雷鳴がとどろく。嵐がいよいよ近づいているのだ。彼女はてのひらをジャドの手首へとすべらせ、少し力をこめて引いた。

「なかに入りましょう。嵐が近づいているわ」

ジャドは手を振りほどき、チャーリーの顔を両手で包みこんだ。彼女はぴくりともしなかった。

彼はさらに近寄った。さっき見た夢を忘れたいという思いが、チャーリーはぼくのものだと宣言してその唇が見かけどおりやわらかいのか確かめたいという欲望にのみこまれた。

「チャーリー、ぼくは……」

彼女がジャドの胸の真ん中に両手を突いて押しとどめた。彼は凍りついた。嵐はもう、すぐそばまで来ている。ついに雨粒が落ちはじめた。

「ジャド……お願い」チャーリーが懇願した。

彼は深く息を吸った。「お願いってなにを?」

家と納屋のあいだに稲妻が走った。

「急いで！」チャーリーは叫び、ジャドの手をつかんでポーチへ走った。

彼はついていくほかなかった。

ふたりが家のなかに飛びこむと、チャーリーはドアに鍵《かぎ》をかけた。彼女がなにか言う前に、ウェイドが両手にブーツを持って廊下に出てきた。

「なんの騒ぎだ？」けげんそうな顔つきで尋ねる。

「レイチェルが怖い夢を見て泣いたの。それでジャドを起こしてしまって。兄さんは聞かなかった？」

ウェイドはほっと息をつき、ブーツを履くためにソファにどさりと腰をおろした。

「ぼくが聞いたのは耳もとで鳴り響いた電話のベルだけだよ。町の外側の高速道路を少しはずれたところで、事故車両が道をふさいでいるそうだ。それが片づくまでは戻れない」

「一緒に行こうか？」ジャドがきいた。

ウェイドはチャーリーに目をやり、首を振った。「いや、ここにいてくれたほうがありがたい」妹を抱きしめて言う。「テレビの気象情報に注意しておけよ。この時期はなにが起こるかわからないから」

「わかったわ」チャーリーは答えた。ウェイドを見送ったあと、ドアをしっかり施錠した。

今や家のなかはしんと静まりかえっている。チャーリーはジャドに視線を向けた。彼は彼女を見つめていた。チャーリーは息をつまらせ、彼と目を合わせた。ジャドが一歩前に踏みだしたとき、レイチェルの泣き声が聞こえた。彼は足をとめた。

「嵐が怖いんだわ」チャーリーは邪魔が入ったことをありがたく思いながら、廊下を駆けた。

数分後、チャーリーは毛布にくるまれたレイチェルを抱えてリビングルームに戻った。ウェイドの安楽椅子に腰をおろし、やさしく揺らしはじめた。

チャーリーとジャドは腰を落ちつけ、明滅するテレビ画面を見つめつづけた。そのほうがお互いを見つめるより安心できた。

5

ウィルマ・セルフはコールシティに生まれ育ち、十七年前にフランシス・ベルチャーが亡くなって以来、この町唯一の図書館員として働いてきた。郵便配達員のように雨でも晴れでも関係なく、午前八時きっかりに開館するのが自分の義務だと考えている。義務感はあるものの忍耐力は乏しい。一度も結婚していない理由の一端はそこにあるようだ。日曜を除く毎日、彼女は家から四ブロック離れた図書館まで歩き、裏口を通ってなかに入る。そうすると、私物をしまったあと乱れた髪の毛を撫《な》でつける暇ができるのだ。到着するなり大好きなコーヒーをいれ、持参した甘いロールパンと一緒に飲むのが習慣だった。

いつものようにウィルマはコーヒーをついでから、正面のデスクにある返却印の日付を直し、入口の鍵《かぎ》を開けに行った。背が低くふくよかで、年は四十近いが、足どりは軽快だ。彼女は鍵をまわしてドアを開けた。ゆうべの雨のあとで空は晴れあがり、雲がいくつか浮かんでいるだけだ。だが、彼女の目を見開かせたのは陽光ではなかった。階段で気を失っている裸の男性だ。ウィルマの心臓は激しく打ちはじめた。男性が誰かはひと目でわかった。レイモンドだ。体は汚れてところどころ血がついているが、生来の輝きは失われていない。彼女は息をのみ、唇を指で押さえた。警察に通報しなければならないという常識と、はじめて目にする男性の裸体を見つめていたいという気持のあいだで葛藤《かっとう》した。顔を赤くし、近づきすぎないよう自分をたしなめる。やがて彼女は唇の端をゆがめた。やきもきした割に期待はずれだったからだ。そのときレイモンドが身じろぎしたので、ウィルマは理性をとり戻し、二ブロック先のガソリンスタンドまで届くほどの悲鳴をあげた。

その声を聞いた店員は乱闘に備えてレンチを握りしめ、ガソリンスタンドから飛びだした。ウィルマの様子がいつもと違うのは遠くからでもわかった。店員はガソリンを入れていた青年に警察へ通報するよう怒鳴り、そのまま走りだした。二十二年間生きてきて、図書館へ行くのははじめてだった。

ウェイドが玄関から出ようとしたとき、家のなかで電話が鳴った。朝のこの時間にかかってくる電話はたいてい自分宛《あて》なので、彼は足をとめた。振りかえり、電話をとったチャーリーの表情を見つめた。

「兄さん、マーサからよ。ひどく興奮しているわ。レイモンド・シュラーの件だっていう以外、なにを言っているのかよくわからないの」

ウェイドが受話器に飛びつくと同時に、ジャドが帽子を手にキッチンに入ってきた。ジャドはこの町へ来て以来はじめて朝から仕事に出かけるというので、思いがけず張りきっていた。

「どうかしたのかい？」ジャドが尋ねた。

チャーリーは肩をすくめ、娘の椅子から落ちそうになったミルクのカップをすばやく受けとめた。

「ウェイドだ。どうした？」たちまち眉根を寄せて、相手の話をさえぎる。「マーサ、まあ落ちつけ。深呼吸をして、もう一度最初から話してくれ」

通信指令係のマーサは言われたとおりにした。だが、息と一緒にうっかりガムをのみこんでしまった。ひとしきり咳《せ》きこんでから、勢いをとり戻した。

「すぐこちらへ来てください。レイモンド・シュラーがたった今、図書館の階段で発見されたんです」

ウェイドの心臓はほんの一瞬とまった。「なんだって？　死んでいるのか？」

マーサは含み笑いをした。「いいえ。生まれたままの姿ではありますけどね。ウィルマ・セルフはもう昔の彼女ではいられないでしょう」そう言ってからつけ足す。「レイモンドはお尻に傷を負っているそうです。それから署長、お忘れかもしれないので念のために言っておきますが、ハーシェルは今日が結婚式だから、なんの役にも立ちませんよ」

ウェイドはため息をついた。人生最良の日を迎えて気分が舞いあがっている若者に仕事などさせても、かえって邪魔になるだけだろう。

「それは問題ない」ウェイドは言った。「頼むからハーシェルには連絡しないでくれ。彼の交替要員は用意してある。救急車は手配したのか?」

「ええ。シャイアンから一台、もう向かってます」

「ぼくもすぐ行く」ウェイドは電話を切り、ジャドのほうを向いた。「そのステットソン帽のひもをしっかり締めてくれ。行方不明だった銀行家が図書館の階段の上で発見された。全裸でね。尻に傷を負っている以外は無事らしい」

チャーリーがにやにやした。「わたしも見てみたかったわ」

「マーサによると、ウィルマ・セルフは存分に目の保養をしたらしい。昔の彼女じゃいられないだろうとマーサは言っていたよ」

ジャドは思わず笑いそうになるのをこらえた。一方チャーリーは声をあげて笑った。

「あとで電話するよ、チャーリー。なにかあったら、マーサに連絡してくれ」

チャーリーはうなずき、兄が身をかがめてレイチェルにお出かけのキスをする様子を見守った。

「ウェイドおじしゃ」レイチェルは声をあげ、ウェイドの鼻に向かってスプーンを大きく振った。

「こら。そんなものを振りまわすんじゃない」ウェイドは姪《めい》からスプーンをとりあげ、頬にキスした。そのあとスプーンを返してやり、姪の鼻を軽くつまんだ。

ウェイドとジャドが出発しようとすると、レイチェルが金切り声をあげた。全員立ちどまり、なにごとかと振り向いた。少女はドラッグストアへ連れていってもらったときのように、両腕をジャドのほうへ突きだした。

「行くの！　行くの！」レイチェルが叫んだ。

ジャドは驚きの表情を浮かべ、ウェイドとチャーリーは顔を見あわせた。ジャドは遠慮がちにチャーリーをちらりと見てから、少女のもとに戻った。

「今日は一緒に行けないんだ。だけど、ママの言うことを聞いていい子にしていたら、なにかおみやげを持って帰ってきてあげるよ」

レイチェルは顔をしかめた。ジャドの言葉は三言しか理解できなかった。〝行けない〟と〝いい子〟と〝おみやげ〟だ。

「おみやげ」レイチェルは突然はっきり言った。

みんながどっと笑ったので、レイチェルも満面の笑みを浮かべた。少女はくすくす笑い、ジャドがキスしようとかがみこんだとき、彼の顔の片側をミルクのついたスプーンでびしょびしょにした。

「今日もらったいちばんいいキスだ」ジャドはそう言って体を起こした。

「これを使って」チャーリーが顔をふくタオルを手渡した。「この子をおとなしくさせてくれたことに感謝すればいいのか、もので丸めこまないでってお説教したほうがいいのか、わからないわ」

ジャドは顔をふき、チャーリーを意味ありげに見つめた。

「小さいけれどレイチェルは女性だ。きみに対してやらないようなことは、この子にもしてないよ」

チャーリーは彼の答えに少しどきりとして、目をしばたたいた。「それはどういう意味?」

ジャドは笑みを崩さなかった。「なにが女性の心を動かすのか知りつくしているふりはしない。だがぼくは長年の経験から、女性とうまくやっていくには相手をいい気分にさせておくのがこつだと学んだ。ささやかな賄賂《わいろ》で喜んでもらえるなら安いものさ。そのうち、きみにもなにかプレゼントするよ」

ウェイドは顔じゅうでにやにやした。

チャーリーはしばらく口がきけなかった。ジャドとのあいだになにかが起こりそうな予感は日ごとに強くなっている。ゆうべのフロントポーチでの出来事のあと、彼女は何時間も眠れないまま、彼に近づきすぎてはいけないと必死に自分に言い聞かせた。けれど心は理性を裏切りつづけた。ジャドがわたしの気持をもてあそんでいるのは明らかだ。でも、わたしにはどうすることもできない。胸のなかのもやもやした感情をウェイドやほかのみんなに知られてもかまわないと覚悟を決めない限りは。

「あなたって……そういう人だったのね」チャーリーはつぶやいた。

そのとき、ジャドが笑った。穏やかな笑い声にはチャーリーだけにわかる約束が秘められていた。

「見てのとおりの罪深い男だよ」ジャドはそう言い、ウェイドに続いてドアから外へ出た。


ウェイドとジャドが病院のエレベーターからおりたとき、ベティ・シュラーは泣きじゃくっていた。ジャドはてっきり男性が死んでしまったに違いないと思った。ふたりは歩を速めて彼女のもとへ急いだ。

ウェイドは人差し指で帽子のつばにふれて挨拶《あいさつ》してから、レイモンドの妻にジャドを紹介した。ベティは涙を浮かべながらも、好奇の目でジャドを一瞥《いちべつ》した。彼女はフランクリン家に滞在しているハンサムなよそ者について、ありとあらゆるうわさを耳にしていた。ただし、こうしてウェイドに紹介されるまで、本当に警官だとは思っていなかった。

「ああ、ウェイド。レイモンドの気の毒なお尻を見てやってちょうだい。ひどいわ……なんてひどい」

ウェイドは眉をひそめた。「どうしたんです？　撃たれたんですか？」

ベティは再びむせび泣き、ティッシュの束を鼻の下にあてた。

「違うわ」彼女は悲痛な声をあげた。「ドクターがおっしゃるには、なにかで焼かれたって……」

ジャドはテーブルの上の箱から新しいティッシュをたくさんつかみとってベティに手渡した。彼女はそれを受けとり、感謝をこめてうなずいた。

「奥さん、レイモンドは彼を拉致《らち》した人間を知っているようでしたか？　どこに閉じこめられていたかについて、あなたになにか言いました？」

彼女は首を振った。「いいえ。彼はなにも覚えていないって」顔をしかめる。「おまけにあの……あの印……あれは一生残るわ」

「印ってなんです、奥さん？　火傷《やけど》の傷ですか？」

ベティは目をぐるりとまわした。「ただの傷じゃないわ。焼き印よ。おぞましい人たちがわたしのレイモンドに焼き印を押したのよ」

ウェイドとジャドは目を見交わした。ウェイドがベティを椅子へ案内して落ちつかせるあいだ、ジャドは待った。これはウェイドの領分だとジャドはわきまえていた。主導権を握るのはウェイドだ。

数分後、向かい側の部屋から医師が現れた。ウェイドは身分を明かし、ジャドを紹介した。

「レイモンドとはいつ話せます？」ジャドがきいた。

医師は肩をすくめた。「鎮静剤を投与されている状態でかまわなければいつでもどうぞ。もちろん、本人が同意すればの話ですが」

「けがの具合はどうなんですか？」ジャドが尋ねた。

「脱水症状のほか、打撲によるあざとこぶが少々、それから尻にとんでもない傷が一箇所あります」

ウェイドが眉をひそめた。「ミセス・シュラーは焼き印だと言っていましたが」

医師はかぶりを振った。「あんな傷は見たことがありませんよ。Rの文字の焼き印で……おそらくレイモンドのイニシャルを表しているんでしょう。だけど、なぜ犯人が焼き印を押すためだけに彼を誘拐したのか、わたしには想像もつきません」

「ありがとうございました、ドクター。またお話をうかがいたいことが出てきましたら、連絡させていただきます」

医師はふたりと握手して歩み去った。ふたりにはまだ仕事が残っていた。被害者本人への事情聴取だ。

レイモンドは横向きにベッドに寝ていた。両手両足がもはや縛られていないことを感謝できる程度には意識がはっきりしている。傷ついた尻は消毒されて包帯を巻かれた。鎮静剤をのまされたせいで頭が少しぼんやりしはじめたようだ。にもかかわらず、彼は自分が発見されたときの記憶を呼び覚まそうとした。どうやってあそこに運ばれたのかは覚えていない。あの不潔な場所で気絶させられ、気づいたときは図書館の階段の上にいたのだ。耳のなかではまだ、ウィルマ・セルフの叫び声が響いていた。

ふいに病室のドアが開き、彼はびくりとした。

「レイモンド、ぼくです。ウェイドです。少しお話をうかがいたいんですが、いいですか？」

レイモンドはほっとした。警察署長か。やれやれ。

「ええ、どうぞ」レイモンドはもごもごと答えた。

続いてジャドが姿を現すと、レイモンドの目に恐怖が浮かんだ。

「ぼくはオクラホマ州から来たジャド・ハンナ刑事です」

朦朧《もうろう》とする意識のなか、レイモンドは顔をしかめ、オクラホマ州の警官がなぜワイオミング州にいるのか考えようとした。だがすぐにため息をついた。自分をこんな目に遭わせたやつらをつかまえてくれるのなら、どこの誰だろうと文句は言うまい。

ウェイドがレイモンドの腕に軽くふれ、注意を引いてから尋ねた。

「誘拐された件について、話してもらえますか？」

レイモンドは身動きしかけてうめき声をあげた。

「どうぞゆっくり、ミスター・シュラー」ジャドが言った。「なにか欲しいものがありますか?」

「水を一杯」

ジャドは即座にその願いを聞き入れてやり、レイモンドがグラスから水をすするあいだじっと待った。

「だいぶ気分がよくなりましたよ。ありがとう」

「よかった」ジャドは言った。「さて、ウェイドも言いましたが……なにか覚えていますか?」

レイモンドは眉をひそめた。「頭に痛みを感じて、目が覚めたら服をはぎとられていたことと、ずっと目隠しと猿ぐつわをされていたことだけです」

「犯人の声は聞きましたか?」ウェイドが尋ねた。

「いや、まったく。何人いたのかもわかりません。はっきりしているのは、火傷を負わされてからずっと、誰かがわたしを眠らせておくために注射を打ちつづけたということだけです。わたしは熱を出した。おそらく感染症からでしょう。それでやつらはわたしにまたなにかを与え、結局熱は引きました」

「なぜ拉致されたか思いあたる節はありますか?」

レイモンドはぎょっとしたようだった。「どういう意味です? 身代金目的じゃないんですか?」

ウェイドが首を振った。「違います。犯人側からは誰のもとにもいっさい接触はありませんでした」

レイモンドは青ざめた。「要求がなかった?」

「はい」

「それなら、なぜわたしは解放されたんです?」

真剣だったウェイドの面持ちが驚愕《きょうがく》の表情に変わった。「逃げだしたわけではないんですか?」

「違います」レイモンドはつぶやいた。「わたしはここからドアまでの距離を這《は》っていくことさえできなかった。町に逃げこめるわけがない」

そこでジャドが口を挟んだ。「ミスター・シュラー、お尋ねしたいことがあるんですが、よく考えてから答えていただけますか?」

「わかりました」

「あなたに敵はいますか?」

レイモンドは鼻で笑った。そのせいで痛みを感じ、わずかに顔をゆがめた。

「わたしは銀行家ですよ。もちろん敵はいる。ですが、こんなことのできるやつはひとりもいません」

ジャドは食いさがった。「では、銀行で働く前はなにをなさっていたんですか?」

　レイモンドは顔をしかめた。「大学に通っていました。その前は高校に。父が銀行を所有していたんです。わたしは大学を出てすぐ仕事につき、父が亡くなるとあとを継ぎました」

　ウェイドが割りこんだ。「ジャド、いったいなにをききたいんだ？」

「この事件は絶対に金銭がらみじゃない」

　ウェイドとレイモンドははっとしたような表情を浮かべた。先に口を開いたのはレイモンドだった。

「どういうことか、よくわからないんですが」

　ジャドはレイモンドの顔から目を離さなかった。「おそらくこれは純粋な復讐《ふくしゅう》です。あなたをさらった犯人は、あなたを傷つけておとしめたかった。焼き印を押したのは、そうしておけば回復したあともあなたが決して忘れないからでしょう」

　レイモンドは青くなった。一方ウェイドはジャドを捜査に引きこんだことを喜ばしく思った。今示された見解はウェイドには考えもつかなかったものだ。

「いったい誰が？」レイモンドがつぶやいた。

　ジャドは身を乗りだした。「ミスター・シュラー、思いだしてください。五年前、十年前、二十年前を。なにか人に言えないようなことをした覚えはありませんか？　肉体的な傷は負わせていないまでも、誰かに社会的、もしくは金銭的なダメージを与えたとか？

復讐は激しい感情によって引き起こされる犯罪です。相手があなたを苦しめるために公衆の面前で恥をかかせて侮辱したいと考えるのは当然です」

レイモンドは、今ジャドが口にした考えこそが侮辱的だと感じたように、憤慨した口調で言った。

「そんな覚えはありませんよ。もちろん……」そこまで言ってレイモンドは凍りついた。瞳が曇り、口はあんぐりと開いている。やがて彼は目をそらした。おそらくなにか白状したくないことを思いだしたのだろうとジャドは察した。

「なんですか？」ウェイドが問いかけた。「手がかりになるようなことを思いだしましたか？」

「いいえ」レイモンドははねつけるように言って目を閉じた。「もう眠らせてください」

「わかりました」ウェイドが言った。「では、話の続きはまたあとで」

「もう話すことはありません」レイモンドは言った。

ふたりの警官はまもなく部屋を辞した。ベティ・シュラーに別れの挨拶をし、彼女が夫の病室に消えたのを見届けてから、ふたりは廊下で話しはじめた。

「たいして収穫はなかったな」ウェイドが言った。

ジャドは首を振り、ステットソン帽をかぶった。

「そうとも言えない。ぼくの見間違いでなければ、彼は忘れていたなにかを思いだしたようだったぞ」

　ウェイドは肩をすくめた。「だとしても、今はこれ以上ききだせないさ。レイモンドはすぐに退院するだろう。彼が家に戻ったあと、もう少し話をしてみないと」そしてにっこり笑う。「家といえば、われわれも帰る時間だ。ぼくがいないあいだにコールシティでどんな騒ぎが起こっているかわからない」

　ふたりは長い脚の歩幅をぴったり合わせ、ドアへ向かった。パトカーにたどりついたとき、ジャドは立ちどまった。

「なあ、ウェイド、町でただひとり頼りにされる警官というのはどんな感じだい？」

　ウェイドはにやりと笑った。「忙しい」

「もっと大きな街で働こうと考えたことはないのかい？　少なくとも、交替勤務で働く人間がいるところで。きみは事実上、一日二十四時間、週七日間、ひとりで働きつづけているようなものじゃないか」

　ウェイドはうなずいた。「まあな。有能な部下がひとりかふたりいてくれればいいとは思う。だが、どこか別の場所に住むとしたら、失うもののほうが大きいだろう。コールシティはぼくに合っている。それ以上に、チャーリーやレイチェルに合っているんだ。幼い子供を大都市で育て、悲惨な目に遭わせたりしたくはないからね」

　ジャドはうなずいて車に乗りこんだ。シートベルトに手をのばしかけ、動きをとめた。

「言いたいことはわかる。でも、今はきみ自身がレイモンドの件でひどい目に遭ってるように見える」

ウェイドが眉をひそめた。「ああ、そのとおりだ。きみに手伝ってもらうことにして本当によかったよ。復讐の線はいずれぼくも思いついたかもしれないが、こんなにすぐにではなかっただろう」

「で、きみはどう思う？」ジャドは尋ねた。

「さっきはレイモンドの心のなかに踏みこみすぎたようだな。きみが過去のことをききはじめたら、彼は明らかに話そうとしなくなった」

ジャドはうなずいた。「署に戻ったら、レイモンドの過去を洗いなおしてみよう。彼の過去のどこかに答えがある気がする」

「いい考えだ。きっと手がかりが見つかるさ。この件で動機があるのは誰なのか知りたい。犯行がくりかえされるのだけは食いとめなければならない」

数キロ走ったところで、ジャドが言った。

「家に帰る前に雑貨屋に寄って、レイチェルへのおみやげを買いたいんだ。たった二歳とはいえ、約束を忘れてくれるとは思えないからね」

ウェイドは心得たという表情を見せた。「それにしても、レイチェルはきみによくなついてるよな。けっこう人見知りする子なのに」

「あの子はすばらしい子だよ」ジャドは言った。

「きみにも子供はいるのかい?」ウェイドが尋ねた。

ジャドは無表情になった。「いや。だが、もしもいたら逃げだしたりしないのはたしかだ。チャーリーやレイチェルを捨てたやつみたいに」

ウェイドはコールシティへ向かうあいだずっと、レイチェルの父親に対して憤りを示したジャドについて考えていた。ジャド・ハンナには好感が持てるし、信用するようにさえなっている。しかし、コールシティのような小さな町にとどまるタイプではないと感じられた。それが新たな不安をかきたてた。ウェイドはジャドとチャーリーが惹《ひ》かれあっているのではないかと疑いはじめていた。もちろん、一人前の女性である妹に生き方を指図するつもりはない。

だが、もしジャド・ハンナがどんな形にせよ、チャーリーを傷つけたりしたら……。

ウェイドは歯を食いしばって運転を続けた。とり越し苦労をしても仕方がない。いつも本物の事件で手いっぱいなのだから。ジャドとチャーリーに関してはなりゆきを見守るのがもっとも無難なやり方だ。

ウェイド・フランクリンの通常の終業時刻まで一時間を切ったころ、シャイアンで脱獄事件が発生した。最新の目撃情報によれば、三人の脱獄囚はコールシティへ向かって北をめざしているという。州警察の協力で、コールシティに出入りするすべての幹線道路上にバリケードが置かれて検問態勢が敷かれた。準備が整うと、警官たちはパトカーのなかで待機した。ジャドがレイチェルのために買った色とりどりの小さなマシュマロがぎっしりつまった大袋は、隣の座席に置かれている。待ち時間が長引くにつれ、袋を破って味見をしてみようかと心が動いた。しかし彼はレイチェルの喜ぶ姿と粉砂糖の色に染まった笑顔を思い浮かべ、そうする代わりに座席にもたれて脚をのばした。一時間ほどたったころ、ジャドは意外にも満足感を覚えているのに気づいた。タルサでは、これほど長くじっとしていたら神経にさわっただろう。首や肩の筋肉をもみながら、この町のなにが自分をこれほど変えたのだろうと考えた。のんびりした暮らしぶりか、あるいは人々そのものか？

あまりにものどかな光景を見渡したのち、ジャドは道路に注意を戻した。検問を始めてからここを通過したのは、大型トレーラーが二台と、干し草を積んだ農作業用トラック一台、そして中学のフットボール選手たちを乗せて近くの学校へ向かうスクールバス一台だけだ。もちろん、脱獄囚が別のルートをとった可能性はある。それがはっきり確認されるまではここで待機しなければならない。

数分後、地平線のかなたから新たなトレーラーが現れた。ジャドは最初気にとめなかった。だが、見ているうちに緊張を覚えた。体を起こし、ハンドルの上に身を乗りだしてトレーラーの動きを見つめた。パトカーから飛びだし、腰の拳銃《けんじゅう》に手をのばした。

「ウェイド」

州警察官のひとりと話しこんでいたウェイドが振りかえった。

「ああ。どうした？」

ジャドはトレーラーのほうへ顎をしゃくった。その車は検問所から四百メートルほどのところまで来ても速度を落とす気配がなかった。それどころか、突然、排気筒から黒い煙が吹きだした。運転手がギアをハイに入れたのだ。

「バリケードを突破する気だ」ジャドは警官たちに向かって手を振りながら大声で叫んだ。

警官たちは散り散りに車両の陰に隠れ、全員が銃を構えて射撃命令に備えた。ディーゼルエンジンのうなりが大きくなるにつれ、緊張が高まった。

そのとき背後で、オイルの足りない金属製の車輪がきーっときしむ音がした。空き缶のがらがらいう音にうろたえて警官たちが振り向くと、小さな赤いワゴンを引いた青年が道路の真ん中に立ち、物珍しそうに彼らを見つめていた。

ウェイドが集団から飛びだして両手を振った。

「逃げろ、デイビー！　道路からどくんだ！」

デイビーが手を振りかえすのを見て、警官たちはそろってうめき声をもらした。

トレーラーはエンジンパワー全開で近づいてくる。ウェイドは再びデイビーを見て、瞬時に決断した。「撃て！　デイビーはぼくがなんとかする」

「タイヤをねらえ！」誰かがわめいた。しかし、トレーラーが射程距離内に入るのを待っていたら手遅れになる。デイビーもウェイドも助からない。ジャドは行動の結果をろくに考えもせず車の陰から飛びだし、道路と平行にトレーラーのほうへ走りだした。

　トレーラーが二百メートル以内に迫ったとき、ジャドは足をとめて銃を構えた。フロントガラス越しに三人の男の姿が見える。助手席側の男が突然窓から身を乗りだし、ライフルを発砲した。ジャドはその音に一瞬ひるんだ。だが一歩も動かなかった。射撃訓練だと思えばいい。違うのは、標的が紙でなく、ねらいがはずれた場合は大変な結果が待っているという点だけだ。背後から警官が数人走ってきた。ジャドの意図に気づいて応援しに来てくれたのだろう。

　ジャドが撃った最初の一発は運転席側の外タイヤに命中し、恐ろしい力でゴムを引き裂いた。タイヤがパンクしてゴムの破片が宙に散ったときには、次の弾がその隣のタイヤを撃ち抜いていた。

　トレーラーは急に進路をそれ、なかの三人がわれ先にとハンドルにしがみついた。運転席部分が大きく傾くのを見て、ジャドはすばやく向きを変え、近くのフェンスめざして走った。一足飛びにフェンスを越えると、振り向きざまに後輪のふたつのタイヤに残りの弾を撃ちこんだ。ほかの警官たちも、惰性で走りつづけるトレーラー部分に押されて横倒しになったまま進んでくる運転席部分に轢《ひ》かれないよう、必死に路肩へと駆けあがった。見る見るうちにトレーラー部分も横転した。車体の金属面が甲高い音をあげて路面をこすり、派手に火花を散らした。トレーラーはバリケードの先頭にいた二台のパトカーに激突し、それらを空き缶のように押しつぶした。警官たちは叫び声をあげて走りまわった。ディーゼル燃料特有の悪臭があたりに広がった。

ジャドはその向こうに目を凝らした。赤いワゴンは先ほどデイビーが立っていた場所にある。しかし、ウェイドとデイビーの姿が見えない。なにかが爆発してパトカーが炎に包まれた。ジャドはとっさに地面に伏せ、頭をかばった。遠くからサイレンの音が聞こえた。誰かが自警消防団に連絡したようだ。

数秒後、ジャドは頭をあげた。トレーラーはとまっている。彼はゆっくり息を吐いて立ちあがった。

「大丈夫か？」

声をかけてきたハイウェイパトロールの隊員に向かって、ジャドはうなずいた。

「まったく、すごい見物だったな」隊員は金網のフェンスを持ちあげてくれた。ジャドはその下をくぐり抜けて礼を言い、ふたりは残骸《ざんがい》のほうへ向かった。

トレーラーだけでなく、三台のパトカーが全壊していた。ボンネットの下から煙が吹きだしているトレーラーの助手席側のドアが開き、男が顔を出した。

「撃たないでくれ！」男は叫んだ。「降伏する」

「武器を捨てろ！」誰かが大声で命じた。

二挺《ちょう》の拳銃と一挺のライフルが投げだされた。

「今、出ていく」男は叫び、引っくりかえった運転席部分からなんとか這いだして路面に飛びおりた。「アーティは死んだよ」州警察官に手錠をかけられたとき、男が言った。

「アーティはブレーキをかけるべきだったな」警官は待ち受けていたパトカーへ犯人を連れていった。

ジャドは吹きだす煙に目を細めて瓦礫《がれき》をひとめぐりし、消火ホースをまたいでウェイドを捜した。

ウェイドは少し離れた道路わきで、デイビーを抱きしめてやさしく背中をたたいてやっていた。ジャドは赤いワゴンに近づいて取っ手をつかみ、デイビーのもとへ運んだ。車輪がとぎれとぎれにきしむ音は、すべてが終わったあとでは滑稽《こっけい》ですらあった。

その音を聞いてデイビーが顔をあげた。ジャドは青年が泣いているのに気づいた。かわいそうに。きっと死ぬほど怖かったに違いない。

「きみのワゴンだ。どこも壊れていないよ」

デイビーは取っ手を握り、膝を突いて一心不乱になかの缶を数えだした。ジャドはそばにしゃがみこみ、三から先を数えられない青年に同情を寄せた。

「全部あるよ。きみが置いていったままだろう?」

穏やかでさりげないジャドの口調がデイビーのパニックを静めたようだった。

「全部ある？」デイビーはきいた。

青年の当惑したようなうつろなまなざしが、ジャドの心に共感を呼び起こした。デイビーは昔のぼくに似ている。ジャドがそれ以上なにか言う前に、デイビーの名を叫ぶ女性の声が聞こえた。

ふたりは立ちあがった。その女性を見て驚いたのはジャドだけだった。そこに現れたのは例のかたくなな薬剤師、ジュディス・ダンドリッジだった。

「デイビー！　デイビー！」彼女が駆け寄ってきた。

デイビーは再び不安そうになった。「ジュディおばさん、泣いてる」息をするたびに声が震えた。

「大丈夫だよ」ウェイドが言った。「きみはほんのちょっとおばさんを怖がらせちゃっただけさ」

ジュディスはそばまで来てデイビーを抱きしめた。

「なにがあったの？　ねえ、いったいなにが？」

「囚人がシャイアンの刑務所から脱走したんですよ。その検問用のバリケードの真ん中にデイビーが迷いこんできたというわけです。でも彼は大丈夫です」

ジュディスは青ざめ、デイビーの頭を自分の肩に引き寄せて背中をたたいた。

「あなた、けがをしていたかもしれないのよ」

「缶だよ、ジュディおばさん。缶を探してたの」

ジャドはジュディスが落ちつきを保とうとして顎をかみしめたのを見た。ふと目が合った彼女はカウンターの向こうにいた女性とはまったく違って見え、ジャドは驚きを感じた。

「彼を連れて帰ってください」ウェイドが言った。「今日はもうたっぷり興奮を味わったはずですから」

ジュディスはうなずいてデイビーの手をとり、小さな赤いワゴンのがらがらいう音とともに去った。

「まったく」ふたりを見守りながらウェイドが言った。「こんなときにはレイチェルが五体満足で生まれてきてくれたのを本当に感謝したくなるよ」

「彼女はデイビーのおばなのか?」ジャドは尋ねた。

ウェイドは肩をすくめた。「血はつながっていないんだ。ジュディスの両親は里子を何人かあずかっていた。デイビーもそのうちのひとりさ。たしか彼は七歳か八歳のとき、正式に養子縁組されたはずだ。彼女の父親のヘンリー・ダンドリッジはドラッグストアを経営していた。ジュディスは大学を出たあと町に戻ってきて、父親と一緒に働きはじめた。やがて両親が事故で亡くなり、父親の仕事を引き継いだってわけだ。仕事と……デイビーをね」

「大変だな」ジャドはつぶやいた。

「彼女はたくましいよ」ウェイドはジャドの背中をぽんとたたいた。

「トラックに向かっていったのはいい判断だった。おかげでデイビーを安全な場所に避難させる時間ができたよ」さらにつけ足す。「ほかにやることが残っていないか確かめよう。個人的には、今日はもう充分に仕事をしたと思うけどね」

ジャドは周囲を見渡し、彼が乗ってきたパトカーは無傷だと確認した。座席に置いてあるマシュマロとおみやげを待つレイチェルのことが思い浮かんだ。

「ああ。おまけにぼくには、このあとちっちゃな天使とのデートの約束があるんだからな」

6

家までの長い道のりのあいだ、ウェイドはほとんどしゃべらなかった。無理に会話をする必要がなかったので、ジャドは助手席からゆっくり夕日を眺めた。明日にはジープの修理が終わる。だが、ウェイドの部下がハネムーンから帰るまではこの土地を離れるわけにいかない。そういう約束だ。ジャドがそもそもここに滞在することになった理由は、銀行家の失踪《しっそう》事件の捜査に協力するためだった。当の銀行家はすでに発見されたが、ジャドはまだ出ていく気になれなかった。部下のハネムーンはジャドとウェイド双方にとって、格好の言い訳になった。

空は端から端まで明るいオレンジ色に染まり、地平線の上の紫がかった雲に新たな色の層が加わった。ジャドはふうっと息をもらした。今日目にした数々の光景が心から消えるには長い時間がかかるだろう。キッチンに足を踏み入れたときに見た、朝食をつくりながら娘に笑いかけるチャーリーに始まり、道路わきに立ってデイビーの肩を抱いていたウェイドに至るまで……。まさに類のない一日だった。ジャドはレイチェルのために買ったマシュマロの袋を持ちあげ、それを受けとって喜ぶ少女の姿を想像した。そしてあることに気づいて腹をこぶしで殴られたような衝撃を受け、今までに経験したどんな銃撃戦のときよりぞっとした。ぼくはウェイド・フランクリンの家族に強い絆《きずな》を感じはじめている。彼らにしてみれば、ぼくなど通りすがりの男にすぎないはずだ。なのに、わずか数日のあいだに、ぼくは自分がここを出ていく身だという事実を何度か無視した。太陽が完全に沈んで一番星が輝きだすまで、ジャドは空を見つめつづけた。前方を遠くまで照らすヘッドライトの明かりのなかに、道を横切るコヨーテの姿が一瞬だけ浮かびあがり、すぐに消えた。コヨーテは孤独な獣だ――まるでぼく自身のように。

数分後、ウェイドがスピードを落としたので、家はもうすぐそこだと気づいた。右側に、ヘッドライトに照らされたタイヤのわだちが見えた。ぼくが雄牛より先に少女のもとへたどりつこうとして、車をスピンさせ、排水溝を越え、柵《さく》をなぎ倒したときにできたものだ。あの向こう見ずな行動がぼくの人生を永遠に変えてしまった。

やがて車は古い家を見おろす丘のてっぺんまでのぼった。ファームハウスの窓辺には、迷った人間を導くかがり火のようにランプが輝いていた。

ジャドは指さした。「チャーリーがレイチェルに本を読んでやっているんじゃないか？ほら、きみの安楽椅子のそばのランプがともっている」

ウェイドが小さく笑った。「いや。あれはわが家の伝統なんだ。その昔、父が遠くまで働きに行っていたときに母が始めたんだ。毎晩、空が暗くなるとランプをつけて、父が帰るまで消さないのさ」

周囲の闇《やみ》にぽつんと穴を空けるあたたかな黄色い光を見つめるうち、ジャドの首筋に震えが走った。

「チャーリーも毎晩、きみが戻るまでランプをつけておいてくれるのか?」

「そうだ」ウェイドはうなずいた。

ジャドは喉の奥から塊がせりあがってきたような息苦しさを覚えた。子供のころ、真っ暗で空っぽの家に帰ってはひとりで味気ない食事をとったのを思いだした。安心感に迎えられたことは一度もない。ジャドはウェイドに目をやり、人をうらやんではいけないと自分をたしなめようとした。車が庭にとまるころには、勝ち目のない闘いだと悟った。彼はマシュマロを手に車をおり、深いため息をついた。ぼくの人生に欠けていたのはこれだ。誰かからこんなふうに愛され、帰宅を待ちわびてもらい、信頼されることだ。ジャドは心からそう感じた。

チャーリーは近づいてくる車のヘッドライトを見て胸を高鳴らせた。帰ってきた！　髪を整えるために廊下の鏡のほうへ行くとき、兄を迎えるためにはしたことのない身だしなみのチェックをしている自分に気づいた。ドレスを着て髪を結いあげているのもはじめてだ。彼女はその意味を無視し、落ちついて見えるかどうか確かめようと鏡をのぞきこんだ。

見かえしてくる女性はどこか不安そうだ。にもかかわらず、ここ数年のうちでもっとも生き生きとして見えた。ほんの一瞬、ジャド・ハンナを毎晩家で出迎えたらと想像した。彼の腕に抱かれてあたたかい息を顔に感じ、ただいまのキスをされたら……。そこで自分に腹が立って顔をしかめた。ばかげているわ。一度火遊びをして痛い目に遭ったのに。だけど、ジャド・ハンナはピート・タッカーとは似ても似つかない男性だ。ジャドの炎はわたしを焼きつくしてしまうかもしれない。外のポーチで足音がしたので、唇をかんで振り向いた。

「レイチェル！　ウェイドおじさんのお帰りよ！」

かすかな歓声とともに、靴下をはいただけのぱたぱたいう足音が廊下の奥から近づいてきた。リビングルームに現れたレイチェルはふたりの男性が玄関から入ってきたのを見て、さもうれしそうに笑った。

ウェイドもにっこり笑い、レイチェルを抱きあげて耳の下に鼻をつけ、音をたててキスをした。少女はくすくす笑った。チャーリーは目の前で展開する見慣れた光景を笑顔で見守った。

一方、ジャドの心はレイチェルではなくシャーロットという蜘蛛《くも》の巣にとらわれていた。彼はその比喩《ひゆ》に含まれた別の意味に気づき、笑いそうになった。『シャーロットの贈り物』

あれはたしか子供向けの本で、豚と蜘蛛の話ではなかったか？　そう、ぼくはシャーロット・フランクリンの愛という蜘蛛の巣にとらわれている。ただし、ぼくの心を引きつけてやまないチャーリーの喜びに満ちた顔は兄と娘のためのものであり、ぼくのためのものではないのだ。

真実によって人は傷つくときもある。だがそのせいで死ぬことはない。ジャドは自分にそう言い聞かせた。せめて、チャーリーに関する記憶をすべて脳裏に焼きつけておこう。笑うと目の横にできるしわから、いかめしい顔をしようとして下唇をかみしめるしぐさまで。

しげしげとチャーリーを眺めるうちに、ジャドは髪型がいつもと違うのに気づいた。今夜は髪をアップにして首を出している。そうするといっそう若く無防備に見えた。服装もいつものTシャツとジーンズではない。動くたびに黄色い布地が体にまつわりつくドレス姿だ。ジャドは黄色を好みの色に加えようと思った。豊かな胸が生地をぴんと張りつめさせる様子はなんともセクシーで、ウエストは両手で測れそうなほど細い。むきだしの腕と首筋はあたたかみのある黄金色に日焼けしている。サンダルもそれと同じ色だった。あとほんの少し近寄れば、香水の香りを感じられるだろう。

「遅くなってすまない」ウェイドが言った。

チャーリーはにっこりした。「これがはじめてじゃあるまいし」兄が少しばつの悪そうな顔をしたので、彼女はつけ加えた。「バリケードのこと、マーサから聞いたわ。ふたりとも無事でよかった」

まるで、ようやくジャドに目を向けることを許されたかのように、チャーリーはおずおずと彼を見てほほえんだ。でも実際はジャドが家に足を踏み入れた瞬間から、彼のことを強く意識していた。

ジャドは自分がじっと彼女を見つめているとわかっていた。だが、やめられなかった。

「チャーリー、こんなに美しい女性に出迎えてもらえて光栄だ」ジャドは言った。

ウェイドは驚いた顔になり、そのときはじめて妹がドレスを身につけ髪型まで変えていたのに気づいた。彼はまたもやばつの悪さに襲われた。

「本当だ。なかなかいいよ。なんのお祝いだい？」

チャーリーは兄の首を絞めてやりたかった。「なんでもないわ。特別おしゃれをしたわけじゃないの。このドレス、五年は前のものだもの」

「だとしても」ジャドが言った。「そんなこと、ちっとも感じさせないよ」

それからジャドはレイチェルのほうを向き、髪の毛を軽く引っぱった。

「約束どおり、おみやげを買ってきたよ」

ジャドはマシュマロの袋をとりだしてみせた。レイチェルは歓声をあげ、すぐさまウェイドの腕からジャドの腕へと移動した。

姪《めい》にそっぽを向かれたおじは片方の眉をあげた。「大人の女性と同じだな」物憂げに言って笑いだす。「マシュマロの袋ひとつで姪にまで捨てられるくらいだから、ぼくが結婚できないのは当然だ」

チャーリーはにっこりした。「女性には女性なりの優先事項があるのよ」ジャドに抱擁されるという贅沢《ぜいたく》を思う存分味わえる娘にかすかな嫉妬《しっと》を覚える。そんな感情を無視してキッチンへと向かった。「あたたかい夕食を用意しておいたわ。あなたたちが手を洗いおえるまでにテーブルに並べておくから」


その夜、ジャドは夢を見なかった。生まれてはじめて、この家のなかにいれば安全だという安心感に包まれてぐっすり眠ったからだ。夜が明けるころようやく目を覚まし、横になったまま考えた。なぜ起きてしまったのだろう？　頭をもたげ、廊下からかすかに聞こえるきしむような音に耳を澄ました。数秒後、ごつんという音が響き、表現しようのない音が続いた。チャーリーではない。それはたしかだ。この数日間で、彼女のたてる音なら聞き分けられるようになった。軽い足どりや、手際よく食事を用意するときの物音や、娘のおもらしを始末しながらやんわりとしかる声までも。

ウェイドに関しては、たとえ命が懸かっていても、鳴りをひそめておくことなどできないだろうと思えた。彼は世間を渡り歩くのと同じように、大きくにぎやかな音をたてて部屋から部屋へ移動する。ならば残るはあとひとりだ。侵入者がいるのでない限り、ミス・レイチェルが起きだしたのだ。

ジャドは笑みを浮かべてベッドから出た。こんな朝早くに二歳の子供が一生懸命なにをしようとしているのか興味がわいた。ジーンズをはいて廊下へ出ると、音をたてないように裸足《はだし》で歩いた。テレビを見に行ったのかもしれないと思い、リビングルームへ向かった。レイチェルはつい最近テレビのつけ方を覚えたのだ。だが、そこにはいなかった。再びごつんという音がした。今度は甲高い声もかすかに聞こえた。ジャドは家のなかを見渡した。音はキッチンのほうからする。戸口からのぞいてみたが、レイチェルはいなかった。どこに行ったのだろう?

「レイチェル、どこだい?」彼は呼びかけた。

物音ひとつしない。

「レイチェル、ぼくだよ。ジャドだ」

やはり、なんの音も聞こえなかった。

ジャドは少し心配になってキッチンの奥へ入った。そのとき、食料貯蔵室《パントリー》の扉が少し開いているのに気づいた。彼はパントリーの明かりをつけた。

レイチェルは首に毛布を巻きつけ、膝にマシュマロの袋を載せて部屋の隅に座っていた。唇のまわりに粉砂糖の輪ができている。マシュマロがぱんぱんにつまった頬は小さなしまりすを思わせた。少女はどうにかして口を動かそうとしていた。ジャドを見あげてにっこりしたはずみに、シロップ状のよだれがひと筋、唇の端から伝い落ちた。

ぼくは恋におちてしまったようだとジャドが気づいたのは、ここ数日でそれが二度めだった。彼はにっこりしながらパントリーに入り、自分でも驚いたことに少女の横に腰をおろした。

「なにを食べてるんだい？」

「マロ」レイチェルは口のなかのマシュマロをもぐもぐさせながら言った。

「ぼくにもひとつくれるかい？」ジャドは尋ねた。

少女は袋の中身を掘りかえす理由ができたことを喜んでなかに手を突っこみ、小さなマシュマロをとりだしてジャドの口に入れた。

「うーん」ジャドは大げさに舌鼓を打ち、レイチェルの指をなめた。

少女が頭をさげてくすくす笑うと、再びよだれが口からあふれた。

ジャドはよだれを親指でぬぐってやり、ウインクした。「口に入れた分はちゃんとのみこむんだぞ」そしてレイチェルの頬をやさしくつついた。

レイチェルはすぐさま言われたとおりにし、ジャドがとめるまもなく、またマシュマロを口につめこんだ。それには彼も笑うしかなかった。

やがてレイチェルが毛布を首に巻きつけたままジャドの膝によじのぼった。袋を探っては、ときどき彼にも食べさせてくれた。ジャドは信頼を得られたことに感激し、愛らしい少女に見入っていたので、もはやふたりきりではないのに気づかなかった。

チャーリーは母親の本能で、実際に確認するまでもなく娘はなにかしたに違いないと察した。急いで服を着替え、音をたてずに部屋から出た。レイチェルの部屋に行ってみると、本人も毛布も消えていた。チャーリーはため息をついた。いずれ娘には自立心が芽生えると覚悟してはいたものの、とても厄介だ。レイチェルを捜して廊下を歩きはじめたとき、ジャドの部屋のドアが細く開いているのに気づいた。なかをのぞくと彼のベッドも空だった。少しほっとした気分で、リビングルームへ向かった。そしてふいに自分はジャドを信頼しはじめていると悟った。彼と一緒ならレイチェルは安全だと思えるほどに。

切望がおなかから胸までこみあげた。チャーリーは怖くなった。ジャドによって情熱が呼び覚まされたのを喜ぶべきか、次に来るものを心配するべきかわからなかった。けれど、悩んだところで遅すぎる。情熱はすでに呼び覚まされてしまったのだから。

音はキッチンのほうから聞こえた。かすかな笑い声はレイチェルのものだ。

それに応《こた》える低い笑い声はジャドのものに違いなかった。前に聞いたことがある。夢のなかでも。

ふと、チャーリーは眉をひそめた。あのふたりはいったいなにをしているのだろう?

奥行きのあるウォークイン式のパントリーの戸口に立つと、隅の暗がりにふたりが座っているのが見えた。なんだかのぞき見をしているような気分だ。ふたりはとても仲がよさそうだ。ジャドの頭はレイチェルの乱れた巻き毛のほうに傾いている。彼が楽しんでいるのは明らかだ。しかし、娘の顔に浮かんだ喜びのほうが何倍も大きそうだった。

わたしのベイビー……あの子ははじめて自分から垣根を越えて、他人に心を開いたのだ。

チャーリーがパントリーに足を踏み入れた瞬間、ジャドは気配を察して顔をあげた。

「おっと。ママが起きてきた。どうやらぼくらは見つかっちゃったようだね」

母親がそばへやってくるあいだに、レイチェルは口の開いた袋の端をしっかり握りしめた。

「食べていい？」レイチェルがきいた。

チャーリーは怖い顔をしてみせた。「レイチェル、いいかどうかきくのが遅すぎるんじゃない？」

ジャドはレイチェルと同じくらい緊張した面持ちだった。「ぼくが物音を聞いて、それでぼくら——」

「言い訳は、信じてくれそうな人にすればいいわ」チャーリーはゆっくりと言った。

ジャドが立ちあがろうとしたとき、チャーリーは彼の肩に手を置いて制した。

「この食卓にもうひとり分の席はあるかしら？」

その言葉にジャドは驚いたようだったが、すぐに目を輝かせた。チャーリーは少しどぎまぎした。

「もちろん。きみの席ならいつだってあるさ」

チャーリーが胸を高鳴らせていると、ジャドは長い脚を片側に寄せて彼女が座れるように場所を空けてくれた。チャーリーは腰をおろした。

暗いパントリーに座って顔を見あわせているうちに親密な雰囲気が生まれた。幼い子供を挟んでいても、ふたりのあいだには熱い思いが渦巻いていた。

「それで、本日のメニューは？」チャーリーは自分の大胆さに驚きながら、あえて気軽な口調で尋ねた。

彼は少女の肩越しに袋をのぞきこみ、苦笑した。

「マシュマロをとりそろえてございます。緑にピンクに白。ですがあいにく、乾いたものはありません。すべてのマシュマロにソースがかかっております」

チャーリーは娘の顔と手をひと目見るや、頭をのけぞらせて笑った。おなかの底からわいてくるようなあたたかい笑い声が家じゅうに響き渡った。

ジャドはチャーリーの声に耳を傾けながら、彼女の首の繊細な曲線を眺めた。髪は手ぐしで整えただけのようだし、Tシャツとショートパンツはかなり着古されたものだ。なのに、これほど美しくセクシーな女性は見たことがないと思わせるとは。

「おやおや、いったいなにが始まってるんだ？」

三人はまだ笑みの残る顔をあげた。ウェイドがパントリーの戸口に立ち、信じられないといった様子で彼らを見おろしていた。

チャーリーはほんの少しジャドのほうへ寄って兄のために場所を空け、床をぽんとたたいた。

「朝食よ」チャーリーが言った。「今朝のメニューはレイチェルが選んだマシュマロなの。ピンクと緑、どっちがいい？　純粋主義者らしく白にする？」

ウェイドは片方の眉をあげてにやりとした。「みんなどうかしているよ」ジャドの膝から姪を抱きあげる。「悪いが、レイチェル、ウェイドおじさんの目を覚ますには、砂糖じゃなくてカフェインが必要なんだ。それにきみはシャワーを浴びないと。でも、シンクで洗って間に合わせよう。いいかい？」

おやつの時間はとっくに終わっているべきだったにもかかわらず、ジャドはなぜか膝から小さな重みがとり除かれたとき喪失感を覚えた。彼は立ちあがり、チャーリーに手を差しのべた。

彼女は少しためらってからその手をとった。てのひらや手首に巻きつく彼の指の感触や、目に飛びこんでくる裸の上半身を気にしないように努めた。

シンクでは、ウェイドが笑いながら姪のつかんでいるマシュマロの袋を奪おうと格闘していた。パントリーのなかでは、また別の闘いが進行中だった。

チャーリーが立ちあがってもジャドは手を放してくれなかった。彼女は唇をかみ、顔をあげた。彼の片側の頬にはレイチェルがつけたと思われる砂糖のしみがあった。それをふきとろうとしたとき、もう一方の手もジャドにつかまれた。一瞬にしてチャーリーはとらわれの身となった。深々と息を吸いこむ彼を前にして、彼女は本能的に目を閉じた。

短いけれどやさしいキスをされ、チャーリーは思わず声をもらした。ただのキスにすぎないのに、熱く反応しすぎた気がした。

すぐそこにウェイドがいるのが気になっていたので、彼女ははらはらしながら兄のほうに目をやった。見られてはいなかったとわかり、ほっとした。

「なぜこんなことを？」チャーリーはささやいた。

ジャドはチャーリーの手を放し、両手でその顔を包みこんだ。「きみの唇がレイチェルと同じくらい甘いかどうか確かめたかっただけさ」

チャーリーの胸は震えた。「それで、甘かった？」

ジャドは彼女の顔に息がかかるほど身を乗りだした。「一日じゅう天にのぼっていられそうなほどね」

「おい、そこでなにをやってるんだい？」ウェイドが大声で尋ねた。

「きみの妹にキスしているところさ」ジャドが答えた。「いけないかい？」

チャーリーは息をのみ、目を見開いた。まだウェイドに知られたくはなかった。自分でも自分のしたことに向かいあう準備ができていないのに。

それからジャドはくるりと向きを変えて棚のペーパータオルを破りとり、床に残ったマシュマロをていねいに拾いはじめた。

チャーリーは信じられない思いでジャドの後ろ姿を見つめた。なぜそんなに落ちついていられるの？　わたしと同じくらいウェイドのことを知っていれば、今すぐドアから逃げだしているだろうに。彼女はそっとパントリーから出て、頭を高くあげたまま兄のわきをすり抜け、まっすぐ冷蔵庫へ向かった。

「スクランブルエッグ？　それとも目玉焼き？」彼女は尋ね、冷蔵庫から卵のボウルをとりだした。

ウェイドは妹を意味ありげな目で長いこと見つめてから、姪の顔と手をふいてやって床におろした。

「スクランブルエッグはどうだい？　今の気分にはぴったりなんじゃないか？」

チャーリーはそばのラックから乱暴に泡立て器をとり、ウェイドに突きつけた。

「言わないで！　お願いだからなにも言わないで」

ジャドがパントリーから出てきて、ペーパータオルにくるんだマシュマロをごみ箱にほうりこんだ。そのあと、手を洗うためにシンクへやってきた。

ウェイドは冷ややかに警告するような目を向けた。

「きみって男はまったく厚かましいな、ジャド」

ジャドは困惑したチャーリーの顔と少し憤慨した様子のウェイドの顔を見比べた。

「ああ、そうかもしれない」ようやくジャドは口を開いた。「苦労してきたからな。子供のころ、ぼくはなにかをするたびに、父からきついお仕置きを受けた。正しいことをしようとしてもだ。学校にはちゃんと通った。家に食べ物がなく、暖房や明かりすらなかったときでさえ、泣きごとは言わなかった。鼻や耳から血を流しながら、痛くないとうそをついた。父が何日も家を空けたって気にならないふりをした。だが、なにをしてもだめだった。そしてある日、生きのびたいなら、父の機嫌をとるのはやめて自分の面倒を見るほかないと気づいた」

唐突に語られたジャドの身の上話を聞き、チャーリーは胸が痛んだ。そのつらい思い出はどれほど長く彼の心によどんでいたのだろう？　もはや気恥ずかしさは消え、チャーリーはジャドの腕に手をのばした。すると彼が冷たい笑みを浮かべた。彼女は思わずあとずさりした。

「悪いが、チャーリー、女性がくれるものならたいていもらうけれど、哀れみだけはまっぴらなんだ」

彼女はひるんだが、あとへ引こうとはしなかった。「これは哀れみじゃなくて共感よ。

ところで、あなたも卵はスクランブルエッグでいいの？」

　ジャドは彼女が強引に話題を変えたのに驚いて目をしばたたき、深く息を吸って肩の力を抜いた。

「すまない。なぜあんなことをしたのか……」

　ウェイドが首を振った。「気にするな」

「いや、気にしないわけにはいかないさ」ジャドは言った。「きみたちの厚意を踏みにじる行為だった。二度とあんなことはしないと約束するよ」

　ジャドがキッチンから出ていこうとしたとき、チャーリーが呼びとめた。

「ジャド！」

　彼は立ちどまり、振りかえった。

「なんだい？」

「お父さまは……それから変わったの？」

　ジャドの目に一瞬、暗い色が浮かんだ。「さあね。殺してやると脅した夜以来、父とは会ってない」

　彼女は青ざめた。ウェイドは歯を食いしばった。

「本当か、ジャド？　いつのことだ？」

「十歳のときだ」ジャドはチャーリーをちらりと見て、無理やりほほえんだ。「卵は遠慮しておくよ。マシュマロで腹がいっぱいなんだ」

キッチンから出ていくジャドを見送るあいだ、チャーリーは声をあげまいと唇をかみしめた。

「ああ、ウェイド……」

ウェイドはため息をつき、両手で妹の肩を抱いた。

「ぼくたちは幸せだったんだな」

ふたりは、キッチンの日だまりのなかで遊んでいるレイチェルを見つめた。ふいに涙があふれ、チャーリーは娘を抱きあげてきつく抱きしめた。

「ママはあなたを愛してるわ。とてもね」チャーリーはやさしく言って、レイチェルの左耳の下にある小さなそばかすにキスをした。

レイチェルはくすくす笑った。

ジャドの告白のあとでは、それもほろ苦く響いた。

7

キッチンでの出来事について、それ以上はなにも語られなかった。だがそれが示す真実は、町へ向かうあいだじゅうふたりの男性につきまとった。ジャド・ハンナは重荷を背負った男で、同じく重荷を背負った女性に惹《ひ》かれている。口にこそ出さないもののウェイドもそう判断していることが、ジャドにはわかった。だとすれば、結論はひとつだ。男なら男らしく、チャーリーにさらなる重荷を押しつけたりせず、自分の問題は自分で解決しなければ。

コールシティの町はずれに近づいたところで、とうとうジャドは口を開いた。

「修理工場でおろしてもらえたらジープを受けとれる。支払いをすませ次第、署へ向かうよ。今日はどこへ行けばいいかは、着いたら教えてくれ」

ウェイドは意味ありげな目でジャドを見た。「レイモンドが発見されたあともしばらくここにとどまることを承知してくれて、感謝しているよ」

「礼には及ばない」ジャドは穏やかに言った。「どのみち行くあてなんかないんだ。だから、どこにいたってかまわないのさ。だいいち、誰がレイモンドをさらったのか、同じことがまた起こるのかどうか、まだわかっていないだろう？」

「それを言うなよ」ウェイドはつぶやき、ジャドが言ったことに話を戻した。「行くあてはないってどういう意味だ？　タルサに帰るんじゃないのか？」

ジャドは肩をすくめた。「たぶん帰らない。一度終わったことをくりかえすのは好きじゃないんだ」

チャーリーのことを思い浮かべ、ウェイドはハンドルをかたく握りしめた。

「妹を傷つけないでくれよ」そう言って、修理工場の前で停車した。

ジャドはドアを開け、しばしためらったのちに車をおりた。視線を落としてアスファルトの割れ目からたくましくのびている雑草をぼんやりと見つめ、無言でうなずいた。そのあと、勢いよく音をたててドアを閉めた。ウェイドはジャドが工場のなかに消えたのを見届けてから、警察署へ向かった。


レイモンド・シュラーは自宅で順調に回復していた。尻の感染症はほぼ全快し、態度も表面的には普通だった。友人や隣人や同僚がひっきりなしに訪れ、彼の体験を残らず聞きたがった。彼は一躍有名人になった。だが同時に、裸で気を失っていたのを図書館の階段で発見されたせいで、身もだえするほどの屈辱を味わった。これほど混乱し自分ではどうすることもできずに苦しんだ経験は、過去に一度しかない。ハイスクールの最終学年で、卒業まで二カ月のときだ。ただし自分がなにをしたのかはまったく覚えていない。覚えているのは、その夜がフットボールチームの凱旋《がいせん》祝賀会に始まり、最終的に翌朝、小川のそばでうつぶせになっていたことだけだ。頭上の木の枝をりすが走りまわる音で目覚めたとたん、人生最悪の頭痛に襲われた。ごろりと転がって膝を突き胃の中身を吐きだしたあと、小川まで這《は》っていき、痛みがやわらぐことを願って頭を水に突っこんだ。効果はなかった。息を吸おうと顔をあげたとき、水のなかになにかがあるのに気づき、ぞっとした。

靴だった。女物の靴だ。

それを見た瞬間、ひとりの少女が全力で走りながら泣き叫ぶ姿が脳裏に浮かんだ。そしてまた吐き気に襲われた。吐き気がおさまるころには、はかない一瞬の記憶は消えていた。帰宅途中、自分の家の前でどこかの少女の父親がショットガンを手に待ち構えているのではないかと恐れた。しかし、ポーチに立っていたのは自分の母親だけだった。母親は息子を見るなりわっと泣きだし、翌月までの外出禁止を言い渡した。

月曜日になり、レイモンドは割りきれない思いを抱えたまま学校に行った。聖書に書かれている悪い木を切り倒す斧《おの》がいつか襲ってくるだろうと思った。だが、数週間が過ぎても変わったことは起こらず、結局なにもなかったのだと自分に言い聞かせた。

二十年以上たった今、同じ危機感を覚えている。なにもなかったと思いこもうとしても、今度は悪夢をぬぐい去れなかった。目を閉じるたびに暗闇《くらやみ》が迫り、尻の痛みを感じ、寝かされていた場所のごみやほこりを思いだして息がつまりそうになった。安全な家を離れれば、まだどこかで危険が待ち受けているに違いない。レイモンドが弱みを見せるのを、彼が再び警戒をゆるめるのを待っているのだ。もしまた拉致《らち》されたら、次は生きて帰れないだろう。

警察の人間が話をききに来ているとベティから告げられたとき、レイモンドは胸を締めつけられた気がした。犯人はとらえてほしい。しかし、捜査に協力すれば彼自身のパンドラの箱を開けるはめになる。

「レイモンド……ミスター・ハンナを覚えている？　ウェイドと一緒に病院へ来た方よ。ハーシェル・ブラウンがミンディとハネムーンに行っているあいだ、代わりを務めているんですって」

レイモンドは長身の男にうなずきかけ、手ぶりで椅子を勧めた。

「ああ、覚えてるよ。おかけください、ミスター・ハンナ。ベティ、冷たいものを差しあげてくれ」

ジャドは首を振った。「いや、どうぞおかまいなく」レイモンドのほうを向く。「堅苦しいことは抜きにしましょう。ジャドと呼んでください」

レイモンドは寛大な笑みを浮かべた。「では、ジャドと呼ばせてもらおう。なにか知らせても？」

「いいえ。残念ながら。だからこそぼくはここへ来たんです。これまでのところ、あなたの尻の焼き印以外に手がかりがないもので」

レイモンドの顔が怒りで赤黒く染まった。

「焼き印とは呼んでほしくないんだがね」

ジャドは椅子に寄りかかり、シャツのポケットから小さなメモ帳をとりだした。

「では」穏やかに言う。「傷と呼びましょうか」

レイモンドはうなずいた。

「ええと……その〝傷〟がRの形をしているというのはたしかですか？」

再びレイモンドの顔が赤らんだ。ジャドは相手がなにか言う前に畳みかけた。

「ミスター・シュラー、思いだすだけでつらいだろうとお察しします。でも、真相に到達する道はこれしかないんですよ。だから、ありのままを教えてください。医師の報告書によれば、何者かがあなたの尻にRの焼き印を押した。おそらくレイモンドのRでしょう。その形状から、医師は電気式の焼きごてが使われたと推測しています。なにかそのような音を聞いた覚えはありますか？」

「いや」レイモンドはぶっきらぼうに答えた。

ジャドは別の角度から攻めた。「よく考えてみてください。ずっと目隠しをされていたんですね？」

レイモンドはうなずいた。

「なるほど。それでは、なにかのにおいや感触などは思いだせませんか？」

「いや」レイモンドはまたもやそっけなく答えた。「もし覚えていれば、とっくに言っているよ」ベティにちらりと目をやる。「レモネードが一杯欲しいんだが、いいかい？」

「もちろんよ」彼女はそそくさと部屋をあとにした。

ジャドはレイモンドの顔を見て、この男性にはなにか隠していること——妻には聞かせたくない秘密かなにかがあるに違いないと確信した。

「失礼なことをお尋ねしますが」ジャドは言った。「怒りに駆られてあなたを懲らしめてやりたいと考えるような、どなたかの夫にお心あたりは？」

レイモンドが額にしわを寄せてしかめっ面をした。「それはどういう意味だね？」

「浮気をした経験はありますか？」ジャドは尋ねた。

「とんでもない」レイモンドは言下に否定した。「妻をあざむいたことなど一度もないし、これからだってない。彼女はすばらしい女性だ。そんなふうに妻を軽んずるつもりはない」

「失礼しました。いちおう確かめておかないといけないもので」

レイモンドは体の力を抜いた。「わかっているよ」ジャドに向かって弱々しくほほえむ。

「認めたくはないが、きみは大勢の人々が考えていることを尋ねたにすぎない」ため息をついた。「だがわたしは、誓って、事実と異なることは言っていない」

「敵についてはどうです？　銀行家のあなたに腹を立てている人間はいるはずです。とくに、抵当流れに関する件では」

レイモンドは肩をすくめた。「正直言って、わたしが頭取になってからは、そこまで恨みを買うようなまねをした覚えはないがね。必要なら、わたしの秘書に連絡して取り引き先のリストをもらってくれ。刑事さんがとりに行くと知らせておくから」

ジャドはうなずき、あとでリストをとりに行くことをメモに書きとめた。顔をあげると、こちらをじっと見つめているレイモンドと目が合った。

「ここにやってきたよそ者で町を素通りしなかったのは、何年ものあいだできみだけだよ」

たちまちその意味を察してジャドはにっこりした。「残念ですね、ミスター・シュラー。あなたが誘拐されたとき、ぼくはウェイド・フランクリンの家の客用ベッドルームで寝ていました。それに、もしぼくが誰かに腹を立てたとしたら、そのことは相手に必ずわからせてやりますよ。目隠しや焼きごてはまったくぼくの趣味じゃありません」

レイモンドは顔を赤らめた。「ただの想像だ」

ジャドはうなずいた。「あながち的はずれな想像ではありませんよ。ひとつのことを除けばね」

「どういうことだ?」レイモンドがきいた。

「あなたの身に降りかかったのは、純粋かつ単純な動機による復讐《ふくしゅう》だということです」

レイモンドの顔から急速に血の気が引いた。顎をがくがく震わせ、なんとかひとことだけ口にした。

「復讐だと?」

「そうです。ですから、ここ数日のうちに事件と関係がありそうなことを思いだしたら、ウェイドかぼくに知らせたほうがあなたの身のためですよ。復讐心は異常な感情だ。ときにはその原因となる出来事の何年もあとに、仕返しを決意する場合もある」

レイモンドの声の調子が高くなった。

「何年もあとに?」

ジャドはうなずいた。「ええ」ベティが戻ってきたと同時に立ちあがった。「今日はこれで失礼します。ぼくの言ったことを覚えておいてください。なにか思いだしたら、すぐにご連絡を。では、ゆっくりレモネードをお飲みください」

チャーリーは警察署の正面に車をとめ、地面におり立ってレイチェルを腕に抱えあげた。縁石に着くより先に、誰かに名前を呼ばれた。声のしたほうを見ると、ワゴンを引いたデイビーが激しく手を振りながらやってくるのが目に入った。チャーリーは笑顔で手を振りかえした。デイビー・ダンドリッジのことは物心ついたころから知っている。ふたりはほぼ同い年だ。ただし、彼は背丈でははるか昔にチャーリーを追い越したものの、現実を認識する能力はいまだに五、六歳児程度だった。町の人々のなかには、デイビーの悪口を言い、同じような子供たちのいる施設へ彼をあずけないジュディスを見くだす者もいる。一方、チャーリーのようにありのままのデイビーを受け入れる人間もいる。彼は彼のままでいい。子供の心を持った二十代の男性のままで。

「チャーリー、ぼくの時計を見て！」デイビーは足もとにとめたワゴンの荷台を指さして叫んだ。

チャーリーはそれを見おろした。いつものように荷台はつぶれたアルミ缶でなかば埋まっている。デイビーはそれらをかき分け、満面の笑みを浮かべて荷台の底から男物の時計を引っぱりだした。

彼女は目を見開いた。「まあ、デイビー。すてきな時計じゃない。ちょっと見せてくれる？」

デイビーはためらった。「返してくれる？」

「約束するわ」チャーリーは言った。そのとき、レイチェルがおろしてほしいとむずかった。「少し待って。デイビーの時計を見せてもらうあいだだけ」

それはロレックスだった。道端で〝偶然〟見つけるような代物ではない。時計の裏に刻まれた文字を見たとたん、彼女は声をあげそうになった。

〝レイモンドへ愛をこめて、ベティより〟

「なんてこと。ミスター・シュラーの時計だわ」

チャーリーは思わず声に出して言った。するとデイビーが顔をしかめ、彼女の手から時計を引ったくった。

「違うよ!」ぶっきらぼうに言う。「もう、デイビーの時計だもん」

デイビーは缶でいっぱいのワゴンに時計をほうりこみ、通りを歩きだした。チャーリーは一瞬迷ってから、大急ぎで警察署に駆けこんだ。ウェイドに知らせなければ。しかし、彼女が最初にでくわしたのは、ウェイドではなくジャドだった。

ふたりは戸口でぶつかりそうになり、ジャドはチャーリーの肩をつかんで転ばないよう支えた。

「おっと。なにをそんなに急いでるんだい?」

レイチェルの髪をくしゃくしゃにしながら、ジャドはもう一度チャーリーにキスして少し彼女の気持をかき乱したいと思った。だが、深入りはしないと自分に誓ったのだ。今さら心変わりなど許されない。

「ごめんなさい」チャーリーが言った。「前をちゃんと見ていなかったの。ウェイドはどこ？　早急に話したいことがあるんだけど」

　ジャドは顔をしかめた。「通信指令係が言うには、生協までハロルドを迎えに行っているらしい」

　チャーリーはうめいた。「ああ、そんなの待ってられないわ。ハロルドは酔っているに決まってるし、お酒が入るといつもけんかをしたがるんだもの」

「なにかあったのかい？　ぼくで力になれるかな」

　チャーリーははっとした。「もちろんよ！　忘れてたわ。相談を持ちこむ相手はいつもウェイドだから……」ジャドの腕を引っぱって外へ出ようとする。「あそこでね。ついさっきなの。デイビーが引いているワゴンのなかに、缶と一緒に入っているわ」

　ジャドは足をとめた。「落ちつくんだ。深呼吸して、最初からわかるように話してくれ。デイビーのワゴンに、いったいなにが入ってるんだい？」

「レイモンド・シュラーのロレックスよ」

　ジャドの顔から笑みが消えた。「本当か？」

　チャーリーはうなずいた。「デイビーが見せてくれたの。裏面に、ベティからレイモンドへのメッセージが刻まれていたわ」

　ジャドはチャーリーを従えて表へ飛びだした。通りに人影はなかった。立ちどまり、ワゴンの車輪がきしむ音は聞こえないかと耳を澄ましてみる。しかし、行き交う車のエンジン音しか聞こえなかった。

「彼はどっちへ行った?」ジャドが尋ねた。

チャーリーは肩をすくめた。「あっちよ」

「マーサに言って、ウェイドに無線で連絡してもらってくれ。彼が戻り次第、今の話を伝えるんだ」

チャーリーはうなずいた。しばらくそこに立ちつくし、足早に去っていくジャドを見送った。ブロックの角まで行くや、彼は走りだした。


デイビーはおびえていた。チャーリーはこの時計がぼくのものじゃないと言った。でも、そんなはずない。見つけた人がもらって、なくした人は泣く。これはもうぼくの時計だ。

彼は花屋と床屋のあいだの路地に入り、全速力で走った。ワゴンに入れた缶がフライパンのなかのポップコーンのように上へ下へと跳ねまわった。路地の突きあたりで右へ曲がり、美容院の裏の通用路へ逃げこんだ。ちょうど配達用のバンが出ていくところだった。デイビーは振りかえるのも速度を落とすのも恐れ、その後ろに隠れた。

ふいに誰かがデイビーの名前を呼んだ。狼狽《ろうばい》した彼はつまずいて歩道に前のめりに転び、体を支えようとしたはずみに両方の肘と膝をすりむいた。

「デイビー、デイビー、ああ、大丈夫?　どうして走ったりなんかしてたの?」

彼は顔をあげた。「ジュディおばさん……ぼく、転んじゃった」皮膚の下から血がにじみでるのを見て、泣きだした。

ジュディス・ダンドリッジは体の大きな子供に腕をまわし、彼の苦痛の表情に心を痛めた。

「本当ね。かわいそうに」彼女は言った。「さあ、いらっしゃい。きれいにしてあげるから」

「ぼくのワゴン」デイビーが後ろを指さした。

ジュディスはため息をついて、やさしく言った。「持っておいで。店の奥の部屋に置いておけばいいわ。ね？」

デイビーはうなずいた。そして内股で足を引きずり、ワゴンをかかとにぶつけながら、ジュディスのあとについて歩いた。

数分後、デイビーはドラッグストアの奥の部屋のスツールに腰かけていた。ジーンズを膝の上までたくしあげ、ジュディスが傷の手当てをするあいだロリポップをしゃぶっていた。ときどきデイビーがびくっとすると、彼女は手をとめ、痛みがやわらぐまでそこに息を吹きかけた。手当てを終えて包帯を巻いてから、ジュディスは質問を切りだした。

「デイビー……あなた……どうして走ってたの？　誰かに脅されたの？」

彼の下唇が震えた。「うん」

　ジュディスの胸に怒りがこみあげた。彼女は大人になってからのほとんどの時間を、デイビーと世間のあいだに立ちはだかることに費やしてきた。デイビーが大きくなるにつれ、彼を守るのはますます困難になっていた。

「誰に？」彼女は尋ねた。

「チャーリーだよ。あの子に脅かされたの」デイビーはそう言って、キャンディを口のなかに戻した。

　ジュディスは驚いて一歩後ろにさがった。いつもやさしいあのチャーリーがデイビーに冷たくあたるなんて信じられない。

「本当なの？」ジュディスはさらにきいた。

　彼は熱心にうなずいた。「うん、ほんとだよ」

「どんなことをされたの？」

　ふいにデイビーは顔をそむけ、キャンディをなめるのに熱中した。彼女はうたぐるように目を細めた。

「デイビー……」

　彼はため息をついた。ジュディおばさんがこんな声を出したときは気をつけたほうがいい。「はい」

「チャーリーはあなたをどんなふうに脅したの？」

デイビーは反抗的に顎を突きだした。「ぼくの時計をとろうとしたんだ」

ジュディスは驚いた。「なんの時計ですって?」

「だから、ぼくの時計」デイビーは肘の一箇所を指さした。「まだ血が出てるよ。ほら」

ジュディスは彼の腕をやさしくつかんだ。「デイビー、ジュディおばさんには絶対にうそをついちゃいけないって、わかってるわよね?」

彼はうつむき、肩をがくりと落とした。「うん」

「あなたの時計を見せてちょうだい」

デイビーはまたため息をついた。のろのろと立ちあがり、足を引きずってワゴンのほうへ行き、缶のなかから時計をとりだしてジュディスに手渡した。

彼女は信じられない気持で時計を見つめた。それをなにげなく裏がえしたとたん、青ざめた。

「これをどこで手に入れたの?」ジュディスは声をひそめ、デイビーの腕を握りしめた。

彼は身をすくませた。「ぼくが見つけたんだよ、ジュディおばさん。ぼくが見つけたの」

「どこで?」

デイビーは混乱の表情を浮かべた。「覚えてない」

「返しなさい。これはあなたのものじゃないわ」

「ぼくが見つけたんだ。今はぼくのだよ」

「ここにほかの人の名前が書いてあるでしょ、デイビー。だから、あなたのじゃないとすぐにわかるの。さあ、一緒にいらっしゃい。ウェイドを捜して、持ち主に返してくれるようにお願いしましょう」

デイビーは再びスツールに座り、泣きだした。今度はすりむいた膝や肘が痛いからではなかった。

「だけど、これを持ってた人は、もうこれを使ってないんだよ。おばさんは言ったじゃない――」

ジュディスはさえぎった。「ほかの人の持ち物をとったりしちゃいけないわ。返さなきゃだめよ」

「でも、おばさんは――」

「もういいわ」鋭く言う。「この話は終わりよ。自分のものでないものを持つことはできないのよ」

彼女はデイビーの手をとり、店の外へ連れだした。

チャーリーは通りを走りながら路地や店々に目を走らせ、ジャドの姿を捜した。ウェイドに連絡をとってもらってから、レイチェルを通信指令係のマーサにあずけて警察署を出てきたのだ。もしジャドがまだデイビーを見つけていないようなら、どこへ行ってみればいいかを思いついたからだ。

　突然、通りの先の床屋から出てくるジャドの姿が目に入った。

「ジャド！」大声をあげ、手を振りながら走った。

　彼は立ちどまった。手を振りかえして、チャーリーがそばに来るのを待った。彼女の動きには、はじめて会った日に死を目の前にして牧草地を駆けていたときと同じ、ただならぬ雰囲気があった。

「どうした？」ジャドは尋ねた。

「デイビーはもう見つかった？」

「まだだ」

　チャーリーはゆっくり息を吐いてから深く吸った。「わたしったら、太ったんだわ。昔はフットボール場の端から端まで、汗ひとつかかずに走れたのに」

「きみの体は、ぼくには魅力的に見えるよ」

　チャーリーは目をしばたたいた。会話が突然とても個人的な内容に変わっていた。彼女は唇をかんで目をそらし、ジャドの言葉を聞き流した。

「わたし、デイビーの居場所に心あたりがあるの」

　ジャドの態度が変化した。「どこだ？」

「おばさんのドラッグストアよ」

彼もすぐにぴんときた。「そうか。ジュディス・ダンドリッジが彼のおばさんだったね？」

彼女は肩をすくめた。「正確には違うけど、まあ、似たようなものよ。さあ、確かめに行き――」

チャーリーは言葉をのみこみ、半ブロック先の店のドアから出てきたふたり連れを凝視した。ジャドは振り向いて、チャーリーの視線を追った。その先に、ジュディスに手を引かれているデイビーがいた。

「ああ、チャーリー、会えてよかったわ。誤解を解かないと」ジュディスが近づいてきた。「あなたが時計をとろうとしたんじゃないことは、この子もわかっているのよ。そうよね、デイビー？」

デイビーはひょいと頭をさげてうなずいた。

ジャドはジュディスの瞳に一瞬苦しげな色が浮かんだのを見た。彼女は事務的に言った。「わたしたち、警察署へ行くところなの。デイビーが他人のものを拾ったから。この子はそれを返したがっているのよ。そうよね、デイビー？」

デイビーは再びうなずいた。だが、いやいやながらなのは明らかだった。ジャドは目の前の青年について考えた。大人の体を持ち、大人の世界の尺度に合わせることを要求されながらも、規則をまったく理解できないというのは、どんな気分だろう？

「えらいぞ」ジャドは穏やかに言い、デイビーの背中をたたいた。「一緒に歩いてもいいかい？」

デイビーは不安そうに目をあげた。ジャドの顔に浮かんだ笑みを見てたちまち表情を明るくし、ジュディスに視線を移した。

「いい、おばさん？　一緒に歩いていい？」

ジュディスは肩をすくめた。「この人がそうしたいならね」

デイビーの暗かった顔が見違えるほど明るくなり、チャーリーに腕を軽くたたかれると笑みがこぼれた。

「デイビー、怖がらせてごめんなさいね。そんなつもりじゃなかったのよ」チャーリーが言った。

「いいさ、チャーリー。ぼくたち、まだ友達だよ」

チャーリーの目に涙がにじんだ。「ありがとう、デイビー。あなたは本当にいいお友達だわ」

不安が消えたのがうれしくて、デイビーはチャーリーの首に腕を巻きつけて抱きしめた。

「チャーリーはぼくの友達！」

彼女がデイビーを抱きしめ、言葉だけでなく手でもやさしくなだめる様子を、ジャドは見つめた。

いよな」

「よかったな、デイビー」ジャドは言った。「チャーリーのような友達をなくしたくはないよな」

ジャドの声がチャーリーの五感を包みこみ、名もないなにかを切望させた。デイビーの体が離れたとき、今の抱擁のようにジャドの胸に頬をうずめ、たくましい腕に強く抱きしめられたいという思いがわきあがった。チャーリーはそれを必死で抑えた。

数分後に一行が警察署に到着したとき、奥からウェイドが現れた。

「わたし、レイチェルを連れてくるわ」チャーリーはそう言い、通信指令係の小部屋へ向かった。

ジュディスが先手をとって、一歩前に進みでた。

「ウェイド、デイビーがあなたに渡したいものがあるそうよ」

ウェイドはそこに立ったまま、デイビーのほうから近づいてくるのを待った。頭はめまぐるしく回転している。なにがあったかはマーサから聞いていた。レイモンドの事件にかかわる最初の物的証拠が発見されたのだ。デイビーが時計を見つけた場所を覚えていてくれさえすれば、真相解明の突破口になるかもしれない。

「やあ、デイビー。なにを見つけたんだい？」

ジュディスがポケットから時計を出してデイビーに渡した。彼は気が進まなそうにそれを突きだした。

ウェイドは目を見開いた。たしかにレイモンドの時計だ。町でロレックスを持っている人間といえば彼しかいない。しかもウェイドはベティがこれを夫に贈った誕生パーティーに出席していた。ウェイドは時計を裏がえし、刻まれた文字を親指でなぞった。

「すごいぞ」ウェイドは言った。「きみはとてもいいことをしたんだよ、デイビー。わかるかい？」

デイビーは目を丸くして、にっこり笑った。ほんの数分前まではおばさんに怒られていたのに、今はいいことをしたとほめられている。なぜかはわからない。でも、ほめられるほうがずっと好きだ。

ウェイドはデイビーの肩に手を置いて近くの椅子に座らせた。「どこで見つけたんだい？」

デイビーは落ちつかなくなった。ジュディおばさんを見やると、しかめっ面をしていた。ぼくがまたなにかいけないことをしてしまったからだろう。でも、なにがいけなかったのかはわからない。

「覚えてない」デイビーはうなだれた。

ウェイドはため息をつき、不満を押し隠しながら、今度は違う角度から質問してみた。

「これを見つけたところへ案内できるかい？」

デイビーは下唇を突きだし、シャツのボタンをいじりはじめた。

「この子は覚えてないと言ったでしょ」ジュディスが口を挟んだ。「どうやって案内しろと言うの？」

ウェイドは警戒するような目をジュディスに向けた。あっちへ行っていてくれと言ってやりたかった。ジュディスの存在がデイビーを不安がらせているのだ。そばであんなしかめっ面をされたら、誰だって不安になる。ウェイド自身もそうだった。

「レイモンドは誘拐されたとき、その時計を身につけていたのか？」ジャドが尋ねた。

ウェイドは顔をあげた。その事実を確かめようと考えてもみなかったことに、われながら少しあきれた。もしレイモンドが身につけていなかったのなら、デイビーがこれを見つけた場所など無意味だ。

「彼はいつもこの時計をはめていた」ウェイドは言った。「だが、いちおう確認したほうがいいな。電話をかけてくるから、しばらく待っていてくれ」

ウェイドは自分のオフィスへと姿を消した。

デイビーはジュディスに目をやった。「ジュディおばさん、ぼくまた悪いことしたの？」

「いいえ」ジュディスは短く言った。「なぜこんな大騒ぎになるのかわからないわ。この子は拾い物をして、それを届けに来ただけなのに」

「犯罪を解決するためです」ジャドが言った。

「なんの犯罪？」ジュディスが尋ねた。「お金のやりとりはなかったし、レイモンドは無傷で解放されたって聞いたけど」

ジャドは顔をしかめた。「拘束されたり焼き印を押されたりしたんだから、無傷とは言えませんよ」

ジュディスは鼻を鳴らした。「まあね。でも体が不自由になったわけじゃないわ。焼き印はお尻に押されていたんでしょ。スラックスをはいていれば誰にも気づかれないもの」彼女はこれ以上事件について話すのはごめんだとばかりにそっぽを向いた。

ジャドは眉をひそめた。個人的な意見だが、今の言葉はレイモンド・シュラーはもはや下着を脱げないとほのめかしているように思えた。レイモンドは妻に対して誠実であると断言し、ぼくはそれを信じた。だがもし彼がうそをついたとしたら？　この町に、ベティ・シュラーの知らないなにかを知っている人物がいるとしたら？　レイモンドの私生活について、もう少し聞きこみをしてみよう。どこかに怒れる夫がいるという線はいまだに有力なのだから。

考えをそれ以上押し進める前に、ウェイドが戻ってきた。

「レイモンドは誘拐されたとき、たしかにこの時計を身につけていたそうだ」ウェイドは言った。「今、時計を確認するために署へ向かっている」

ジュディスがデイビーの手をとった。「市民の務めはちゃんと果たしましたからね。ほかに用がなければ、わたしたちはもう失礼するわ」

「待ってください」ウェイドはそう言ってから、つけ足した。「お願いですから」

ジュディスは顔をしかめて抗議しかけた。だがそこへ、チャーリーを後ろに従えたレイチェルが駆けこんできた。デイビーは少女に会えたうれしさのあまり、すっかり恐怖心を忘れた。

「レイチェル！　おばさん、レイチェルだよ！」

デイビーはひざまずき、レイチェルを抱きしめた。ジャドはその様子を眺めながら、デイビーの変わりように舌を巻いた。デイビーが少女をかわいがっていることは誰の目にも明らかだ。レイチェルは片手にいっぱいクレヨンを握りしめ、もう一方の手にぬりえ帳を抱えていた。それをデイビーの顔の前に突きだして、にっこり笑った。

「ぬりえ？」

すぐにふたりはぬりえ帳を挟んで腹這いになった。

「ごめんなさい」チャーリーが謝った。「家に連れて帰るわ――」

「いや、かまわないよ」ウェイドが笑いながら言った。「実際、好都合なくらいだ」

デイビーとレイチェルの頭を後ろから見おろすうちに、ジュディスの怒りは消えた。ふたりの年が二十近く離れているという事実は無意味だった。なぜならふたりは同じものに喜びを感じているからだ。ジュディスは深いため息をついて目をそらした。

ジャドはそんなジュディスを見つめながら、永遠に子供である人間の世話をするには

——とくにそれが自分の子供でない場合——どれほど強い精神力が必要だろうかと考えた。すると、この女性に対する尊敬の念がこみあげた。ジュディスがデイビーに対して見せる思いやりは単なる義務感よりずっと深いところに根ざしているようだ。里子として彼女の両親に引きとられたデイビーを、いつしかジュディス自身が深く愛するようになったからだろう。

8

レイモンド・シュラーは杖《つえ》を突いて警察署に現れた。足を引きずっていることと顔に浮かんだ険しい表情が、ひときわ目立った。彼が一歩なかに入ると、全員が蜘蛛《くも》の子を散らすように場所を空けた。チャーリーはレイチェルを床からすくいあげ、デイビーはあわててジュディスの陰に隠れた。

「わたしの時計が見つかったとか?」レイモンドは声高に尋ねた。

ウェイドが時計を差しだした。「形式的な手続きなんですが、いちおうご確認願います」

レイモンドは引ったくるようにウェイドの手から時計を奪いとり、裏がえした。見る見る顔が紅潮する。彼は問いつめるように言った。

「たしかにわたしのものだ! どこでこれを?」

ウェイドはデイビーを示した。「見つけたのは彼です。彼とジュディスが届けてくれました」

レイモンドの視線は、まるでデイビーなど存在しないかのように青年を素通りして、ジユディスに向けられた。

「どこで見つけたんだ？」レイモンドは尋ねた。

ジュディスは顔をしかめた。「知らないわ。デイビーが見つけたのよ。お礼ならこの子に言って」

レイモンドはうろたえた表情になった。人々の前で不作法な態度をとったことを後悔しているようだ。彼はジュディスのそばに立っている体の大きな青年を見つめ、本心を表さないよう努めながら言った。

「その……時計を見つけてくれてありがとう」

憤然としたレイモンドの声におびえたのだろう。デイビーはジュディスの肩に顔をうずめ、相手を見ないようにした。

レイモンドは青年の行動を侮辱と受けとり、顔を真っ赤にした。その場を去るとき、こんなやつは施設に入れておけ、と小さくつぶやいた。

それが耳に入り、ジャドはかっとなった。「デイビーが施設に入っていなかったからこそ、今あなたは時計を持ってそこに立っていられるんですよ」

レイモンドはジャドをにらんだ。しかしジャドは一歩も引かなかった。結局レイモンドが譲歩した。

「ああ……そうだな。謝るよ。軽率な口をきいてすまなかった。ただその、わたしはこの一週間、ひどい目に遭ってきたものだから……」

ジュディスは百八十センチ近い長身をいっぱいにのばし、デイビーの手を握りしめた。「そんなに自分が苦労していると思うなら、少しでもデイビーの立場になってみればいいんだわ」そう言い放ち、ドアへ向かった。

ジャドはジュディスに対してもデイビーに対してもたまらない気持になった。デイビーは泣いていた。

「ちょっと待った」ジャドは青年に声をかけ、背中をぽんとたたいた。「ごほうびをもらわずに行ってしまう気じゃないだろう?」

デイビーは目をぱちくりさせた。言葉の意味はわからなかったが、この人の声はやさしいと感じた。

ジャドは自分の時計をするりとはずし、デイビーの手首にはめてやった。

「どうだい?」ジャドは尋ねた。「ぴったりだろ?」

デイビーは大きな笑みを浮かべ、おもむろに時計を耳にあてて、かちかちいう音に聞き入った。

ジュディスがため息をついた。「ごほうびなんて必要ありません、ミスター・ハンナ」

ジャドは首を振った。「デイビーの正直さに報いるのはとても大事なことだと思いますよ」

レイモンド・シュラーはようやく、ごほうびは自分があげるべきだったと気がついた。彼はポケットからあわてて財布を引っぱりだした。

「ああ、そのとおりだとも」レイモンドは二十ドル札を二枚、ジュディスの目の前に突きつけた。「ほら、その子になにかいいものでも買ってやれ」

ジュディスはレイモンドが汚物かなにかを手渡そうとしたかのように、紙幣から飛びのいた。

「レイモンド・シュラー、それがあなたの悪い癖よ。お金さえ出せばなんでも買えると思っているんだから。いい評判までもね」

彼女はきびすを返し、デイビーを連れて去った。

レイモンドは怒りに顔を赤らめて紙幣を戻した。

「まったくなんて女だ。相変わらず冷淡なやつだよ。あれだから、いまだに結婚できないんだ」

「昔からご存じなんですか？」ジャドがきいた。

レイモンドは鼻を鳴らした。「学校が同じだったんだよ。いつだって彼女はみんなに優越感を抱いていた」ポケットをたたいて時計があるのを確かめ、ウェイドに向かってうなずいた。「事件の解決に、あんな男がなにか役に立つのか？」

ウェイドは怒りに顔を赤らめたが、ぐっとこらえた。「デイビーはあの時計をどこで見つけたのか覚えていません。そのことをきいているのなら」

「だろうね」レイモンドはつぶやいた。「さて、わたしはもう帰らせてもらうよ。これ以上神経を消耗したくない」

「待ってください、レイモンド」ウェイドが言った。「あなたの時計は証拠品です。われわれのほうで保管する必要が――」

「なんのために？」レイモンドははねつけた。「事件の真相など、どうせ突きとめられやしないのに」

レイモンドが去る前に、ジャドはその言葉に飛びついた。「なぜそんなふうに言うんです？　われわれが知らないことをなにかご存じなんですか？」

レイモンドは怒りをこめてジャドに杖を突きつけた。「いったいなにが言いたいんだ？」

ジャドは返事をせず、レイモンドに考える時間を与えた。レイモンドは猛然とオフィスから歩み去り、あとには怒りの痕跡《こんせき》が残された。

レイモンドがドアをばたんと閉じたとたん、ウェイドはくるりと振り向いて鍵《かぎ》の束を部屋の反対側に投げつけた。それは壁にあたり、派手な音をたてた。

「楽な仕事じゃないと感じることはままあるが、自分の考えを表に出せないときは本当につらいよ。レイモンドをさらった犯人は、イニシャルのRの代わりに〝くそったれ《アスホール》〟のAを焼きつけてやればよかったんだ」

チャーリーは窓辺に立ち、銀行家が通りを渡って車のほうへ進んでいくのを眺めた。彼女は静かに振り向き、兄とジャドを冷静なまなざしで見た。

「犯人はどちらを選ぶこともできたし、どちらでもよかったんじゃないかしら。そのふたつはレイモンドの同義語だもの。焼き印の文字をAに変えたって、結局意味は変わらないのよ。レイモンドはくそったれ。くそったれはレイモンド」

急にジャドが振りかえり、信じがたいといった表情でウェイドとチャーリーを見つめた。

「そうか、気づかなかったな」

「なにが?」ふたりは問いかえした。

ジャドは向きを変え、デスクの上に置いたメモの束へ向かった。

「チャーリーが言ったことさ。もしかしたら、それを見逃していたのかもしれない」

「よくわからないんだが……」ウェイドが言った。

一方チャーリーはたちまち納得した。

「なるほどね」彼女は言った。「ジャドが言っているのは、レイモンドのお尻のRにイニシャルとは別の意味があるかもしれないことを、これまでまったく考慮に入れてなかったってことよ」

ジャドはチャーリーののみこみの早さに感心し、にやりと笑った。

「きみは有能だな。ウェイドはぼくをお払い箱にして、きみを刑事として雇うべきかもしれない」

「ばか言わないで」チャーリーが言った。「さあ、わたしとレイチェルは家に帰るから、あなたたちふたりは仕事に戻ってちょうだい」

「じゃ、あとでな」ウェイドは姪《めい》にキスした。「ジャド、打ちあわせをしよう。マーサにわれわれは出かけると伝えてくるから、ここで待っててくれ」

ウェイドがいなくなると、チャーリーとジャドは事実上ふたりきりになった。レイチェルはチャーリーの肩に頭を載せてうとうとしている。母親が向きを変えると、娘の巻き毛が午後の日差しを受けて輝いた。

「まったく」ジャドはつぶやいた。ただし、チャーリーが足をとめて振りかえるまで、自分が声を出したことには気づいていなかった。

「どうしたの？」チャーリーが尋ねた。

ジャドは首を振り、レイチェルの巻き毛をそっと撫《な》でてから、チャーリーのなめらかなポニーテールに手をのばした。

チャーリーは胸がどきんとした。レイチェルを抱いていなければ、この男性の腕のなかへ飛びこんで、あとで悔やむはめになったかもしれない。

「どうしてそんなことをするの？」彼女は尋ねた。

喉につかえた塊がジャドの声を震わせた。

「ただ……きみとこの子が……日の光のなかに立っていて」笑おうとしたが、できなかった。「昔見た絵のように見えたんだ。たしか『聖母子像』だ」

チャーリーは息をつまらせた。

「ジャド、わたし――」

彼はチャーリーの唇に指をあてた。「黙って」

チャーリーは唇にふれるジャドの指の感触に夢中になり、目を閉じた。ゆっくり息を吸い、うめき声を押し殺す。

ふいにウェイドのブーツのかかとが床をかつかつ鳴らす音が響き、彼が戻ってきたことを告げた。ふたりは顔をそむけた。ジャドは手もとにあった書類に集中しているふりをし、チャーリーはレイチェルを抱えなおしてドアのほうへ歩きだした。

「いいぞ、行こう」ウェイドが言った。

チャーリーが部屋の真ん中まで行ったとき、ジャドは彼女の歩き方が不自然なことに気がついた。

「チャーリー！」

彼女は振り向いた。

「また足を引きずっているじゃないか」

「今日は長い一日だったから」

「さあ」ジャドは眠っている少女をチャーリーの腕から抱きあげた。「せめてこの子をきみの車まで運ばせてくれ」

少女を受けとるとき、ふたりの視線がからみあい、しばらく離れなかった。チャーリーの瞳に映った自分の姿を見て、ジャドはその無防備さにはっとした。彼は歯を食いしばり、レイチェルを肩に載せた。

「さあ行こうか、チャーリー。このかわいい巻き毛さんを家に帰す時間だ」

チャーリーは家に戻ってレイチェルを昼寝させてからもずっと、髪にふれたジャドの手のやさしさ、唇に感じた指の重みについて考えつづけた。どんなにがんばってもその印象は消えなかった。なにが起こったのかわかっていたので、ひどく怖かった。彼女はジャド・ハンナに恋をしてしまったのだ。

レイモンド・シュラーは、午後のクラブの集まりに出かけるベティを見送ったあと、窓際からドアまでよろよろ歩き、妻が鍵をかけていったかどうか確かめた。疲れはてているにもかかわらず、安全だとわかるまではとても横になる気になれなかった。

数分後、なんとかベッドルームまで行き、治りかけた尻の傷に体重をかけないよう注意しながらベッドに大の字になった。目を閉じると、午後の出来事が脳裏によみがえった。

時計の件で電話を受けたことに始まり、最後にはウェイドが引き入れたあの横柄なよそ者からしかりつけられた。名前はなんだったか？　そう、ハンナだ。ジャド・ハンナ。

　レイモンドは顔をしかめた。わたしを見くだしたようなジャドの態度が気に入らない。明日の朝いちばんにウェイド・フランクリンに文句を言ってやろう。わたしはウェイドを雇うのに賛成票を投じた市議会議員のひとりだ。辞めさせることだってできる。

　ベティの育てている低木の枝が風に揺れ、家にぶつかった。かり、かり、というその音は、レイモンドがかたい地面を引っかいたときの音を思いださせた。彼は身震いし、慎重に寝がえりを打って腹這《ば》いになり、頬杖を突いた。別の部屋で大時計が三十分ごとのチャイムを鳴らした。三時半だ。

　レイモンドの思考はあてどなくさまよい、風に吹かれた種のように散った。突然、意識の片隅でなにかがひらめいた。彼は目を見開いて急いで起きあがり、尻の痛みさえ無視して電話をとった。警察署の番号を押す手が興奮のあまり震えた。

「コールシティ警察署です。どうしましたか？」

「レイモンドだ！　至急ウェイドと話したい」

「すみません、レイモンド。彼は外出中なんです」

「では連絡をとって、すぐわたしの家へ来てほしいと伝えてくれ！　緊急事態なんだ！　わたしを誘拐したやつらのことを思いだしたんだよ！」

マーサが息をのんだ。「わかりました！　今すぐ無線で連絡します」

レイモンドは電話を切り、ベッドのヘッドボードに寄りかかりながら憔悴《しょうすい》して体を震わせた。あれほどなにも覚えていないと確信していたのに。時がたつにつれ、またなにかを思いだすのだろうか？

五分もしないうちに、家の前で車が急停止する音が聞こえた。レイモンドはうめき声をあげてベッドから立ちあがり、よろよろとドアへ向かった。鍵を開けようとしたとき、外でドアをたたく音がした。

「レイモンド！　ウェイドだ、開けてください！」

レイモンドは大きくドアを開けた。興奮のあまり動作がぎくしゃくした。

「入ってくれ、さあ」レイモンドは言った。

ウェイドに続いてなかに入ったジャドは、レイモンドの態度の変化に驚いた。さっきは憎々しげだったのに、今は歓迎の気持でいっぱいに見える。

「なにごとです？」ウェイドが尋ねた。「マーサは緊急事態だと言っていましたが」

レイモンドはリビングルームを示した。

「とにかく座って。わたしをさらった連中に関して新たな情報があるんだ」

ジャドは足をとめて振りかえり、目を細めた。「誰かが接触してきたんですか？」

レイモンドは顔をしかめた。「いや。わたしを逃がしておいて、なぜ今ごろ接触してくる？」

「さあ」ジャドは穏やかに言った。「こちらがききたいですね」

レイモンドは仏頂面になった。またもやこの男はわたしにあてこすりを言っているようだ、と感じた。

「監禁されていたときのことを思いだしたんだ」

「どんなことです？」ウェイドが尋ねた。

「ポケットベルだよ！　突然ポケットベルが鳴りだすのを聞いたんだ。それに、犯人がわたしのそばを通り過ぎたとき、オレンジの香りがした」

ウェイドはがっかりした顔をした。「それだけですか？」

レイモンドは怒りの目を向けた。「それだけとはどういう意味だ？　きみたちが捜査を始めるには充分な手がかりだろう？」

ウェイドはため息をついた。「いいですか、先ほどご自分でもおっしゃったとおり、あなたはつらい一週間を送った。でも、真剣に考えてみてください。町でどれだけの人間がポケットベルを持っているかご存じですか？　ハイスクールの生徒の半数のほか、獣医、市長、市の職員も全員持っています。薬剤師もふたりとも持っている。ぼくだってひとつ持ってますが、断じてあなたを誘拐などしていない」

レイモンドはどすんと音をたててカウチに腰をおろした。その直後に尻の傷のことを思いだしたが、時すでに遅く、痛みを防ぐことはできなかった。

「くそっ！」レイモンドはうめき声をあげ、無事なほうの尻に体重を移して両手で頭を抱えた。「オレンジの香りのほうはどうなんだ？」

「あなたの誘拐犯はたぶん果物好きなんでしょう」

レイモンドは顔をあげた。表情には不快の念があふれていた。「笑えないな」

ウェイドは唇をひくひくさせた。「すみません。でもほかに言いようがない。オレンジを食べるのは法律違反じゃないし、誘拐犯を突きとめるために、この数週のあいだにスーパーマーケットでオレンジを買った人間をすべて洗いだすのは不可能です」

「あなたがかいだのはオレンジじゃなく、オレンジの香りのなにかだったかもしれない」ジャドが言った。「たとえば、レモンの香りの家具磨きとか、ココナッツの香りの日焼けローションとか、ペパーミントの香りの歯磨き粉とかね。わかるでしょう？」

「帰ってくれ」レイモンドはよろよろ立ちあがった。

「われわれに怒っても仕方ありませんよ」ウェイドが言った。「前向きに考えましょう。これだけ思いだしたのだから、もっと思いだせるかもしれない。もっと役に立ちそうなことをね」

「とっとと出ていけ！　誰もまじめにとりあってくれない。みんな尻に傷を負ったと言ってわたしを笑ってるんだ。死ぬかもしれないという恐怖を味わった経験もないくせに。二度と家族に会えないなんて、考えたこともないだろうに」

　ジャドはレイモンドに嫌悪よりも同情を感じ、その肩に手を置いた。

「ミスター・シュラー、今回の事件ではさぞつらい思いをなさったでしょう。カウンセリングを受けてみてはどうですか？　きっと助けに――」

「そんなこと、できるわけがないだろう？」レイモンドは物憂げに言った。「頭取が精神科医の診療を受けているなどとわかったら、どれだけの預金者がわたしの銀行から金を引きあげることか」

「大げさに考えすぎですよ」ジャドは言った。「それに、あなただって友人たちのことまで疑っているわけではないでしょう」

「友人などいるもんか！」レイモンドは叫んだ。

「あなたが退院なさってから、たくさんの人が見舞いに訪れたじゃないですか」ウェイドが言った。

「彼らはのぞきに来ただけだ。本当の友達なんかじゃない。もしそうなら、わたしの身に起こったことをジョークの種にするはずがない」

　ジャドはちらりとウェイドを見て、肩をすくめた。「ミスター・シュラー、もしあなたのおっしゃるとおりなら、その理由を考えてみましたか？」

　レイモンドは青ざめた。「なんの理由だ？」

「なぜ自分にはひとりも友達がいないと思われるんです？　それほど多くの人たちを不当に扱ってきたんですか？　仕かえしを企てられても仕方ないほど、誰かを欺いた覚えがあるとか？」

レイモンドは前のめりになり、両手に顔をうずめた。先ほどまでの激情は消えうせていた。

「わからない。本当にわからないんだ」顔をあげたレイモンドは憔悴しきっていた。「縛られているあいだ、こんな仕打ちをするほどわたしを憎んでいるのは誰かと考えてみた。だがまったく思いあたらなかった。たしかに、何人かの顧客に対しては厳しいとりたてをした。でも、仕方がなかったんだ。預金者の利益を守るのがわたしの仕事なのだから」

ジャドはウェイドに目をやり、この尋問を続けてもいいか無言で尋ねた。ウェイドはうなずいた。

ジャドはカウチに座っているレイモンドの隣にすべるように腰をおろし、相手が落ちつくのを待った。

「ミスター・シュラー、個人的な質問をしたいと思います。よく考えて、真実を答えてください」

レイモンドはため息をつき、こくりとうなずいた。

「本当に犯人につかまってほしいですか？」

レイモンドはびくりと体を震わせた。それから顔をあげ、呆然《ぼうぜん》とした。侮辱されたと思ったからではなく、自分でもまさにその質問を何度となく問いかけていたからだ。彼は目をそらし、カーペットの柄をじっと見つめながら、自分が悪者に見えないように質問に答える方法を懸命に探した。やがてレイモンドは膝の上で手を組み、ジャドと目を合わせた。

「正直言って……わからない」誤解されないようにつけ加える。「犯人のしたことは気にくわない。だが犯人はわたしを逃がしてくれた」ためらってから続けた。「理解してもらえるかどうかわからないが、真相が明らかになれば、わたしの生活は二度と元に戻らないような気がするんだ」

ジャドはレイモンドの肩に手を置いた。「まだ受け入れられないかもしれませんが、あなたの生活はすでに変わってしまったんです」

レイモンドはがくりと肩を落とした。「わたしにどうしろと言うんだ？」

「真実を話してください」ジャドは言った。

「話したじゃないか」レイモンドは言い張った。

「だったらなぜぼくは、事件に関係するなにかがあなたの過去にあるという感覚をぬぐい去れないんでしょう？　もしかしたら誰も知らないなにかが？」

レイモンドは青ざめた。いよいよジャドが脅しをかけてきたと感じた。鎧《よろい》の下でおびえる弱い自分を見透かされている気がしてならなかった。

「なんのことかわからない」レイモンドは言った。

ジャドはため息をついた。「まあ、結局はあなた自身の問題ですから」そう言って立ちあがる。「ぼくの質問は以上だ、ウェイド。きみのほうから尋ねたいことがなければ、そろそろおいとましよう」

「ないよ」ウェイドが言った。「ああ、どうぞそのままで、レイモンド。勝手に失礼しますから」

「ドアは必ずロックしていってくれ」レイモンドは声に狼狽《ろうばい》がにじんだのをいまいましく思った。

ジャドが足をとめて振り向いた。「もうひとつだけうかがっていいですか、ミスター・シュラー？」

レイモンドはひるんだ。「なんだね？」

「ここは小さな町です。あなたは生まれてからずっとここで暮らしてきた。誘拐される前……あなたはいつも玄関に鍵をかけていたんですか？」

レイモンドの口がゆるんだ。黙りこんだまま、彼は首を横に振った。

「さっき言ったとおり、あなたの生活はすでに変わってしまった。次はあなたの代わりに奥さんが連れ去られたらどうします？　忘れるつもりですか？」

レイモンドの心臓の鼓動が跳ねあがった。彼らが出ていって静寂のなかに鍵のかかる音が響いたとき、彼は顔を覆い、わっと泣きだした。

食事のあとキッチンを片づけてから二時間以上たつのに、家にはまだフライドチキンのにおいが漂っていた。ウェイドは家畜小屋で出産を控えた牛の様子を見ており、チャーリーは乾燥機からタオルを出していた。ジャドはリビングルームのカーペットに腹這いになっていた。レイチェルが公園の遊戯設備のように彼にのぼったりおりたりしていた。シャワーを浴びたばかりで毛布を引きずっている少女は歯磨き粉とパウダーの香りがした。背骨の上を歩かれ、尻に座られて、ジャドはうなり声をあげた。わき腹をかかとで蹴《け》られたときには跳びあがるふりをした。

レイチェルはくすくす笑った。ジャドの背中の上で横になって手足をのばし、毛布を引っぱってふたり分の体を覆った。

ジャドはレイチェルのつぶやきに耳を傾けながら、次の動きを待った。だが少女は動かなかった。いつのまにかレイチェルは眠ってしまったようだ。そう気づいても、彼は動かなかった。幼い少女からこれほど信頼されるなんて光栄だと思った。この子の母親にもこれほどたやすく手が届けばいいのに。

ジャドはレイチェルの寝息に耳を傾け、少女が彼のシャツを握りしめて背中から落ちないようにしているのを感じた。ジャドはほほえんだ。疲れてはいたが、心地よい気分だった。

エアコンの規則正しいうなりが眠気を誘う。ジャドはレイチェルの眠りを妨げないよう気をつけながら、ゆっくり息をついて目を閉じた。

チャーリーはリネン類の棚にタオルをしまい、クロゼットの扉を閉めた。娘の部屋をのぞくと、あの小さないたずらっ子はまたベッドを抜けだしていた。向きを変えて娘の名を呼ぼうとしたとき、家のなかが妙に静かなのに気づいた。チャーリーは窓の外に目をやった。真っ暗だ。あの子は暗闇《くらやみ》を怖がるから外に出るはずはない。とはいえ、あのレイチェルのことだから、なにが起きても不思議ではないけれど。

チャーリーはひとつずつ部屋を確かめながら、考えすぎだと自分に言い聞かせた。きっとあの子はマシュマロが欲しくてこっそりパントリーに行ったのだろう。そう考えてリビングルームに足を踏み入れた瞬間、チャーリーはわが目を疑い、凍りついた。

腕を枕《まくら》に床で寝ているジャドの背中で娘が眠っていて、大事な毛布がふたりの体を覆っていた。

「驚いた」チャーリーはそうつぶやき、後ろの壁に手をのばして体を支えた。そのあとゆっくり近くの椅子に座った。ふたりの顔から目が離せない。眠っているジャドはとても無防備で、少年のようだ。眉間《みけん》にはかすかにしわを寄せている。チャーリーはそばにひざまずいてそれをのばしてあげたかった。レイチェルがふいに口をすぼめてすするような音をたて、親指をしゃぶりはじめた。チャーリーはため息をついた。指をしゃぶって安らぎが得られるなら、自分もやってみるべきかもしれない。チャーリーは音をたてないように背もたれに寄りかかり、眠っているふたりを見つめつづけた。

しばらくのち、ウェイドが裏口から家に入ってきた。彼はシンクへ直行して手を洗った。手をふこうとしてタオルをとったとき、家のなかのただならぬ静けさにようやく気がついた。

眉をひそめてタオルをキャビネットにほうり投げ、家のなかを見てまわった。リビングルームにたどりつき、はっと立ちどまった。はじめは、なにに心を打たれたのかわからなかった。床で眠りこんでいるジャドとレイチェルの姿か、あるいは彼らを座って眺めているチャーリーの表情か。腹にしこりができたように感じ、ウェイドは深々と息をついた。勘違いでなければ、妹は恋をしている。それも、ほとんどなにも知らない男性に。

9

背中からぬくもりが消え、ジャドは少女がいなくなったことを意識した。眠い目をしばたたきながら頭をあげると、ウェイドがレイチェルを抱えてリビングルームから出ていくのが見えた。ジャドはあおむけになり、声をもらしながら体を思いきりのばした。そのあと体を起こしてはじめて、窓際の椅子にチャーリーが座っているのに気づいた。胸がどきりとした。彼女はいつからそこにいたのだろう？

「チャーリー……」

「あなたって危険な人ね、ジャド・ハンナ」

彼は顔をしかめた。「どういう意味だい？」

チャーリーの顎は震えていて、目には涙と思われるものが光っている。

「娘はあなたに夢中だわ。だから、あなたが出ていくときにどう反応するか心配なの」

自分が立ちあがればチャーリーは駆けていってしまう気がしたので、ジャドは彼女に顔を向けるだけにした。

「母親のほうはどうなんだい？」穏やかに尋ねる。「やはり寂しがってくれるのかな？それとも、ぼくの後ろ姿を見てほっとするんだろうか？」

彼女は急に立ちあがった。「これはゲームじゃないのよ。気持をもてあそばれるなんて不愉快だわ」

ジャドも立ちあがってチャーリーのほうに歩み寄り、ほんの数センチ手前で立ちどまった。

「ぼくはゲームを楽しんでるように見えるかい？」

チャーリーは首を傾けてジャドの目をのぞきこみ、暗く謎《なぞ》めいたまなざしの奥でなにが起きているのかを見きわめようとした。やがて彼女は首を振り、ため息をついた。

「あなたの気持までは読めないわ。でも、あなたはきっとわたしたちふたりを泣かせると思うの」

ジャドはたじろいだ。そう思われるのは心外だった。首を振って片手をチャーリーの頬に置いた。

「そんなことをきみに……きみたちのどちらにもするつもりはない」

「だけど、そうなるのよ……あなたが荷物をまとめて出ていく日には」

チャーリーはこれほど感情をあらわにしている自分に腹が立ち、頭をさげてその場を去ろうとした。そのとき、ジャドに腕をつかまれた。

「待ってくれ」彼は嘆願した。

彼女は立ちどまった。

「なんと言えばいいのかわからないが……」ジャドの声は静かだった。「これまでぼくは、誰かから大切に思われたことがないんだ」

その瞬間、チャーリーはジャドの向こうに、父親に殴られるのを恐れて暗がりに隠れている少年の姿を見た。彼女は自分の気持に気づいていた。けれど、ジャドに思いを告げたりしたら、よりいっそう別れがつらくなると感じた。それでも、これほど無防備になっているジャドにうそなどつけなかった。

「なにも言わなくていいのよ」チャーリーは言った。「ただ、あなたがいなくなったら、わたしたちはひどい痛手を受けるってことだけは覚えておいて」

そう言って、彼女はその場から歩み去った。

ジャドの心だけが、彼が去ればチャーリーが泣くという事実の先にあるものをうまく理解できずにいた。彼のなかでなにかが崩れはじめた。ずっと胸の奥に隠しつづけてきた古くて傷だらけの醜いものが。ジャドは震える息をついてポーチへ向かった。外の空気が吸いたかった。

数分後、ジャドは囲いのはずれで家のほうを見ていた。はじめのうちは、ぼんやりした屋根の輪郭と、カーテン越しにもれるキッチンやベッドルームの明かりが見えた。やがて明かりは次々に消えていき、あたりは完全な闇《やみ》に覆われた。彼は両手をポケットに入れ、この土地の空虚さに包まれた。

右側に、タッカーの雄牛が入りこんだ牧草地があった。もう何年も前の事件のように思えるが、まだ一週間しかたっていない。七日前のぼくはすべてから逃げていて、ありのままの自分と向きあおうとしていなかった。そして今こうして、悠久の昔から変わらない真実に直面すると、気持はますます落ちこんだ。自分自身の愛し方さえわからずに、どうしてチャーリーを愛せるだろう？

肩を落として家へ戻りかけたとき、あるものを目にして凍りついた。リビングルームの窓に明かりがともり、闇夜に赤々と燃えている。その意味をのみこむのにしばらくかかった。ついにわかったとき、喉に熱いものがこみあげた。たしか、ウェイドはこう言った。愛する者が帰るまで窓辺にランプをともしておくのはフランクリン家の女性の伝統だと。

ウェイドはベッドにいる。だから、あの明かりがともされているのは、もうひとりの男、つまりぼくのために違いない。ジャドはふいに流れてきた涙をいらだたしげにぬぐった。

「お願いだ、チャーリー。そんなふうにぼくを愛さないでくれ」

その言葉に答えてくれるチャーリーはそばにはいない。ほかに自分に言い聞かせるべきことはなかった。数分後、ジャドは家に入り、玄関の鍵《かぎ》をかけた。自分の部屋へ向かいかけてリビングルームへ引きかえし、彼女がつけておいてくれたランプを消した。そのあと眠りに落ちていくあいだも、窓辺のランプのイメージが脳裏をよぎり、長いこと居座って心に安らぎを与えた。やがて彼は眠りについた。

真夜中を過ぎたころ、ウェイドの枕《まくら》もとの電話が鳴った。ベルの音で瞬時に起きる習慣が身についているので、目を開けるより先に受話器をとった。

「フランクリンです」ウェイドはもごもごと言った。

「ウェイド、デラです」

警察署の夜間通信指令係の声を聞き、ウェイドは完全に目が覚めた。そして起きあがった。

「どうした?」

「起こしてすみません。すぐ署のほうに来てほしいんです。今、連邦警察が来ていて留置場をひと晩使わせてほしいと言っているんですが、ハーシェルがハネムーン中なので看守役がいないんです」

「待っていてくれるよう伝えてくれ。すぐに行く」彼は電話を切り、スラックスに手をのばした。

数分後、ウェイドはブーツを持って部屋を出た。リボルバーは廊下の棚の上にある。それをとろうと足をとめたとき、背後でドアの開く音が聞こえた。ウェイドは振り向いた。

ジャドだった。

「事件か？」ジャドが尋ねた。

「いや。ただ、今夜ひと晩、留置場の看守役が必要になっただけだ。チャーリーには、朝、こっちから電話をかけると伝えてくれ」

ジャドは眉をひそめた。「ぼくが行こうか？」

ウェイドは冷たい目を向けた。「無断で管轄区域を離れている理由を連邦警察に説明したいのか？」

ジャドは苦笑した。「まさか」

「だろうと思ったよ」ウェイドが言った。「たいしたことじゃないさ。これがはじめてではないし。オフィスには簡易寝台もある。大丈夫さ」

「わかった。だがもし人手が必要になったら……」

「きみの居場所は覚えておくよ」

ジャドはドアまでついていき、ウェイドが出たあと鍵をかけた。そこに立ったまま、ウェイドの車の音が聞こえなくなるまで耳を傾けていた。それから手をのばして古いランプに火をともし、笑みを浮かべると、部屋へ戻ろうと振り向いた。とたんに顔から笑いが消え、気持がくじけて息苦しくなった。

暗がりにチャーリーが立っていた。きちんとネグリジェを着ているものの、くたびれたやわらかい布地越しに体の輪郭がぼんやり浮かびあがって見える。ジャドは彼女が欲しくてたまらなくなった。

「そこにいたとは気づかなかったよ」

「ウェイドはどこへ行ったの?」チャーリーは彼の言葉を無視して尋ねた。

「連邦警察の要請で看守をやるとか言っていた」

彼女はため息をついた。「ウェイドには、そういう仕事を代わりにやってくれる人が必要だわ」ランプをちらりと見る。「あなた、知っていたのね」

「前にウェイドがこの家の伝統だと話してくれた」

チャーリーはうなずくと顔をそむけ、急に寒気がしてきたというように両腕をこすった。

「チャーリー」

「ありがとう」

彼の口調になぜか引きつけられ、彼女は顔をあげた。「なに?」

「なにが?」チャーリーは尋ねた。

「ぼくのために明かりをともしておいてくれて」

彼女は葛藤《かっとう》に終止符を打つかのようにため息をついた。「いいのよ」

ジャドはチャーリーのほうへ進みでた。彼女は一歩も引かなかった。だが、近づいてみるとチャーリーが震えているのがわかった。彼は足をとめた。

「お願いだから、怖くなんかないと言ってくれ」

「言えないわ」チャーリーがささやいた。

彼女の率直さは、どんなナイフよりも鋭くジャドの心を貫いた。彼は信じられない思いで首を振った。

チャーリーがあまりに激しく震えているので、ジャドは彼女が失神してしまうのではないかと思った。

「ぼくがきみを傷つけるはずがないだろう？」

「言ったはずよ。あなたはきっとわたしを傷つけるって。あなたが考えてるような意味ではないけど」

「じゃあ、なにを恐れてるんだい？」

「いつかあなたの顔さえ思いだせなくなることを」

その言葉を聞いて、ジャドは腹を蹴《け》られたような衝撃を覚えた。反射的に手をのばし、彼女の髪に指を通して自分のほうを向かせた。

「逃げだすつもりなら今すぐそうしてくれ」

チャーリーは逃げなかった。一歩、もう一歩と前に踏みだし、とうとう胸のふくらみがジャドの体にふれてそのあたたかさが伝わるところまで進んだ。

「わたしと愛しあうつもり？」彼女はささやいた。

「きみがそうしたいなら、チャーリー」

彼女は息をついた。「わたしはきっと、正気を失っているんだわ」

「今はまだ大丈夫さ。でも、これからそうなる」

ジャドは頭をさげた。

それは、チャーリーが予想していたものとはまるで違った。ピート・タッカーの愛撫《あいぶ》やキスに基づく経験しかない彼女には、ジャドのキスを受ける心の準備がまったくできていなかった。唇がふれてから心臓がどきんとするまでのあいだに、チャーリーは声を失い、わずかに残っていた理性をも失った。彼の唇の熱さにあらゆる意識が引きつけられた。ジャドの手は胸を愛撫したかと思うと、肩から背中へとすべりおりていき、ふれるものすべてに自分の権利を主張した。彼はチャーリーを壁際に追いつめ、ネグリジェの裾《すそ》を持ちあげて両手でヒップを包みこんだ。熱い下腹部を腿のつけ根に押しあてられると、チャーリーは体をのけぞらせた。このまま死んでしまうのではないかと思った。こんな気持になったのは久しぶりだ。

激情に駆られているジャドの胸に、無視できない事実が重くのしかかった。これまで望んだことがないくらい、この女性と愛を交わしたい。だが、ぼくにはチャーリーを守る用意がない。歯を食いしばって目を閉じ、爆発しないよう必死にこらえた。それでも、脚を巻きつけられると、彼女の首筋に顔をうずめてうめき声をもらした。

「ああ、チャーリー」

今や、チャーリーの呼吸はせわしないあえぎに変わっていた。頭をのけぞらせているせいで、細い首の線があらわになっている。わずかな時間で彼女がそこまで燃えあがったことを知ると、ジャドは我慢できなくなった。最後の一線は越えないにしろ、チャーリーの要求に応《こた》えないわけにはいかない。彼は彼女が歓喜の声をあげるまで愛撫を続けた。

すぐにチャーリーは甘い声をもらしはじめ、しばらくすると彼の腕のなかに崩れ落ちた。ジャドは彼女を抱えあげ、廊下を通ってベッドへ運んだ。

どちらにとっても決まり悪い余韻が残った。決して解き放つことができない欲望の高まりを抑えこもうとジャドが歯を食いしばる一方、チャーリーは快感を与えるばかりで得ようとしない男性にあられもない姿を見せた自分に呆然《ぼうぜん》としていた。彼にベッドに横たえられたとたん、チャーリーは顔を覆った。

「なぜ？　なぜわたしだけを……？」

ジャドは彼女の手をどかし、自分の顔を見せた。

「きみを守る用意がなかったからさ。ピート・タッカーがしたのと同じ状況にきみを置くことは絶対にしたくない」

チャーリーはうめき声をあげた。ジャドはわたしのことをどう思っただろう？　わたしは自分のとった行動の結果にずっと苦しんできたのに、たった一度ジャドにふれられただけで、分別を失ってしまった。彼女は寝がえりを打ち、ベッドの端で起きあがると、髪とネグリジェを整えた。困惑のあまりジャドと顔を合わせられなかった。

彼はため息をついた。

「チャーリー？」

彼女は身じろぎもせず、その続きを待ち受けた。

「こっちを向いてくれ……頼む」

チャーリーは唇をかみしめ、顔をあげた。

「お願いだから、このことを後悔しないでくれ」

彼女は信じられずに首を振った。

「どうして後悔なんかできるの？　あなたはわたしを肉体的に解放してくれただけだわ。わたしが忘れかけていたことを思いださせてくれたのよ」

「どんなことを？」ジャドが尋ねた。

「わたしはウェイドの妹やレイチェルの母親であるだけじゃないってことをよ。ジャド・ハンナ、あなたはわたしに自分というものをとり戻させてくれたわ。本当に心から感謝してる」

ジャドはうめき声をあげた。チャーリーの手をとって唇へ引き寄せ、てのひらにキスしてからベッドを離れた。ドアまであと半分というところで足をとめ、振り向いた。

「きみが知っておくべきことはもうひとつあるよ」

チャーリーは息をのんだ。聞くのが怖かった。

「次にきみが自分というものを感じるときは、ぼくはきみのなかに深く入っている。どこまでがきみでどこからがぼくかわからないくらい」

ジャドが出ていってドアがそっと閉じられたとき、チャーリーは自分がずっと息をとめていたのに気づいた。彼の約束が静かな部屋にこだましていた。チャーリーは震えながらむせび泣き、ベッドに横たわるとカバーを頭の上まで引きあげた。

チャーリーが眠りについてからずいぶんたったころ、ジャドはまだシャワーの冷たい水しぶきに体を打たせていた。ようやくベッドに戻ると、不思議なことにすぐ眠りに落ち、窓に差しこむ朝日に起こされるまで夢も見ずにぐっすり眠った。

ジャドはコーヒーの香りをかいでのびをし、耳ざわりな目覚ましの音以外のものに起こされる贅沢《ぜいたく》に浸った。いちおう時計で時間を確かめようと寝がえりを打ったとき、もう時計を持っていないのを思いだした。デイビー・ダンドリッジにあげてしまったのだ。今日、ドラッグストアに寄って時計を買おう。凝ったデザインのものである必要はない。時間さえわかればなんでもいい。

服を着替えていると、電話が鳴るのが聞こえた。おそらくウェイドからだ。ジャドはブーツに足を突っこみ、シャツの裾をジーンズにたくしこみながらバスルームへ向かった。顔を洗ってタオルに手をのばしたとき、誰かがやってきたのに気がついた。

「やあ、おはよう。またひとりでベッドから抜けだしたのかい？」

レイチェルは眠そうにうなずき、毛布を片方の肩にかけて、抱いてというように両手をあげた。

ジャドは手をのばしてレイチェルを腕に抱きあげ、胸にぴたりと寄り添わせた。まだ眠そうな少女はジャドの肩に頭を載せて、てっぺんが彼の顎のすぐ下に来るように体を少し動かした。鎖骨が突きでてごつごつしているものの、その場所がレイチェルのお気に入りのようだ。

「きみは本当にたいした子だよ、わかるかい？」ジャドはやさしく言い、誰も見ていないのをいいことに少女に身をすり寄せた。

くしゃくしゃの巻き毛が鼻をくすぐり、少女の手がまたジャドのシャツをしっかり握っているのが感じられた。顔は見えないが親指をしゃぶっているに違いない。かわいい幼児時代。ぼくがいなくなったら、誰がその貴重な時代を見守るのだろう？

ジャドはため息をついた。もちろんウェイドだ。それにチャーリー。子煩悩なおじや愛情豊かな母親以上に子供の成長を見守るのにふさわしい人間はいない。レイチェルを腕に抱いてバスルームを出たジャドは、キッチンに近づくにつれて不安になった。この子が誰かの手を必要としたとき、ウェイドがそばにいなかったらどうなる？　このあいだのようにチャーリーのもとからいなくなったら？　誰がこの子を助けるんだ？　キッチンに着くころには、胸が締めつけられるような気分だった。ゆうべチャーリーを腕に抱いたときも、今と同じ気持だった。いつか彼女たちがぼくを必要としても、ぼくはそばにいないのだという狂おしい思い……。

ジャドが気持の整理をつける前に、チャーリーがふたりを見てほほえみかけてきた。そうされると、彼の胸はまた締めつけられた。

「おはよう」ジャドは言った。

「またこの子に起こされたの？」

「いや。レイチェルはぼくがひげをそるのを見に来たんだ」

チャーリーの笑みがかすかに消えた。

「わたしも父がひげをそるところを見るのが好きだったわ」カップに手をのばす。「コーヒーでもいかが？」

「いいね」ジャドは穏やかに言い、チャーリーの後頭部に手をあてて自分のほうを向かせた。「ゆうべのことは――」

「やめて。謝らないで。言い訳もいや。わたしの特別な思い出を……台なしにしてほしくないの」

ジャドはためらった。そのときレイチェルがもぞもぞ体を動かしたので、話題が変わった。

「マロ?」レイチェルが尋ねた。

ジャドはほほえみ、チャーリーは首を振った。

「だめよ。マシュマロは朝食には食べないの。スクランブルエッグとジャムトーストはどう?」

レイチェルは下唇を突きだした。少女が文句を言いかけたとき、ジャドがさえぎった。

「そいつはいいな」彼は言った。「きみのスクランブルエッグを少しもらってもいいかい?」

ジャドのアイデアはレイチェルの興味をそそった。ふたりはマシュマロを分けあったのだから、スクランブルエッグだってもちろんオーケーだ。

「エックとトース」レイチェルは了解の意をこめてうなずいた。

チャーリーがくすくす笑った。「ええ、エックとトースね。ママが朝食をつくるあいだに、ジャドが椅子に座らせてくれるわ。いいでしょ?」

「家畜小屋に連れていったらだめかな? 年寄りの母さん猫が子猫を産んだかどうか確かめなきゃならないんだ。そうだろう、おちびちゃん?」

「じゃあ、その前にこの子をトイレへ連れていくわ。あとはあなたの好きにして」チャーリーが言った。

ふたりが戻るのを待ちながら、ジャドはカップにコーヒーをついだ。それをすりながら窓の外を眺め、自分がこの先五十年、今の役割を果たしているところを思い描いた。不思議なことに、そう考えても以前ほどうろたえなかった。いったいどんな感じだろう？　残りの人生をずっとチャーリーのそばで寝起きするというのは？　彼女とともに笑い、泣き、ともに年老いていくのは？

「お待たせ」チャーリーが声をかけた。「じっとしていられないおちびさん、準備完了よ」

ジャドはレイチェルを抱いて外に出た。ポーチをおりたとたん、彼は少女を肩車した。

「しっかりつかまってるんだぞ」ジャドは両手をレイチェルの背中に据えてしっかり支えた。

レイチェルは声をあげて笑い、両手でジャドの髪を握りしめてつかまった。

「痛たたっ」ジャドは悲鳴をあげた。「こら、パパの髪を引っぱるんじゃない」

言葉が口をついて出た瞬間、ジャドは舌打ちした。無意識の失言を誰にも聞かれなかったことをありがたく思った。

レイチェルには〝パパ〟という言葉の意味はわからず、なによりも地面からこれだけ高く持ちあげられるという感覚が刺激的だったようだ。

「牛、見える？」

ジャドはほっと息をついた。「ああ。牛が見えるよ。ぼくの頭のなかをこんなにめちゃくちゃにしている原因も見えればいいんだけどな」

しばらくたって、ふたりはフランクリン家には一夜にして四匹の子猫が増えたと報告しに家へ戻った。

なかに入ると、チャーリーのほうからも話があると言われた。レイチェルが食べはじめるのを待って、チャーリーは自分とジャドの食事も用意した。

「おいしそうだ」ジャドが言った。「ウェイドが気の毒だな。こんなごちそうを食べ損なうなんて」

チャーリーは肩をすくめた。「兄はいつもわたしの料理を食べているわ。彼にとってはごちそうでもなんでもないのよ」

「ひとり暮らしをしてみれば、彼だって考えが変わるだろう」ジャドは言った。「ところで、今朝早く電話が鳴っていなかったかい？」

チャーリーは皿の上の卵をつつきながら、自分の考えをどう切りだすか考えていた。ジャドの問いはまさにぴったりの話題を与えてくれた。

「ええ、ウェイドからよ。九時過ぎに、シャワーを浴びて着替えるために戻るって」チャーリーは皿をわきへ寄せ、ジャドが話題を変える前に自分の意見を言おうと身を乗りだした。「今朝、思いついたことがあるの」

ジャドはほほえみかけた。だが、チャーリーの真剣な表情を見て気を引きしめた。

「どんなことだい？」彼は尋ねた。

「あなたと兄が話してるのが聞こえたんだけど、レイモンドの事件には、彼と過去に関係のあった人物がかかわっているだろうという話よね」

「そうだ。ただの仮説だけどね」ジャドは言った。

「有力な仮説だわ。それで思ったの。あなたたちはどうやってそれを調べるつもりなんだろうって。彼の幼なじみに会いに行くのか、それともレイモンド本人にもう一度きいてみるんだろうかって」

「どちらもやるだろう」ジャドが言った。「でも正直言って、レイモンドからこれ以上なにか引きだせるかどうかは疑問だな。まだ隠していることがあるはずだけど、彼には話す気がないのは明らかだ」

「わたしが手伝うわ」チャーリーが言った。

ジャドはどきりとした。たとえ間接的にであれ、チャーリーを危険に巻きこむわけにはいかない。

「それはどうかな」ジャドはチャーリーの顔に失望の色が浮かぶのを見てつけ加えた。「どんなことを考えたんだい？」

「図書館よ」

「なんだって？」

「図書館。過去五十年分以上の新聞がマイクロフィルム化されているし、一九〇七年以降の『コールシティ・クーガー』も全部そろってるはずよ」

「『コールシティ・クーガー』って？」ジャドはいつのまにか興味をそそられていた。

「高校の卒業アルバムよ。見込みが薄いことはわかっているけど、出発点にはなるかもしれないわ」

ジャドは笑顔になった。

チャーリーがため息をついた。「笑わないで」

「誤解だよ」彼は言った。「すごくいいアイデアだ。ぼくが考えていたのよりずっといい。一緒に調べてはどうかな？」そこで、レイチェルのことを思いだした。「この子はどうする？　静かにしなければいけない場所でおとなしくしていられるかい？」

チャーリーはジャドが同意してくれたことに興奮し、笑いだしそうになった。

「ここから三キロぐらい先に、ベビーシッターにうってつけの人がいるわ。ミセス・ミラーよ。庭に二本のヒマラヤ杉が生えている、緑と白の家に住んでる女性。彼女、子供の世話をするのが大好きなのよ。実はもう電話してあるの……手が空いているかどうかだけでも確かめておこうと思って」

「オーケー、ナンシー・ドルー、それで決まりだ」

チャーリーは少し驚いた顔をし、くすくす笑いだした。そう、まさにナンシー・ドルーだわ。町の歴史記録を調べるというアイデアは、子供向け推理小説の主人公である有能な少女探偵の知恵には及ばないけれど、頭を使うという点では変わりない。

10

「驚いた」チャーリーはジャドと図書館に入るなりつぶやいた。「ウィルマを見て！」

ジャドは返却カウンターの向こうにいる女性を見つめた。「見たけど、彼女がどうしたんだい？」

「あの赤毛、前はかなり白髪のまじったくすんだブラウンだったのよ。それに、彼女があんなドレスを着ているところなんてはじめて見たわ」

彼女にはまだこれといって普通でないところは見いだせなかった。「あの紫の花柄のが？」

「すごく短いじゃない！」チャーリーが非難めいた声を出した。「膝が見えそうよ」

ジャドはにやりとした。「きみは文句を言う相手を間違えてるよ。ぼくは女性の脚に目がないんだ」

チャーリーは赤面した。「別に文句を言ってるわけじゃないわ。ただ驚いただけよ」

そのときウィルマが顔をあげ、笑顔で手を振った。

「おはよう、チャーリー。あなたのちっちゃなスイートハートのために、また本を選びに来たの？」

「違うんです」ジャドが言った。「今回はぼくが自分のための本を選ぼうと思って来ました」

チャーリーとウィルマは同じくらい驚いた顔をした。するとジャドがにっこり笑ったので、チャーリーは彼を紹介しなければいけないと思いだした。

「ウィルマ、こちらの手に負えない人はジャド・ハンナよ。ハーシェルがハネムーンに行っているあいだ兄を手伝ってくれているの」

ウィルマは目を丸くした。「ああ！　知ってるわ。レイチェルを恐ろしい雄牛から救った人ね」

今度はジャドが赤くなる番だった。「はじめまして」さっと話題を変える。「コールシティとその住民に関する資料をすべて見たいんです。ここ二十年……あるいは二十五年分のものを」

ウィルマはくるりと向きを変え、頭に手をやって髪がきちんと整っているかどうか確かめながら、マイクロフィルムの棚へ向かった。足どりは軽く、おまけにヒップまで揺らして。外見の変化にはもちろん理由がある。彼女はもう〝男性を知らない乙女〟ではないのだ。なにしろ、全裸の男性を目にして平気でいられたのだから。彼女は今や一人前の女性だった。髪型は、第二次世界大戦の英雄から映画スターに転身したオーディ・マーフィーを参考にした。ウィルマの理想の男性だ。髪の色を変えたのは、レイモンド・シュラーの裸を見た自分に対する〝赤い武功章〟だった。

ウィルマはぱちんとマイクロフィルムリーダーの電源を入れてから振り向いた。

「なにかお捜しなの？」彼女は尋ねた。

「レイモンド・シュラーに関する記事を」ジャドが答えた。

ウィルマは息をのみ、胸に手をあてた。それは、図書館の入口を開けて階段に横たわるレイモンドを見つけたときと同じしぐさだった。

「まあ、なんてこと！　これは彼の誘拐事件と関係があるの？　捜査の一部なの？」

ジャドはひるんだ。「いちおうは」

チャーリーを部外者のように見たあと、ウィルマは声をひそめた。

「大丈夫なの……彼女の前で話しても？」

彼はにっこり笑った。「ええ。実は、この捜査はチャーリーの提案なんです」

「まあ、そう」ウィルマは今度は尊敬をこめた目をチャーリーに向けた。「あなたはかわいい赤ちゃんがいるただのすてきな女性じゃなかったわけね」図書館には彼ら三人しかいないにもかかわらず、肩越しにまわりを見渡してから話しだす。「ほかに必要なものがあれば……なんでもかまわないわ……わたしに言って。フロントデスクに立って見張ってるから。誰か来たら、デスクを三回たたくわ」

ジャドは笑いださないようにするのが精いっぱいだった。「ああ……でも、ぼくらがいないつもりでいつものように仕事をしてもらうほうが……」

ウィルマの小さな丸い目がさらに丸くなった。「そうね！　そうすればうわさも広まらないし、気づかれることなく犯人をつかまえられるわ！」

「そうなりますね」ジャドは言った。「さて、よければぼくらは仕事にかかります」

「ウィルマ、図書館にはクーガーの卒業アルバムがそろってるんじゃなかった？」チャーリーが尋ねた。

ウィルマは手を打った。「ええ！　いい考えね、チャーリー。こっちよ」

「わたしはあそこで作業するわ」ウィルマが早足で行ってしまうと、チャーリーは近くのデスクを指さして彼に告げた。それから、きいておくべきことがあるのに気がついた。

「ええと……ジャド？」

「なんだい？」

「具体的にはなにを探せばいいの？」

「レイモンドがハイスクールに入学した年から見ていって」彼は言った。「彼の名前があったらすべて印をつけておいてくれ。あとで一緒に見ていこう」

チャーリーがうなずいて歩きだしたとき、ジャドに呼びとめられた。

「チャーリー」

彼女は振り向いた。

「ダンが殺されてから、一緒に仕事をするのはきみがはじめてだよ」

表情が凍りつく。「ジャド、わたし……」

「いや、そうじゃないんだ。実際、きみみたいな人に手伝ってもらえてよかったよ」

チャーリーはにっこり笑い、顎をつんとあげた。「射撃は苦手だけど、こぶしには自信があるのよ」

ジャドはうなずき、子供を救うために命を投げだして雄牛に立ち向かおうとした彼女を思いだした。

「ああ。きっとそうだろうね」

ふたりは黙って見つめあい、出会ったときのことを考えた。その魔法を解いたのは、ウィルマの芝居がかった甲高い声だった。

「チャーリー……もうみんなそろえたわよ」

チャーリーは目をしばたたき、ウィルマの待っているデスクを示した。「じゃあ、そろそろ……」

ジャドは深い息をついた。「ああ、それじゃ……」

どちらも最後まで言う必要を感じなかった。口に出さなくてもふたりは互いに了解して別れ、ジャドはひとりマイクロフィルムリーダーのもとに残った。だが午前の時間がたつにつれ、後ろの女性がページをめくる音やときおりつくため息が、自分はもはやひとりきりでないと思いだささせてくれた。

ジャドが顔をあげたのは正午近くなったころだった。疲れきっていたのでうなじをもみながら首をまわし、立ちあがってぶらぶらチャーリーの座っているデスクへ行った。

「なにか見つかったかい？」

彼女は肩をすくめた。「写真ならたくさん。でも役に立つかどうかわからないわ。あなたはどう？」

ジャドは首を振った。「関係のありそうなものはなにもなしだ」そしてつけ加えた。「レイモンドの父親はこの町の有力者だったんだろう？」

チャーリーは眉をひそめた。「そうだと思うわ。わたしは覚えていないんだけど。わたしが小さいころに亡くなったはずだから」

「じゃあ、きみの見つけたものを見よう」ジャドはチャーリーの隣の椅子にどさりと腰をおろした。

それはよくある集合写真だった。

郡主催の家畜の品評会で米国農業教育振興会《フユーチャー・ファーマーズ・オブ・アメリカ》賞をとった雄牛を連れているレイモンド。

クーガーの野球チームにいる十年生のレイモンド。

十一年生になり、クーガーのフットボールチームでクォーターバックをやりはじめたレイモンド。

十二年生でバスケットボールチームのキャプテンを務めているレイモンド。

ジャドは生徒たちのスナップ写真にとくに注意を払い、事件につながる糸口を探した。しかし、レイモンド・シュラーが学内の人気者だったという事実のほかなにも見つからなかった。

「彼はかなりのプレイボーイだったようね」

ジャドははっと興味を引かれた。

「なぜそう言えるんだ?」彼は尋ねた。

「見て。いろいろな写真にいろいろな女の子と写っているけど、ひとりとして同じ子はいないわ」

ジャドは写真をじっと見つめ、笑顔になった。「そのとおりだ。きみは本当に探偵に向いてるよ」

そのほめ言葉はうれしかった。「なにか意味があるのかしら?」チャーリーは尋ねた。

「わからない。でもこれは、彼が克服したか、あるいはひた隠しにしている性質だな」

彼女は目を見開いた。「あなたの言いたいこと、わかるわ!」一枚の写真を指さす。「見て、これはウィルマじゃない?」

ジャドはアルバムをそばへ引き寄せ、写真の下の小さな文字に目を凝らした。「違うはずあるもんか」彼は目をあげ、図書館員をじっと眺めた。「ウィルマ、ちょっといいかな?」

ウィルマは振り向きざま唇に指をあてて静かにするよう合図し、足早にやってきた。ジャドはにやりとした。今、館内にいるのは三人だけなのだから、静かにする必要があるかどうかは疑問だった。

「すみません」彼は言った。

ウィルマは唇をすぼめ、ドレスのウエスト部分を撫《な》でつけてしわをのばした。

「なにか見つかった?」ウィルマはささやいた。

「はっきりしたものはないんですが」ジャドはチャーリーの持っているアルバムのなかの写真を指さした。「これはあなたじゃないですか?」

ウィルマはジャドの肩越しに目を凝らし、眉をひそめた。「まあ、もう何年も見てなかったわ。ええ、わたしよ。この年の討論部の部長だったの」

「あなたに腕をまわしているのはレイモンド?」

ウィルマはさらに目を凝らし、顔を赤らめた。「あら、そうね。そうみたい」

ジャドはウィルマを見つめた。さっきまであれほど自信満々だった彼女が急におどおどしている。

「あなた方ふたりは関係があったんですか？」

ウィルマは口ごもった。「いいえ……その、まったく……いいえ、キスしただけよ……それもほんの一、二度」彼女は、自分は成熟した女性だと思いだし、平静をとり戻した。女性は誰しも過去を持っているものだ。「レイモンドはプレイボーイだったわ」見さげたように言った。「彼はわたしの人生を通り過ぎていっただけ。なんの意味もなかったのよ」

チャーリーは笑いをこらえて別のアルバムに集中した。一方ジャドはその話題に固執した。

「この人たちはどうです？」ジャドはレイモンドが違う少女を抱きしめたりキスしたりしている写真を示して尋ねた。「今どこにいるんですか？」

ウィルマは近づいて眺めた。「ええと。これはアンナ・マンキン……今はアンナ・スチュワートね。たしかダラスに住んでるわ。それに彼女は……なんていったかしら？　そうだ、メアリー・リー・ハワーズよ。亡くなったわ。十年ほど前に交通事故で」

ジャドはときどきメモをとった。だがほとんどはウィルマがレイモンド・シュラーの過去の逸話とともに女の子たちを思いだして楽しむのをただ聞いていた。聞けば聞くほど、このアルバムのどこかに事件を解く鍵《かぎ》があるという確信はますます強くなった。ジャドがもう話をやめさせようとしたとき、ウィルマが口にした名前が彼の注意を引いた。犯人かと疑ったからでなく、そのページの女性がジャドの知っている現在の姿とあまりにかけ離れていたからだ。

「これはジュディ。あなたも知ってるでしょう?」

ジャドはダークブラウンの髪を持つすらりとした優美な少女を見つめて眉をひそめ、その陽気な笑顔を自分の知っている人物にあてはめようとした。かすかに覚えがあるような気がするが、わからない。

「いいえ、知らないと思いますが」ジャドは言った。

チャーリーが彼の腕をぐいとつかんだ。「知ってるじゃないの、ジャド。これはジュディス・ダンドリッジよ。ほら……デイビーのおばさんの」

「うそだろう?」ジャドはつぶやき、アルバムを引き寄せた。「すっかり変わってしまったんだな」

ウィルマは顔をしかめた。「わたしは今まで気づかなかったけれど、あなたの言うとおりかもしれないわね。でもまあ、薬剤師といえば医者みたいなものだもの。いかにも専門家らしい外見を心がけるのは当然だわ。信用の問題よ、わかるでしょう?」

ジャドはうなずいた。「ええ、わかります」

チャーリーはレイモンドが十二年生の年のアルバムをめくっていて、はっと手をとめた。

「ねえ、ウィルマ。ジュディスはあなたやレイモンドと同じクラスじゃなかったの?」

ウィルマはうなずいた。

「だったら、どうして彼女は十二年生のクラス写真に写っていないのかしら?」

ウィルマは眉をひそめた。「なぜかしら? そんなはずないわ。ジュディはわたしたちと一緒に卒業したのよ。行列したとき彼女が目の前に立っていたから、なにも見えなかったのを覚えているもの。ほら、ジュディってとても背が高いでしょ」

ウィルマは前へ後ろへと何ページかめくった。ふいにその手がとまった。

「思いだしたわ。たしかジュディとその家族はなにかの事故に遭ったのよ。彼女、ひどく顔がはれてたわ。引っかき傷や打ち身もたくさんできてた。十二年生の最後の二カ月は自宅学習をしていたはずよ」

「どういうことです?」ジャドは尋ねた。

チャーリーが答えた。「なんらかの理由で生徒が登校できないほどの障害を負ったと認定された場合、教師がひとり任命されて、その生徒はすべての学習を家でやるの。教師が家で個人授業をするわけ」

ジャドの目が考えこむように細くなった。おそらくその事故がジュディス・ダンドリッジの顔から笑みを奪い去ったのだろう。

「深刻な事故だったんだな。体が不自由にならなくてよかった。彼女の両親もけがをしたんですか?」

ウィルマは顔をしかめた。「いいえ。それが変なのよ。けがをしたのはジュディひとりだったの。たぶん後部座席かどこかにいたのね。当時はわけを知っていたかもしれないけど、今は思いだせないわ」そしてつけ加える。「そのあと、彼らが車を買い替えたのははっきり覚えているけど」

ジャドはうなずき、そのもっともらしい話を受け入れた。それにしても、ジュディスの変わりようは信じられなかった。まるでまったく違うふたりの女性を見ているようだ。ひとりは長く豊かな髪を垂らして体にぴったり合うドレスを身につけ、もうひとりは白髪まじりの髪をまっすぐ切りそろえて質素な服をまとっている。人生のどこかで、彼女の笑みは顔からきれいにぬぐい去られてしまったのだ。

ジャドはジュディスと一緒に写真に写っている少年を見つめた。「じゃあ、レイモンドとジュディスも関係があったんですね」

ウィルマは眉をひそめた。「いいえ。今思いだしたんだけど、ジュディには別の町にボーイフレンドがいたの。そのせいでレイモンドはいつもいらだっていたわ。父親が彼をだめにしたのよ。欲しがるものはなんでも与えたから」写真を見て意見を改める。「ジュディ以外はね」

「どうして彼女は結婚しなかったのかしら？」チャーリーが問いかけた。

ウィルマが一段と眉をひそめた。「独身でいたってなにも悪いことなんかありませんよ。わたしだってプロポーズはされたけれど、ひとりでいるわ」

「あなたはまだ特別な人にめぐり会っていないんじゃないですか？」ジャドはそう尋ねてから、チャーリーをちらりと見て、すぐに視線をはずした。

チャーリーはどきりとした。今の目はどういう意味？　事件についてなにか言おうとしたの？　それとも別のこと？　わたしたちに関係のあること？　彼女は椅子を後ろに引いて立ちあがった。

「わたし、少し休憩してくるわ」

ジャドは無言でチャーリーを見送った。それからレイモンドの写真に視線を戻した。大きな木の陰に立ち、にっこり笑った若々しい少女に腕をまわしている。気の毒なジュディス・ダンドリッジ。ジャドには理解できた。彼自身、人生に何度も痛い目に遭わされたからだ。

「頭が痛いの？」ジャドはアルバムをわきへやり、前かがみになって両手のつけ根で目をこすった。ウィルマが尋ねた。「マイクロフィルムを見たせいね。わたしもあれを見るといつも頭痛になるわ」

「ええ。しばらく目を休めればよくなるでしょう」

「市販の頭痛薬なら持ってるわ」ウィルマはそう言って奥の部屋へ急いだ。数分後、水を満たしたプラスチックのカップと業務用サイズの薬瓶を持って戻った。「はいどうぞ。楽になるわよ」

その瓶を渡されたとき、柑橘《かんきつ》系のかぐわしい香りがウィルマの手もとから漂った。

「すてきな香りの香水ですね」ジャドは手のなかに錠剤を振りだしながら言った。

ウィルマは顔を赤らめた。「あら、ほめてもらってうれしいけど、今日はなにもつけていないのよ」

「本当に？　柑橘系の香りがしたと思ったんだが」

「ああ！　バスルームに置いてある液状ハンドソープよ。薬をとる前に手を洗ったの。注意するに越したことはないわ。細菌はどこにでもいるんだから」

ジャドはうなずいた。錠剤をのみこもうとして、はっとした。レイモンドは縛られていたとき、オレンジの香りがしたと言っていた。ジャドはむせかえり、あわててもうひと口水を飲んだ。

「大丈夫？」ウィルマがジャドの背中をたたいた。

ようやく咳《せ》きこまずにしゃべれるようになると、彼はうなずいた。「気管のほうに入ったみたいで」

ウィルマはほほえみ、ジャドが喉をつまらせたときにちょうどそばにいてやれてよかったと思った。裸の男性を見て以来、彼女の人生は信じられないほど変わった。髪型から服装まで。そして今度はこれだ。今日家に帰ったら、人命救助をしたと日記に書いておこう。

「それで……そのハンドソープはどこで買ったんですか？」ジャドが尋ねた。

ウィルマは顔をしかめた。感謝されると思っていたのに、別の質問をされたからだ。彼女は肩をすくめた。男性の心は予想もつかないほど複雑らしい。それも彼女が結婚できない理由のひとつなのだろう。

「どこかのドラッグストアよ。安売りしていたの」

なんてことだ。つまり、同じものを誰が持っていてもおかしくないわけか。

彼はうなずいた。「それはいいですね」

そのとき、チャーリーが正面玄関から出ていくのが見えた。どうやら外のなにかに注意を引かれたらしい。なにがあるのかと興味を覚えながら、ジャドは立ちあがった。

「チャーリーが帰りたがっているようですし、ここで調べられることは調べつくしました。そろそろ失礼します。ご協力ありがとうございました」

ウィルマはもったいぶってうなずいた。「この件は秘密にしておく《アンダー・マイ・ハット》わ」にっこり笑って髪を撫でる。「比喩《ひゆ》よ、もちろん」

ジャドはほほえみかえし、チャーリーのあとを追ってドアの外へ出た。彼女は芝生に膝を突いて茶色の子犬と遊んでいた。

「その友達は誰だい？」ジャドが問いかけた。

彼に目をやると子犬がほえたので、チャーリーはあわてて犬に注意を戻した。

「見たことないほどかわいい生き物じゃない？」

ジャドはチャーリーのかたわらにしゃがみこみ、子犬の耳をかいてやりながら彼女の顔を見つめた。

「ああ、たしかに」ジャドは軽い調子で言った。

彼がチャーリーをほめたのだと気づくのにしばらくかかった。それを悟った彼女は真っ赤になり、言うべき言葉を探してまごついた。

「質問してもいい？」チャーリーはついに尋ねた。

「いいよ」

「あなたはわたしの気持をもてあそんでいるの？」

ジャドはこれほど短い言葉で困った立場に追いこまれようとは思っていなかった。しかしシャーロット・フランクリンという人間を知って以来、彼女はいつでも率直だとわかっていた。

「ゆうべぼくらのあいだで起きたことを単なる遊びだとは思っていない」

彼女はますます赤くなった。大胆なふるまいを思いだすと、ジャドの目が見られなかった。けれどもゆうべのことを後悔してはいなかった。

道の反対側から誰かが子犬を呼んだ。ふたりは犬が自分の庭に駆け戻るのを眺めた。やがてチャーリーは立ちあがり、服についた汚れを払った。

「もう終わりにしていいの？」彼女が尋ねた。

チャーリーがあっさりとゆうべの話題をほうりだしたのでジャドは面食らった。

「ああ、終わりだ」

チャーリーは顔をあげて昼の太陽に目を細め、顔にかかったひと筋の髪を払いのけた。

「そうだと思ったわ」それ以上なにも言わずにジープへ乗りこんだ。

少ししてから、ジャドは今の問いと答えにはそれぞれ別の意味が含まれていたことに気づいて腹が立った。ジャドにしてみれば、ふたりの関係はまだ始まっておらず、〝終わる〟ことなどできない。

彼はジープに乗りこみ、乱暴にドアを閉めた。

「今日は手伝ってくれてありがとう」

チャーリーはうなずいた。

ジャドはさっきまでの仲間意識をとり戻したかった。だがそれはどこにも見あたらなかった。心のなかで自分自身と世間一般をののしりながら、彼は手をのばしてエンジンをかけ、ギアを入れた。

「家に送っていく前にすることはあるかい？」

「ドラッグストアに寄りたいわ。バースデーカードを買いたいの」

ジャドはバックで通りに出てギアを入れ替え、路上に黒いタイヤの跡を残して急発進した。

チャーリーは店に着くまで賢明にも黙っていた。

午前中ずっとレイモンドの過去を調べたあとだったので、車からおりる当人を目にしたときにはどきっとした。妻のベティがハンドルを握っている。彼女が車で送ってきたようだ。レイモンドは怒りを爆発させる寸前という顔をしていた。いったいなにがあったのだろうとチャーリーはいぶかった。

「レイモンドよ。機嫌が悪そうね」

ジャドは顔をあげた。レイモンドが車をおり、足を引きずりながら通りに出てくるのが見えた。

「そのようだな」男があんな表情を浮かべたときは、たいていののしりあいか殴りあいに発展するものだ。「万一に備えて、ぼくも一緒に行こう」

チャーリーが眉をひそめた。「万一って？」

ジャドはすでに車からおりていた。彼女はついていくしかなかった。

ドアを開ける前から、レイモンドの怒鳴り声が聞こえた。ふたりが入っていって入口のベルが鳴っても、彼は静まらなかった。

「これが最後の警告だ。あの役立たずをわたしの家に近づけるな。あいつが動物みたいにうちのごみをあさるのを見るだけで、こっちは気分が悪くなる」

ジュディスは血の気を失っていた。声を聞くまでもなく激怒しているのがわかる。首の静脈が浮きあがり、こぶしがかたく握られていた。彼女が松葉杖《まつばづえ》や杖のディスプレイされているほうへ歩きだそうとしたので、ジャドはふたりのもとへ駆け寄った。

「いったいなんの騒ぎですか?」ジャドはレイモンドに質問した。

「きみには関係ない」レイモンドが言った。

「それは違いますよ。通りの先のほうからでも、明らかに平和を乱すような叫び声が聞こえました。それで入ってみたら、あなたがミス・ダンドリッジを罵倒《ばとう》していたんです。ミスター・シュラー、なにをするにもふさわしい時と場所があるんですよ。ここで怒鳴り声をあげるのは完全に間違いです」

レイモンドの顔が怒りでどす黒い赤に染まった。彼はジュディスの顔に指を突きつけた。

「彼女が面倒を見ている例の青年が、またしてもわたしの所有地に侵入したんだ。まるで動物みたいにごみ箱をあさって。やめさせないなら施設へ送りこむぞと、彼女には前に警告しておいたのに」

ジュディスが深く息を吸った。礼儀を保つにはそうするのが精いっぱいなのだとジャドにはわかった。

「あの子は缶を探していただけよ」ジュディスは言った。「それに盗んでいたわけじゃないわ。ベティはあの子が缶を持っていくのを許してくれたのよ」

レイモンドは杖を振りまわした。どんな意見も耳に入らず、自分の非を認めるつもりはないようだ。

「きみと妻とのあいだの話など聞いていない。とにかく、これは最後通告だからな。あいつをわたしの所有地から遠ざけないと、後悔することになるぞ」

ジャドはレイモンドの手から杖をもぎとった。

「落ちついて、ぼくの話を聞いてください。さもないとあなたが後悔するはめになりますよ。言いがかりをつける前に、事実を正しく把握したほうがいい。もしあなたの奥さんがデイビーにアルミ缶を回収していいと言ったのなら、彼にはあなたの所有地に入る権利があるんです。そんなふうに暴論を吹っかけて女性を脅すなんて、もってのほかだ。どうしても口論したいなら、ぼくが相手になりますよ」

レイモンドは困惑したように目をしばたたいた。

「ばかな。きみと争う理由はない」

「それなら彼女ともないはずです」ジャドはジュディスを示した。「では、ミス・ダンドリッジに謝罪したらどうです。そして家へお帰りなさい」

レイモンドは怒りのあまり身震いした。彼は邪魔をされるのも指図されるのも好きではなかった。なのにジャド・ハンナは声を荒らげもせず、それをやってのけた。レイモンドはジュディスをにらみつけてから、ジャドのほうを向いた。

「杖をよこせ」そう言って手を突きだした。

ジャドは杖を返し、わきへ退いて、レイモンドが憤然とドアを出ていくのを見守った。

レイモンドが出ていくとすぐに、チャーリーはジュディスに駆け寄った。

「ジュディス、大丈夫？　なにか、わたしたちにしてほしいことはある？」

ジュディスは答えなかった。身じろぎもせずに立ちつくし、レイモンドが店の外に出るのを目で追った。彼が車に乗りこんだとき、ジュディスのポケットベルが鳴った。それをポケットからはずしてメッセージを読んだあと、彼女は顔をあげて言った。

「なにかお探しでしょうか？」

ジュディスはわたしの申し出に応《こた》える気はない。チャーリーはそう悟った。

「いいえ、必要なものは自分で探せるわ」

「ごゆっくり」ジュディスは言った。「わたしは電話をかけてから、デイビーを捜しに行かなくてはならないの。あの子はきっとおびえているわ」

「ぼくが捜しに行こう」ジャドが言った。

ジュディスは驚いた顔をした。またポケットベルをちらりと見て、やはり深刻な事態だと悟った。薬剤師としての義務感がデイビーに対する義務感と激しく闘った。ついに彼女は態度をやわらげた。

「そうしてもらえると助かるわ」そう言って、急いで奥の部屋へ消えた。

ジュディスが去ると、チャーリーは彼のほうを向いた。「わたしが今どう思っているかわかる？　気の毒なジュディス。かわいそうなデイビー。きっとレイモンドはあの子を死ぬほど脅したんだわ」

ジャドは顔をしかめた。「買い物がすんだら、歩いて警察署へ行っててくれるかい？」

「もちろんよ」

「ぼくはウェイドに事情を話してから、デイビーを捜してみる。そのあときみを家に送るよ」

「警察署にいなければ、向かいのカフェにいるわ。もうお昼だし、おなかがぺこぺこだから」

ジャドは驚いて時刻を確かめようとし、まだ腕時計を買っていないことを思いだした。でも、それを買うのはもっと時間があるときでいい。

「すまなかった」ジャドは言った。「きみに食事をさせるのを忘れるつもりはなかったんだが」

チャーリーは肩をすくめた。「自分の面倒は自分で見られるわ。長年そうしてきたもの」

ジャドはこんなぎこちない形で別れたくないと思いながら店を去った。ため息をついて運転席にすべりこみ、エンジンをかけた。自分がいちばん必要とされているときに逃げてばかりいる気がした。

11

ジュディスが店の奥から出てきた。チャーリーがまだいるのに気づき、先ほどの出来事にふれていいのかどうかわからないといった居心地の悪そうな表情をした。しかしチャーリーが穏やかに商品について尋ねると、ジュディスは緊張を解いた。

「男物の時計はこれで全部？」チャーリーは小さな回転スタンドを指した。

「いいえ、こちらのケースにもまだあるわよ」ジュディスはポケットから鍵《かぎ》を引っぱりだしながらフロアの反対側へ移動した。

チャーリーはジュディスのあとに続き、カウンターに身を乗りだして上面のガラス越しに目を凝らした。やがて、目あての品を見つけてにっこりした。

「あれを」チャーリーは言った。「上の段の右端にあるのを見せてもらえる？」

ジュディスは時計を出してカウンターに載せ、チャーリーの笑みが広がるのを興味深げに見守った。

「おいくらかしら？」チャーリーがきいた。

ジュディスは箱を逆さにして値段を見た。「お安くなってるわ。三十九ドル九十五セントよ」

チャーリーは頭のなかで食料品や日用品の買い物にあてるお金をどれだけ切りつめられるか計算した。きっとなんとかなるだろう。「いただくわ」

ジュディスはチャーリーの選択に意見は述べなかったし、チャーリーもわざわざ説明はしなかった。

「包んでもらえるかしら?」チャーリーが尋ねた。

「もちろんよ」ジュディスは包装紙に手をのばしかけてふとためらった。「バースデープレゼント?」

「いいえ。単に、なくしたものの代わりよ」

それを聞いた瞬間、ジュディスはこの時計が誰のためのものか理解した。

「ごめんなさい」こわばった声で言う。「気づかなかったわ。うんと値引きするわね」

「いいのよ」チャーリーは言った。「すでに値引き品だもの。それに、彼にはこれくらいの額のものを買ってあげる価値が充分あると思うし」

つかのま、ふたりの女性は互いをじっと見つめた。やがて無言の合図でも出たように目をそらした。ジュディスが時計を包むあいだに、チャーリーはバースデーカードを選んだ。

数分後、品代を払って店を出た。この通りの先のどこかで、チーズバーガーとフライドポテトがわたしを待っていてくれる。そして、わたしの心を奪った男性も。

コールシティはさほど大きな町ではない。それでもジャドにはなじみのないわき道や近道がたくさんあった。いちばん確実なのはレイモンドの家から出発して徐々に町の中心部へ進み、デイビーが最終的に戻るはずのドラッグストアをめざすことだろう。

捜しはじめたときはすぐに見つけられる自信があった。しかしなんの痕跡《こんせき》も見つけられないまま十分、十五分が過ぎ、不安になった。デイビーの気持になって考えてみようとする。だが、まったくイメージがわかない。デイビーはいつも無邪気だけれど、ジャドは六歳のころでさえ年齢よりはるかに如才なく世知にたけていた。

ジャドは車の窓をおろし、徐行しながら車輪のきしむ音や缶のがらがらいう音が聞こえないかと耳を澄ました。しかしすぐに、エンジン音が邪魔でなにも聞こえないと気がついた。徒歩で捜すのは時間がかかるだろうが、それ以外に方法はなさそうだ。

ジャドは家畜診療所の前に車をとめ、エンジンを切って外に出た。二分ほどそこに立ってまわりに目を配り、子供の視点になろうと努めた。

もしぼくが悲しくておびえている六歳の少年なら、どこへ行くだろう?

ジャドは歩きだし、歩道にまだらにのびた日陰を出たり入ったりしながら進んだ。少し先で女性が膝を突いて花壇を掘りかえしていた。彼は足をとめた。

「すみません、デイビー・ダンドリッジを見かけませんでしたか？」

彼女は上体を起こし、帽子を額から押しやった。

「誰ですって？」

「デイビー・ダンドリッジ……アルミ缶を集めている青年なんですが」

「ああ、あの単純な子？　今日は見ていないわ」

ジャドは帽子を少し傾け、しかめっ面を隠して歩きつづけた。〝単純〟あの女性はなにも考えずにそう言った。はじめジャドは、その言葉は世間にうまく適応できない人間を表すには適さないと感じた。しかし歩いているうちに、なかなかいい言葉なのかもしれないと思った。デイビーにはどこも悪いところはない。人とそう違っているわけでもない。ただ、彼の人生が少し単純なだけだ。デイビーの母親は子供に知的障害があると知っていたのだろうか？　それが彼を捨てた理由だろうか？　ジャドは肩をすくめてその思いを払いのけた。デイビーが自らを哀れんでいないのだから、ぼくが彼を哀れむ理由はない。

ジャドは捜しつづけ、あちこちで立ちどまっては庭にいる人々や通りを歩いている人々に問いかけた。町の南端にある廃品置き場までたどりついたとき、路肩に細い車輪の跡を見つけた。小さな赤いワゴンの跡に違いない。デイビーはこの近くにいるはずだ。

ジャドは廃品置き場を囲む二メートル近い高さの板塀に突きあたり、ワゴンの跡を追って東へ折れた。少し行くと塀の板が数枚とり去られ、かなり隙間《すきま》が空いているところが見えた。そこからなかをのぞいてみる。遠くにちらりと赤いものが見えた。彼はステットソン帽を脱いで塀をくぐり抜け、再びしっかりかぶりなおしてから、まわりの様子を調べた。

そこは子供にとって安全な場所とは言えなかった。たとえその子の身長が百八十センチを超えているとしても。車のさびたボディが二、三台積みあげられ、別の場所にはまだ解体されていない廃車があった。ジャドは狭い通路を進みながら小さな赤いワゴンに目を光らせ、声がしないかと耳を澄ました。そばまで来たとき、誰かが泣いている声が聞こえた。ジャドは顔をしかめた。レイモンド・シュラーめ。あいつはあの子を脅かし、死ぬほどおびえさせたのだ。

デイビーの姿が見えた。五七年型シボレーの運転席に座って壊れたハンドルの上に身を乗りだし、フロントガラスのあった開口部を熱心に眺めている。ジャドは深呼吸してデイビーのほうへ向かった。

「やあ、乗せてくれないかい？」

その声にデイビーはぎょっとした。しゃくりあげている途中でびくっと跳びあがり、泣きぬれた目を見開いて、恐怖のあまり口を開けた。デイビーはその男性を知っていた。時計をくれた人だ。よく見ると、彼は片手でこぶしをつくって親指を突き立てていた。デイビーはたちまち笑顔になった。そのしぐさの意味なら知っている。

「うん。乗せてあげる」デイビーは言った。「乗って。遠くへ連れてってあげる」

泥やさびが積もっているのもかまわず、ジャドは雑草の茂みをまたいで助手席に乗りこんだ。

「ドライブにはもってこいの日じゃないかい？」

デイビーはうなずいた。「ぼく、逃げてるの」架空のギアを入れ替える。シフトレバーはとっくの昔になくなっていた。

「なぜ？　ジュディおばさんが寂しがるぞ」

デイビーのかすかな笑みが崩れた。「ジュディおばさん、大好き」そうつぶやき、頭をハンドルに載せて泣きじゃくった。

ジャドは運転席側に寄り、デイビーの肩を抱いた。

「それならどうしておばさんから逃げるんだい？」

「おばさんから逃げるんじゃない」デイビーはしゃくりあげた。「あの怖い男の人からだ。大丈夫なんだって言おうとしたのに、聞いてくれなかった」

この瞬間にレイモンド・シュラーが近くにいたら、ジャドは殴り倒していただろう。この子になんということをしたのか、思い知らせてやったに違いない。

「おばさんとぼくでミスター・シュラーとじっくり話したよ」ジャドは言った。「彼は怒鳴って悪かったって謝った。もうきみを脅かしたりしないさ」

デイビーのすすり泣きは、始まったときと同様、突然やんだ。「ぼくのこと怒ってないの？」

ジャドはデイビーの髪をくしゃくしゃに乱してほほえんだ。「ああ。彼はもうきみを怒ったりしない。約束する」ポケットからハンカチをとりだしてデイビーに手渡す。「ほら、涙をふいてはなをかむんだ。そしたら、おばさんの店まで送ってあげるから」

デイビーは言われたとおりにした。そして車をおり、おばさんに教えられたとおり、安全なところまで導いてもらうために片手を差しだした。

ジャドはにっこり笑った。だが、廃品置き場を出ようと歩きはじめると胸がいっぱいになった。ジュディス・ダンドリッジがあんなにも必死にこの子を守ろうとするわけがわかった。世の中の醜さに耐えるには、デイビーはあまりにも素直すぎる。

チャーリーはアイスティーの最後のひと口を飲みほし、窓の外を見て短く安堵《あんど》の吐息をついた。ジャドとデイビーが手に手をとって歩いてくるのが見えたからだ。代金を投げるようにテーブルに置き、荷物をつかんでドアへ向かった。外に出たとたん、デイビーの小さなワゴンの車輪がきしむ音や缶ががらがらいう音が聞こえた。彼女は通りの向こう側にいるふたりのもとへ向かった。

突然、ジュディスが店から飛びだしてきた。

「デイビー！　ああ、デイビー、どんなに心配したか」ジュディスは声をあげ、青年を引き寄せて抱きしめた。「どこにいたの？　怖い思いをしたらわたしのところへ来ればいいとわかってるでしょ」

デイビーは答えるどころではなかった。自分の居場所に戻れたのがうれしくてたまらなかったからだ。

チャーリーが歩道に駆けあがってきて、ほっとした明るい声で尋ねた。

「ジャド！　どこで彼を見つけたの？」

「そう、どこにいたんです？」ジュディスも尋ねた。

ジャドはためらった。デイビーの秘密の場所を勝手に明かすことになると思ったからだ。しかし、それもこの子のためだ。「廃品置き場だよ。デイビーは五七年型のシボレーを乗りまわしていた。当時は本当に速い車だったんだと思うよ。いくつかパーツがなくなっていたし、タイヤもなかったけれど、彼はダッジを追い越している気分だったろうね」

ジュディスがうめき声をあげた。「デイビー、あんなところへ行っちゃだめだとわかっているでしょう。けがをするかもしれないのよ」

ジャドは楽しげに唇の端をあげた。「まったくだ。それと、むやみにヒッチハイカーを拾わないよう、言っておいたほうがいいですよ。だが、彼の運転なら心配無用です。ハンドルを握っているあいだはしっかり道路を見据えていましたから」

デイビーが頭をあげてジャドにほほえんだ。

「ぼく、この人を乗せてあげたんだ、ジュディおばさん。そしたらぼくをここに連れてきてくれたの」

チャーリーは短く息を吸いこみ、まるで今はじめて見るようにジャドを見つめた。涙で視界がぼやけた。ジャドのたくましさや強さは知っているし、レイチェルがなにかやらかしたときに大笑いする彼を何度か目にしてもいる。でも、さびついた廃車に乗ってデイビーと一緒にドライブを楽しむふりまでしてやるなんて、想像すらできなかった。今の今まで、ジャドの本当のやさしさがわかっていなかった。

「そうなの」ジュディスが静かに言った。「それはよかった。本当によかったわ。ミスター・ハンナ、感謝しているわ……あなたが考える以上にね」

ジャドはほほえみ、デイビーの頭に手をのばしてふさふさの乱れた髪を撫《な》でつけた。

「これも仕事のうちですから」ジャドはデイビーを見つめた。「それに、よく知るようになれば彼はとてもおもしろい子だ」

ジュディスは顎をかみしめ、短くうなずいた。

「そうなんです。誰もがそれをわかってくれるわけではないのが残念だけれど。みんなに理解してもらえれば、デイビーの人生はずっと楽になるのに」青年の手をとって言う。「いらっしゃい、デイビー。お昼の時間よ。送ってくださった警察の方にありがとうをおっしゃい」

「ありがとう」デイビーはおうむがえしに言った。

「どういたしまして。ぼくと話したことを覚えておくんだよ。もう逃げちゃだめだ。いいね？」

デイビーはうなずいた。けれど、約束を思いだすより食べ物のほうに気をとられているようだった。

ジャドは通りに立ったまま、ふたりが店のなかへ消えるのを見守った。騒動が終わった今、自分がこの場にそぐわないような、とり残された気分だった。

「ジャド？」

彼は振りかえり、不安な気持でチャーリーの涙を見つめた。彼女の手が手のなかにそっとすべりこんできたので、気持が落ちついた。

「ぼくのことを怒っているのかと思っていたよ」

チャーリーは眉をあげた。「怒っているかもしれないわ。自分でもはっきりしないの。だからって、あなたを誇りに思う気持は変わらないけど」

「どうして？」

「あなたは今日デイビーに、たぶん今まで彼が知らなかったものを与えたのよ」

「なにをだい？」

「気高さよ。一度それを失った人にとって、とり戻す価値のある貴重なものだわ」

ジャドには、チャーリーがもはやデイビーのことではなく彼女自身について語っているように感じられた。未婚で妊娠したあげく捨てられたことを知っている人々に立ち向かわなければならなかった彼女の姿が思い浮かんだ。彼は思わず腕を広げ、チャーリーを胸に抱き寄せた。しばらくして彼女を放し、震える声で言った。

「きみは危険な女性だな、チャーリー」

チャーリーは抱擁されたショックでよろめいた。でも、どれほど彼に惹《ひ》かれているかを悟られたくなくて、バッグを胸もとに抱えて心を落ちつかせた。

「あなた、ワイオミング州の太陽に長く照らされすぎたんじゃない？」チャーリーは言った。「危険だなんて、わたしにはいちばん縁遠い言葉だわ」

彼はかぶりを振った。「わかってないな。女性は男の〝せいで〟泣くことはある。なにかをされたとかされなかったとか、いろいろな理由でね。でも、女性が男の〝ために〟涙を流すのは危険なんだ」

「誰にとって危険なの？」チャーリーが尋ねた。

「男にとってだよ。相手の男にとってだ。そのとき男は女性に弱みを見られたと気づく。そうなってしまったら、もう無防備なんだ」

「わたしはあなたの弱みを見たことになるの？」

ジャドの表情が曇った。「もう充分にね」

「本当かしら」チャーリーは彼の手を握った。「さて、今度はあなたの番よ。わたしと一緒に来て」

「どこへ行くんだい？」

「あなたに食事をさせるのよ」

その瞬間、ジャドはどれほど空腹かに気づいた。

「わかった」彼は言った。「そのあと、ぼくをジープのところまで連れていってもらいたいんだが」

そのときはじめてチャーリーはジープがなくなっているのに気づき、あたりを見まわした。

「そういえば、あなたたちは歩いてきたのよね。どこにあるの？　なぜ運転してこなかったの？」

「ヘンスン通りのどこかだよ。デイビーがぼくの手を握りたがったから、歩くことにしたんだ」

その言葉は娘の笑顔を見たときのようにチャーリーの胸を打った。彼女はなんとか口を開いた。

「あのね、ジャド。わたしもそうしたいわ」チャーリーは手を差しだした。「その気はある？」

ジャドは感情の雷に打たれてその場に立ちすくんだ。動けるまでしばらくかかった。

「ああ、いいとも」ジャドは穏やかに言い、チャーリーが急にいなくなるのを恐れるように彼女の指を指で包みこんだ。

チャーリーはふうっと息を吐いた。ジャドがあとどのくらいそばにいてくれるかはわからない。でも、彼が与えてくれるものすべてを喜んで受け入れよう。

ジャドとチャーリーが家に入ったとき、ウェイドはキッチンでサンドイッチの最後のひと口をのみこんだところだった。チャーリーは娘を遊ばせに部屋へ連れていき、ジャドはシンクへ手を洗いに行った。

「今日はどうだった?」ウェイドが尋ねた。「デイビーは無事に見つかったのか?」

「ああ、見つかったよ。でも、レイモンドの事件に関してはそれほどついていなかったな」

ウェイドは肩をすくめた。「できれば捜査を投げだしたいところだよな。でも、ぼくの警官魂がそうはさせてくれない。尻にあんな傷をつけるほど彼を憎んでいたのは誰かってことにも興味はあるし」

ジャドはうなずいた。「あの男は最低の人間だ。よくわかったよ。デイビーはあの男にひどく脅かされて、逃げだそうとしたんだ」

ウェイドは顔をしかめた。「まったく」立ちあがり、汚れた皿を集めてシンクに運ぶ。「ぼくはずっとレイモンドとベティが子供に恵まれなかったことを少し気の毒に感じていた。でも今はそれでよかったと思うよ。彼には哀れみというものがないのさ。ところで、これからしばらくぼくは町に泊まるよ。すべてが落ちつくまで少なくとも二、三日は」

「レイモンドが戻ってすべて落ちついたと思っていたのに」チャーリーが言った。「どうして町に泊まらなきゃならないの？」

ジャドとウェイドは振り向き、彼女が部屋にいたのにはじめて気づいた。

「パニックを防ぎたいんだ」ウェイドが言った。

「どんなパニックだい？」ジャドがきいた。

ウェイドはにやにや笑いだした。「始まりはハロルド・シュルツの奥さんなんだ。ハロルドを覚えてるだろう？　きみの車を修理した男だよ。ほら、酔っぱらっていたところをぼくが連れ戻したやつさ」

ジャドはうなずいた。

「そのハロルドが今日またいなくなった。ぼくは、酔っぱらってどこかで眠りこんでいるんだろうと言ったんだが、奥さんはレイモンドみたいに誘拐されたものと信じこんでいてね。それから一時間もしないうちに警察署に女性の声で電話があり、ＵＦＯを見たと報告してきた。するとミセス・シュルツはあっというまに、レイモンドの誘拐はエイリアンのしわざで今度はハロルドがさらわれたのだという説を立ててしまった。そこからヒステリーが始まったんだ」時計に目をやる。「たぶん今ごろコールシティ南バプティスト教会の全信者が教会に集合して、ハロルドの無事な帰還を大まじめに祈ってるよ」

「まあ」チャーリーがつぶやいた。

ジャドは声をあげて笑った。「冗談だろう?」

ウェイドは首を振った。「本当なんだよ」

「でも兄さん、もしエイリアン説が少しでも理屈に合うとしたら、ハロルドの奥さんはあの焼き印をなんだと思ってるの?」チャーリーが尋ねた。

ウェイドはくすくす笑った。「よくぞ聞いてくれたね。いちばん有力だった説は、それがエイリアンの祖国の惑星を表すというものだった。ぼくはミセス・シュルツに、異星人が地球のアルファベットを使うわけがないからレイモンドの尻にRを押すなんて理屈に合わないと言ったんだ。でもそのときには彼女自身もわけがわからなくなっていて、誰もぼくの言うことに耳を貸してくれなかったよ」

「本当に今夜はぼくが交替しなくていいのか? 結局昨日も町に泊まっただろう」ジャドが言った。

「ありがとう。でも、なじみのある顔がいちばんいいと思うんだ。もしきみがこの騒ぎに立ち入ったら、彼らはおそらくなにか理由をつけてきみをエイリアン扱いするぞ」

「だろうな」ジャドは言った。「それに、ある意味ではあたってるよ。ぼくはよそ者だから」

「もう違うわ」チャーリーが静かに反論した。

「そうだ」ウェイドも言った。「ぼくは、きみがあの警部に電話をかけて、ワイオミング州で働くからやめると言ってくれればいいと願ってるくらいだ」

心のなかの驚きが顔に出ただろうか？　ここに来てからずっと、いつかここを離れる日のことを考えつづけてきたのに。ジャドは自分の気持に自信が持てず、その提案を笑って受け流そうとした。

「またまた」ジャドは言った。

「きみは笑うだろうが」ウェイドは言った。「ぼくは本気だよ」

ジャドは顔をそむけ、キャビネットに手をのばしてグラスをとり、水道の水で満たした。

「考えてみるよ」ジャドはチャーリーが向ける驚きのまなざしをあえて無視して、ゆっくり水を飲んだ。

「さて、行くよ」ウェイドが言った。「ぼくが行方不明になったらどこを捜せばいいかはわかるな？」彼は空を指さし、含み笑いをもらしながら出ていった。

ウェイドが去ったあとの沈黙はなんとも居心地の悪いものだった。チャーリーはジャドをほうっておき、冷蔵庫を探りはじめた。

「なにか手伝おうか?」ジャドはついに尋ねた。

「いいえ、大丈夫よ」

ジャドは両手をポケットに突っこんだ。「よければ、レイチェルがなにをしてるか見てくるよ。今日はあのかわいい顔が見られなくて寂しかったから」

チャーリーは皮をむこうと思ってシンクに入れたじゃがいもを見おろし、深いため息をついた。落ちつきなさい。男性にかかわることに望みを抱いてはだめよ。期待しなければ傷つかずにすむのだから。

ほどなく、ジャドの笑い声と娘の笑い声が家の奥から聞こえてきた。チャーリーはじゃがいもを手にとり、猛然と皮をむいた。いまいましい人。こんなにも心に入りこんできて。きっとわたしは傷つくに違いないわ。


チャーリーはシャワーを浴びてバスルームを出たあと、レイチェルの部屋をのぞいた。娘はうつぶせになり、お尻を突きだしてぐっすり眠っていた。お気に入りの毛布はいつものように首に巻きついている。チャーリーはそっとなかへ入り、別の毛布を足にかけてやった。

「おやすみ」やさしく言って、キスを投げながら部屋を出てドアを閉めた。

廊下を歩いていくと、かすかなテレビの音にまじって、ときおり新聞のかさかさいう音が聞こえた。チャーリーは思わずほほえんだ。男の人らしいわ。一度にふたつのことをやろうとするなんて。でももし本当にそんな離れ業のできる人間がいるとしたら、それはジャド・ハンナなのかもしれない。

チャーリーは髪を撫でつけ、パジャマの裾《すそ》を強く引っぱった。ロープをとりに戻りかけて足をとめた。それでは暑苦しい。だいいちパジャマだってまともな服装だ。Tシャツやジーンズが覆うところはすべて覆っているのだから。やわらかい布地が肌にまつわりつく様子や洗ったばかりの体に漂う石鹸《せっけん》やパウダーの香りなどまったく考えず、彼女は部屋へ入った。自分の椅子に向かいながら縫い物かごを拾いあげ、椅子に座るとうわの空でランプをともした。

ジャドは新聞から顔をあげ、シャワーを浴びたばかりのチャーリーの体をじっくり見た。彼女が縫い物にかがみこむと、首の華奢《きゃしゃ》な曲線も同じように見た。夜になってからずっとジャドは緊張していて、少し不安なほどだった。この〝家族の〟夕べはどのように過ぎていくのだろう？　自分とチャーリ、そして幼児だけ。完璧《かんぺき》すぎるくらいだ。

ランプの明かりのなかに座っているチャーリーを見つめていると、強いあこがれがこみあげた。ジャドはほんの一瞬だけ、これが自分の生活であるつもりになった。チャーリーは妻で、レイチェルはふたりの子供だ。しかし、そのあと彼の身を貫いたのは痛みだった。それがただの夢にすぎないとわかっているがゆえの痛みだった。

ジャドはため息をつき、新聞に目を戻した。記事の内容はまるで頭に入らない。部屋の向こう側にいる女性のことしか考えられなかった。

ジャドに見つめられているとチャーリーはわかっていた。彼のまなざしの熱さを感じさえしたが、顔をあげるのが怖かった。今日、ふたりのあいだには無視できないほどいろいろなことがあったので、こちらから話を持ちかける用意ができているかどうかわからなかった。彼女は心を落ちつかせ、縫い物を膝の上に置いた。せめてジャドの声を聞きたい。

「ジャド?」

彼があまりにすばやく顔をあげたので、新聞をまったく読んでいなかったとわかった。

「なんだい?」

「人はなぜあんなに卑劣になるのかしら?」

その質問に胸を突かれ、ジャドはひるんだ。レイモンド・シュラーのことを言っているのだろう。だがジャドの心は自分の過去へ、父親だった男へ移っていた。ひとこと答えるのが精いっぱいだった。

「わからない」

「そんなふうに生まれつくのだと思う? それともあとから身につくのかしら?」

ジャドはため息をついた。チャーリーは満足する答えを得るまであきらめるつもりはないようだ。

「たぶん、どちらも少しずつだな」ジャドは言った。「きみはどう思う?」

チャーリーは額にしわを寄せた。床の上のかごに縫い物を投げ入れ、脚を組んだ。

「人生がそうさせるんだと思うわ」

彼は眉をひそめた。「どういう意味だい?」

「わたしは、赤ん坊が怒りや悪意を持って生まれてくるとは思わないの。そうでしょう? 考えてみて。はじめはみんな新しいのよ。神さまが遣わした小さな天使なの。心がゆがんだり翼が焼かれたりするのは、この世に生まれてからの経験のせいだわ」

ふいに涙で目の前のチャーリーの姿がぼやけ、ジャドは泣かないようにほかのものに意識を集中させなければならなかった。彼女の言葉が描きだしたイメージはあまりにリアルで耐えられなかった。自分にもかつて翼があったのなら、それはずっと昔に、父親という地獄の炎のなかで燃えつきてしまったのだ。

「きみの言うとおりだと思うよ」ジャドはがさがさと音をたてて新聞を広げた。

「レイモンドを見てよ。ウィルマによれば、彼はまさに銀のスプーンをくわえて生まれてきたわけだけど、幸せにはなれなかった。その理由を考えてみて。レイモンドは自滅行為しか教わってこなかったんじゃないかしら。そのせいで、絶えず人を支配したがるのかもしれない。でもデイビーに対するようなやり方は……理解できないわ。デイビーのような人たちは他人に危害を加えることなど絶対にないのに」

ジャドは新聞をわきへほうり、鋭い目つきでチャーリーを見つめた。

「チャーリー、きみはきみなりに失望を味わったんだろうが、それでもかなり守られた人生を歩んできたんだよ」

「なんだか非難されているように聞こえるわ」

ジャドは急に立ちあがった。「そのとおりだな。言いすぎたよ。悪かった」

自分に腹を立て、その場を立ち去ろうとしたとき、チャーリーに名前を呼ばれた。

「ジャド、お願い……行かないで」

彼はため息をついた。両手をポケットに突っこんで振りかえり、チャーリーと顔を合わせた。

「なぜだい？　ぼくの気分が沈んでいるからって、きみまでいやな思いをすることはないよ」

チャーリーも立ちあがり、ジャドの手をとって引っぱると椅子に座らせた。

「わかった」ジャドは顔をゆがめて言った。「ここにいるよ。それでどうしようっていうんだ？」

「話して……あなたのことを話して」

ジャドは歯を食いしばった。たとえ気分のいい日でも、自分の話をするのは容易ではない。まして今夜はそんな気になれそうにない。だがチャーリーの表情と訴えるような声が彼をその場にとどまらせた。彼女の頼みを拒む力は持ちあわせていなかった。

「なにが知りたいんだい？」

「まずはじめに、あなたはいくつ？　どこで育ったの？　どうして結婚していないの？」

「三十三歳。ケンタッキー州ボーイントン。適当な女性が見つからなかったから」

チャーリーは優等生のように膝の上で手を組んだ。

「ほら。つらいことなんてないじゃないの」

ジャドは笑った。けれどなにかが、チャーリーの質問はまだ始まったばかりだと告げていた。

12

「婚約したことはある？」チャーリーは尋ねた。

「いいや」

チャーリーは上体をそらし、筋肉質で均整のとれたジャドの体の線を眺めた。次に視線を顔へ移した。不機嫌な表情、青い瞳、たくましい顎。なんて魅力的なのかしら。「タルサの女性はみんな目が見えないか、ただのばかなんじゃないの？」

「そんな口をきくとトラブルの元だぞ」ジャドは笑いを押し隠して穏やかに言った。

チャーリーは危険な火遊びをしていると自覚していた。けれど、彼女は心の底まで冷えきっていたし、ずいぶん長いことあたたまっていなかったのだ。

「楽しむためにすることはなに？」彼女は尋ねた。

ジャドは顔をしかめた。正直に答えれば自分をさらけだしてしまう。しかしうそをつく器用さは持ちあわせていない。彼はため息をついた。このままいってあとでふたりが傷つけあうくらいなら、ここで事実を告げてチャーリーの興味をそいだほうがいい。

「とくにないよ」ジャドは言った。

チャーリーはとまどった。「どういう意味？　趣味に費やせる時間がないということ？　それとも、あなたは趣味にふけったりしないってわけ？」

「なぜそんなことが問題なんだ？」彼はうなった。

「わたしはよく知らない男性とベッドをともにした経験はないし、今後もするつもりはないからよ」

ジャドは凍りついた。ああ、どうしたらこんなすばらしい女性から逃れられるんだ？

チャーリーは彼の沈黙に動じていないふりをした。でも本当は今にもとり乱してしまいそうだった。ああ、神さま。勇気をなくしませんように。

「つまり、楽しむことを自分に許さないのね？」

ジャドはチャーリーを見つめつづけた。彼女はぼくを完全に打ち負かそうとしている。

「ぼくが答える必要はなさそうだね。きみはぼくの精神分析を立派にやってくれているんだから」

チャーリーは落ちつきを失った。ジャドを怒らせてしまった。それでも、彼女は引きさがらなかった。突然立ちあがり、ついてくるよう彼に合図した。

ジャドは不安そうな目を向けた。「なんだい？」

「一緒に来て」

主導権を彼女に握らせた浅はかさに舌打ちしながら、ジャドは立ちあがった。

「どこへ行くんだ？」

「外へ遊びに」彼女は言った。「気が晴れるわよ」

汗がチャーリーの髪の生え際からうなじに流れ落ちた。パジャマの上着は肌に張りつき、肩にはゴールへ向かうジャドが彼女を押しのけようとしてつけた大きな汚れた手の跡があった。

「降参？」足もとでバスケットボールをバウンドさせながら、チャーリーが尋ねた。

ジャドは腰を曲げ、両手で膝をつかんであえぎながら息をついた。脚はがくがくしているし、汗が目にしみて視界がかすむ。一方チャーリーは息さえ乱しておらず、彼が音をあげるまで終わりにしないと言わんばかりに瞳をきらめかせていた。ジャドはついにうなり声をあげ、座りこんだ。

「きみはこれを遊びと呼ぶのか？」彼はつぶやいた。

チャーリーはにっこりした。少なくとも今は、ジャドの注意を引きつけられたようだ。彼女は裏口近くの茂みにボールを投げ、彼が座っている場所へのんびり歩いていって隣に腰をおろした。

ふたりがゲームをしていたコートの照明に虫が雲のように群がっている。ときどき誤って熱源に飛びこむ虫がいた。今のジャドにはそれがどんな気持かわかった。生まれてはじめて自分の手に余ることに挑戦した。見ているのと実際やってみるのとではこんなに違うなんて、誰が想像できただろう？

「大丈夫？」チャーリーがきいた。

ジャドはうなった。「明日になればわかるさ」

「疲れすぎて、今夜はこれ以上楽しめない？」

彼は顔をあげ、チャーリーの目のきらめきを見ると笑いだした。脳にはほとんど酸素が残っていなかったけれど、笑い声を聞いた瞬間、とても心地よいと感じた。体ではなく、心が。

衝動的に彼女の肩をつかんで地面に組み伏せた。「そんなことを白状する男はこの世にいないよ」

「あなた」チャーリーが言った。「汗くさいわ」

ジャドはにやりとした。「きみだっていいにおいはしないぞ。それにこのパジャマはもうだめだな」

彼女は顔をしかめた。「またシャワーを浴びないと。わたしが勝ったんだから先に入るわよ」

ジャドはにこにこしながら転がってチャーリーから離れ、ゆっくり立ちあがった。

「本当に先にシャワーを浴びたいのかい？」

チャーリーは眉をひそめた。ジャドの目がきらめいているのが気に入らなかった。

「ええ」

彼は向きを変えて家の側面へ歩いていった。

「本当だな？」ジャドはくりかえした。

「ええ、絶対に先に入るわよ」チャーリーが叫んだ。

彼女が起きあがろうと寝がえりを打ち、両手両膝を突いたところで最初の水しぶきに襲われた。

「ジャド、やめて！　冷たい！　冷たいったら！」

チャーリーは物陰へと走った。ジャドは庭用のホースで彼女の背中をねらいながらあとを追った。

「きみのせいで、ぼくはこの家に来た最初の夜から水のシャワーばかり浴びているんだ。死にはしないよ。安心しろ」ジャドは大声で言った。

彼女に逃げ場はなかった。車から木陰へ走り、家のほうへ逃げようとしたとき、水が顔を直撃した。水の冷たさはもはやどうでもよかった。ジャドへの罰が必要だ。どうすればいいかはすぐにわかった。

チャーリーは水しぶきのなかで立ちどまった。背中に受ける強烈な冷たさを我慢してゆっくり振り向き、ひるむことなくジャドと顔を合わせた。パジャマのシャツから腕を一本ずつ引き抜き、彼の笑顔が凍りつくのを眺めながらゴールの下でストリップショーを演じた。ぬれた服を頭から脱いで近くの茂みにほうり投げた。ジャドの顔から笑みが消えた。

冷たい夜気のせいでとがった彼女の胸の頂が遠くからジャドを挑発した。彼はうめき声をあげてホースを落とした。足もとに水がたまり、私道へ流れた。

チャーリーはパジャマのズボンのウエストに親指を引っかけてジャドのほうへ歩きだし、ヒップを自然に揺らしてさらに彼を誘惑した。

ジャドの息が頬にかかるくらい近づいたところでチャーリーは顔をあげ、彼の欲しいものすべてを見せつけた。ジャドが身震いし、目をしばたたかせた。その瞬間、彼女はホースを奪った。そして、彼に動く暇すら与えず、一巻の終わりにしてやったのだ。

水はジャドの鼻や目に入り、腹の中心を流れ落ちた。彼は咳《せ》きこんでから笑い、水を飲みこんでまたむせた。

「覚えてろ」しわがれ声で言い、家の側面へ逃げた。

だが彼女のねらいはジャドと同じくらい正確だった。彼はすぐずぶぬれになり、降参して手をあげた。

「きみの勝ちだ。ありとあらゆる言葉で負けを認めるよ。一抜けた。降参だ。どうかお慈悲を……お騒がせしました」

チャーリーはにっこりした。「最後の言葉はちょっと違うわ」

「で、ゲームに負けた罰はなんだい？」彼はきいた。

彼女は水をとめて振り向いた。「あなたのことを話して」穏やかに言う。「どうして遊ばないの？」

ジャドは黙りこんだ。まだあきらめていなかったのか？　チャーリーの表情からして、ぼくが答えるまでひと晩じゅうでもここに立っているだろう。

「うるさくするとジョー・ハンナが怒り狂ったからさ。怒ると、すべてをぼくにぶつけてきた」

ジョー・ハンナが誰かはきくまでもなかった。今のジャドの表情は、子供のころ毎日のように父親から殴られたと告白したときとまったく同じだ。

「ああ、ジャド。ごめんなさい」

「きみのせいじゃない」

「たしかにそうね。それなら、次にわたしがあなたと親しくなりたいと申しでたら、恐れずに受け入れてちょうだい。わたしはあなたを殴りはしないし、ののしりもしない。それどころか、この数日、あなたを愛そうとしてきたわ。なのにあなたがそれを難しくしているのよ。正直なところ、また傷つくかもしれないと思うとても怖い。だけど、わたしが知っていてあなたが知らないことがあるのよ」

「それはなんだい？」

「人は人を傷つける。それが人生の醜い面よ。でも、なかには愛してくれる人もいるわ。どれほど幸せか想像もつかないくらい深くね。二度と他人を信じられなくなったり、自暴自棄になったりしたら、あなたを傷つけた人の勝ちなのよ。たとえその人がもうあなたの前にいなくても」

ジャドは呆然《ぼうぜん》として立ちつくした。恐ろしく重かったものがとり除かれたような気がした。

「なぜきみはそんなに賢くなれたんだい？」

「わたしは賢くなんかないわ。愛し方を知っているだけの、ただの女よ」

ジャドの心臓がどきんと打った。口にしたことのない言葉が喉までこみあげた。それを言ってしまえば、決して元のままではいられない。

「チャーリー」

彼女はジャドに一歩近づいた。「なに？」

「ぼくの質問に正直に答えてくれるかい？」

チャーリーは形勢が逆転したのに少し驚き、目をしばたたいた。そしてうなずいた。

「ええ、いいわ」

「ぼくが頼んだら、愛を交わしてくれるかい？」

チャーリーは深々と息を吸い、顎をあげた。「もし頼まれたら、するかもしれないわね」

ジャドは笑顔になった。

「チャーリー？」

「なに？」

「ぼくと愛を交わしてくれるかい？」

チャーリーは手を差しだした。

裏口からジャドの部屋まで行くあいだに、ふたりは残りの服を脱ぎ捨てた。穏やかで規則正しい子供の寝息がはっきり聞こえるなか、彼はチャーリーを抱きあげて部屋に運んだ。彼女をベッドの上に横たえてから、鍵《かぎ》をかけた。その意味は明らかだった。

「これで、きみとぼくだけだ」ジャドはささやいた。

チャーリーは手をのばしてジャドを引き寄せた。ふたりは並んで横たわりながら互いの顔をじっと見つめた。ぬれた髪がひと筋彼女の頬に張りついていたので、彼はそれを払い、頬のまるみへ、長い首筋へ、そして胸のふくらみへと手をすべらせた。

チャーリーは体を弓なりにそらし、自らを捧《ささ》げた。

ジャドは腹に不意の一撃を食らったように低くうめき、このダンスに夢中になった。彼が最初のキスを奪い、チャーリーが二度めを与えた。あとはもう数えていられなかった。彼時はとまり、次の愛撫《あいぶ》への架け橋でしかなくなった。闇《やみ》のなかでふたりのささやきが行き交い、かつてない危険なレベルにまで快感をつのらせた。ジャドの思考はとまった。耳の奥で脈打つ血液の流れ以外なにも気にならない。彼女の手が彼を撫《な》で、せきたて、甘美な痛みの壁へ引き寄せた。しかしジャドにはどうしてもしなければならないことがあった。避妊だ――チャーリーのために。彼は理性の最後のかけらをもってコンドームをつけ、彼女の脚を割って自分の身を沈めた。

あとは、行きつく先までひた走るだけだった。

ジャドは夜明け前に目覚め、自分がひとりなのに気づいた。互いを分かちあったあとでは、離れているつらさが体の痛みとして感じられた。彼はベッドから出て、廊下を歩いた。ゆうべふたりが脱ぎ捨てたぬれた衣類はどこにも見あたらない。かすかに響く絶えまないうなりで、チャーリーが洗濯機をまわしているのがわかった。ジャドには、彼女がふたりのあいだの出来事を隠そうとするのが腹立たしいのか、気まずい思いでウェイドと顔を合わせずにすむのがありがたいのか、自分でもよくわからなかった。

チャーリーの部屋をのぞいてみたが、彼女はいなかった。廊下の先のかすかな光に導かれてリビングルームに入った。窓辺のランプがともっている。まだ帰らないウェイドのためにつけてあるのだろう。ジャドはいらだたしげに髪をかきあげた。いったいチャーリーはどこにいるんだ？

そのときふとひらめいた。レイチェルだ。チャーリーはあの子の部屋にいるに違いない。

ジャドは廊下を戻り、わずかに開いたドアの隙間《すきま》からのぞきこんだ。やはりチャーリーはそこにいた。窓から差しこむ月明かりのもと、長い脚があらわになったTシャツ一枚の姿で、眠る少女を揺すっている。ジャドが入っていくと、チャーリーは目をあげた。

「レイチェルは大丈夫かい？」彼は小声で尋ねた。

チャーリーはうなずき、声を出さずに口を動かして〝怖い夢〟と伝えた。

ジャドはほほえんだ。自分が幼かったころにもそんなことがときどきあった。時計を指さし、口の形だけで〝コーヒー〟と言いかえした。

ジャドが出ていくと、チャーリーはひとりで笑った。彼は全裸だったのだ。気づいているのかしら。

しばらくしてからレイチェルを元どおりベビーベッドに寝かせ、お気に入りの毛布をかけて顎の下で折りかえしてやった。レイチェルはまるで赤ちゃん豚のように毛布に鼻をこすりつけた。その感触に満足したのか、すぐに眠りに落ちていった。

チャーリーは安堵《あんど》の息をつき、忍び足で部屋を出た。よくあるわけではないけれど、あいうときには抱きしめてやるしかない。キッチンからジャドがたてる物音が聞こえた。彼は典型的な男性らしく、静かにしようとして、かえって普段より大きな音をたてている。彼女はなじみ深いその音を心に抱きしめ、ジャドが行ってしまうときのために記憶の奥にしまいこんだ。廊下を歩きだしたところで、彼のためにドラッグストアで買った贈り物をまだ渡していないと思いだし、自分の部屋へ向かった。

ジャドがカップに一杯めのコーヒーをついでいるとき、チャーリーが入ってきた。彼はポットを置き、腕を広げた。彼女は手に小さな箱を隠したまま、喜んで飛びこんできた。「きみがベッドを抜けだしたのに気づかなかったよ」ジャドはさらにつけ加えた。「寂しかった」

彼女は目を閉じ、ジャドのやさしい声を味わった。「わたしだって抜けだしたくなかったわ。こんなにあたたかい体の隣で眠る喜びは知らなかったから」

ジャドが眉をひそめた。「でもきみは――」

チャーリーは終わりまで言わせなかった。「いいえ。ピートは女性と一緒に朝まで眠ることに興味はなかったの。ただ、することだけ」

彼は顔をしかめた。チャーリーがときおり見せる辛辣《しんらつ》さにはいつも驚かされる。彼女はこうして胸の痛みをうまく隠してきたのだろう。

「すまない」ジャドは穏やかに言った。「いやなことを思いださせるつもりはなかったんだ」

チャーリーはかぶりを振ってほほえんだ。「ゆうべのあとでは、いやな思い出の入る余地はないわ。女性から見れば、あなたはあらゆる点で完璧《かんぺき》よ」

ジャドは深い息をついた。「ありがとう」

「とんでもない。本当よ。こちらこそだわ」

ジャドはにっこりした。

チャーリーは彼の裸の腹部をからかうようにつつき、ジーンズのウエストに指をかけて引っぱった。

「あなたにあげたいものがあるの」彼女は言った。

ジャドのほほえみが広がった。「また?」

「違うわ」チャーリーはささやいた。「手を出して」

「なんだい?」

「手を出してくれればいいのよ」彼女はジャドの手首をつかんだ。てのひらの上に小さな箱が置かれると、ジャドはわずかに眉をひそめた。「これは?」

「開けてみればわかるわ」

ジャドは思いがけない贈り物に興奮しながら、包装紙を破りとってわきへ押しやり、箱を開けた。たちまち目が見開かれ、笑みがすっと消えた。

「気に入った?」チャーリーは返事を待たずに箱から腕時計をとりだし、彼の手首にするりとはめた。「ベルトが合わなかったら、ドラッグストアへ持っていってジュディスに直してもらえばいいわ」

「ミッキーマウスだ……」ジャドは喉につかえた塊をのみくだした。秒針の動きを指でたどりながら、表面をぐるりと撫でた。

そのあとジャドが黙りこんでしまったので、チャーリーは不安になった。突然の贈り物に当惑して、くだらないと言えずにいるのだろうか。

「つまらないものなのはわかってるわ。でも、あなたの生活が少しは楽しくなればいいなと思ったの」

「子供のころ、学校で募金集めのコンテストがあったんだ。いちばん多くキャンディバーを売った子はミッキーマウスの腕時計がもらえるのさ。ぼくはそれが欲しかった。それまで欲しいと思ったなによりも。だからぼくは放課後も週末もキャンディバーを通りから通りへ売り歩き、結局二十七箱売った」

彼は光があたるように時計を傾け、鮮やかな赤いパンツをはいた小さな黒ねずみをうっとり見つめた。

「ぼくが勝ったのはわかっていた。いちばんの競争相手でも十二箱しか売っていなかったから。コンテストの最終日にお金を先生に渡すことになっていた。前の晩は興奮してほとんど眠れなかったよ。クラスのみんなの前で表彰される場面がちらついて」

いよいよこの話の本題が明らかになると察し、チャーリーは緊張した。ジャドの苦悩の表情に、胸は張り裂けんばかりだった。

「翌朝、着替えてからドレッサーを開けてみたら、そこにあるはずの金がなかった。ぼくはとても用心して毎日同じ場所に金をしまっていた。だから、きっとうっかりほかの場所に置いただけだと自分に言い聞かせて部屋のなかを引っかきまわしながらも、なくなったのだと確信していた……誰が盗んだのかもわかっていた」深いため息をつく。「ぼくが父に向かって声を荒らげた経験はほんの数回しかないんだが、さすがにそのときは怒鳴ったよ。頭ががんがんするまで、ののしったり泣きわめいたりした。でも無駄だった。父は金を返そうにも返せなかったんだ。とっくに使いはたしていたから……酒にね」

「ああ、ジャド。それでどうなったの？」

「学校で問題になった。みんなは、ぼくがキャンディを全部食べてしまったか売った金を使いこんだかのどちらかだと決めてかかった。九歳だったぼくは父が盗んだ金を弁償するために、その学期の残りの放課後は毎日トイレ掃除に費やしたよ」

ジャドはチャーリーを見つめた。彼女は着古したTシャツを身につけ、素顔でキッチンに立ちつくしていた。普通なら、百年の恋も冷めるところだろう。しかし、ジャドにとっては不幸にも、チャーリーがこれほど美しく見えたことはなかった。彼は自分が完全に恋におちたのを悟った。

「今、この時計をもらってどんな気分か、とても言葉では表せない。ただ、この先二十年はきみがどれだけぼくに文句を言おうと許せるし、それでもまだこの喜びは消えないだろうとだけ言っておくよ」

彼女がほほえんだ。「ほらね。無欲な者が結局は多くを得るのよ」

「ああ」ジャドは言った。「本当に最高のコンビだな……きみとミッキーマウスは」チャーリーを腕のなかに引き寄せ、しっかりと抱きすくめた。「まったくきみって人は。だんだん怖くなるよ」

チャーリーはため息をついた。「そうね、ジャド」


それから二日ほどたって、UFO騒ぎはようやく静まった。そのころには、ジャドとチャーリーはふたりの関係が抜き差しならない状態になっていることを感じていた。彼女は毎朝目覚めるたびに今日こそジャドが別れを告げるのではないかとひどくおびえ、彼のほうはますます深く恋におちていった。そんななか、真実が明らかになろうとしていた。それが起きたのは十二時五分、メインストリートの真ん中でだった。

ジャドは警察署をふらりと出てカフェへ向かった。たった今電話を切り、タルサのロジャー・ショー警部との話を終えたところだ。警部にさんざんののしられたあと、落ちついてまずまずまともな会話をした。最終的にジャドは辞意を述べ、追って書面を送ると約束して職務から解放された。あとは、ウェイドが本気で仕事を勧めてくれたのかどうか確かめるだけだ。この町で暮らす決意をチャーリーにはまだ打ち明けていないが、おそらく彼女に異存はないだろう。コールシティを離れるという考えは、ジャドのなかでは過去のものになっていた。

通りをゆっくり渡るジャドの足どりは軽かった。渡りおえたとき、誰かに名前を呼ばれた。彼は声のしたほうを振り向き、笑顔になった。声をかけてきたのはドラッグストアへ行く途中のデイビーだった。そこでジュディスが昼食を用意して待っているのだ。

「やあ。調子はどうだい？」ジャドは尋ねた。

「缶を拾ったよ。ほら、いっぱい」デイビーは誇らしげにワゴンのなかを指さした。

「よくやったね」ジャドは言った。「こんなにたくさんの缶を売ったお金でなにを買うんだい？」

デイビーは眉をひそめた。「なにか」

その言葉には、デイビーの大好きな廃品置き場の車と同じような秘密が隠されているような気がした。

「ぼくはとっても口がかたいんだよ」ジャドは言った。「ぼくに話してみないか？」

デイビーは首を振った。「だめ。できない」

「そうか。きみはだんだん大人になってるんだね」

デイビーの顔がぱっと輝いた。「うん。ぼく、すごく大人なんだ。ジュディおばさんだって、裸の男の服を燃やすのにライターを使わせてくれたもの」

ジャドはつかのま返事ができなかった。まず深く息をついた。それからその場にしゃがみこみ、つぶれた缶の山をより分けるふりをしながら考える時間をつくった。考えれば考えるほど、レイモンド誘拐の謎《なぞ》はたった今解けたのだという確信が深まった。

「じゃあ、きみが服を燃やしたんだね？」

デイビーはうなずいた。だが、徐々に表情を曇らせた。誰にもこのことを教えてはいけないと言われていたのを思いだしたからだ。

「もう行かなきゃ」デイビーが言った。

「レイモンドの時計はそのときに見つけたのかい？　ほら、きみが返さなきゃならなかったあの時計のことさ。あれは、ジュディおばさんが燃やせと言った服と一緒にあったのかい？」

「ぼく、なにもしゃべっちゃいけないことになってるんだ」デイビーは泣きだした。

ジャドは最悪の気分になった。ついに事件の真相が見え、敬愛の念を抱きはじめていたふたりの人物が深刻な犯罪にかかわっていた事実を知ったからだ。

「わかってるよ。わかってる」

ジャドはためらった。通りの真ん中で騒ぎ立てたところでなんの役にも立ちはしない。

「もう行っていいよ。きみのおばさんが昼食の用意をして待っているだろうからね」

デイビーはほっとしたようだった。「うん。すぐ食べる」わき目も振らずに通りの反対側へ駆けだす。

「おい！」ジャドは叫んだ。

デイビーは立ちどまった。振り向いた顔に浮かんだ無邪気な表情を見て、ジャドの心は乱れた。

「なあに？」デイビーが大声で尋ねた。

「道を渡る前に左右をよく見るのを忘れてるぞ」

「そうだ！　忘れてた。今度は気をつけるよ」

「ようし。じゃあ、昼食を食べに行っておいで」

デイビーが無事に通りの向こう側へ渡るやいなや、ジャドはすばやく向きを変え、ウェイドをつかまえにカフェへ向かった。自分ひとりだけが昼食を台なしにされる必要はない。

ウェイドはBLTサンドイッチから顔をあげ、口をもごもごさせながら笑った。「待ってたぞ」

「もう食べてるじゃないか」ジャドはウェイドの向かいの席にすべりこんだ。身を乗りだし、盗み聞きされないよう声をひそめて言った。「トラブル発生だ」

ウェイドは天井を仰いだ。口のなかのものをのみこみ、アイスティーで流しこんだ。

「なにが起きたか尋ねるのが怖いよ」ぼやくように言う。

「レイモンドを誘拐した人間を逮捕したければ、向かいのドラッグストアにいるぞ」

驚きに目を見開き、ウェイドは立ちあがった。

「なんだと！」大声を出してしまってから、自分のしたことに気がついた。「失礼」帽子に手をやり、隣のボックス席にいるふたりの女性に向かって謝った。「なんだと？」今度は声を落として言った。

ジャドは近づいてくるウェイトレスを手で追い払った。「注文はいい。それより彼の勘定を頼む」

ウェイドの頭はめまぐるしく回転した。「まさか、誰かが人質にとられているわけじゃないだろうな？　州警察に通報したほうがいいのか？　ジャド、なにが起こってるのか教えてくれ！」

「とにかく出よう」ジャドは言った。「じきにみんなに知れ渡るだろうが、今じゃないほうがいい」

「なんてこった」ウェイドはテーブルに金を投げだし、ジャドを追って外へ出た。

ふたりだけになるやいなや、ウェイドはジャドを自分のほうに引き寄せた。

「話せよ」

ジャドはため息をついた。「ほんの数分前、デイビーと話したんだ。そしたらデイビーは、缶を売った金でなにを買うかは内緒だという話の途中で、ジュディおばさんが彼に裸の男の服を燃やさせたと口をすべらせた」

ウェイドは絶句した。言葉は耳に入ったものの、心がそれを受け入れなかった。

ジャドは続けた。「ぼくはデイビーに、レイモンドの時計はそのとき見つけたのかときいてみた。そう……彼が服を焼こうとしたときにね」

「デイビーはなんと？」ウェイドがつぶやいた。

「おびえだしたよ。余計な口をきいたと気がついたんだろう。そしてドラッグストアへ駆けこんでいった。ぼくはあえてとめなかった。ぼくにできるのはせいぜい、大騒動になる前にあのふたりに最後の平和な食事をとらせてやることだけだと思ったから」

ウェイドは両手で顔をこすった。帽子を脱ぎ、信じられないというように髪をかきむしった。

「率直に言うよ、ジャド。ぼくにはこの件をどう処理するべきかまったくわからない。デイビーを任意同行させてさらに質問することはできるが、彼は法的には無能力者だ。デイビーの証言なんて、ほとんどなんの役にも立たない」

「だが、ジュディスはおそらくそれを知らない」ジャドは言った。「もしきみがデイビーを連行すれば、彼女は間違いなく彼を助けようとするだろう。もしデイビーが口をすべらせた事実のほかにまだなにか隠していることがあるなら、彼が傷つく前にジュディスは自分から真実を語ってくれるさ」

ウェイドはうなずいた。「きみの言うとおりだ」

「それじゃ、早いところ終わらせようじゃないか」ジャドが言った。

通りを渡りはじめたふたりの心は重かった。

13

ふたりの男たちが口を開く前に、ジュディス・ダンドリッジはなにかおかしいと気づいた。ウェイドがこんなに青ざめているのははじめて見るし、ジャド・ハンナはまるでデイビーが最後の食事をとっているかのようにじっと彼を見つめている。

ジュディスの胸はどきりとした。どのようにしてかはわからないけれど、なんらかの手段で彼らは知ってしまったのだ。不思議なことに、彼女は落ちついていた。狼狽《ろうばい》の代わりに安堵《あんど》を覚えた。

「おふたりとも、なにかご用がおありなの?」

先に口を開いたのはウェイドだった。「ジュディス、デイビーを連れてご同行願えますか?」

デイビーの名前が出たのは衝撃的だった。ジュディスの声は震えだした。

「なぜ? この子がなにをしたんです?」

「彼はレイモンド・シュラーの誘拐に関与している可能性があります」

「まさか」彼女はうめいた。「そんなわけないわ」

デイビーはジュディスの声色が変わったのに気づき、サンドイッチから目をあげた。

「ジュディおばさん……具合が悪いの？」

彼女は青白くこわばった顔をそむけた。

「大丈夫よ。昼食を食べてしまいなさい」

「はい、おばさん」デイビーはもうひと口かじった。

「あの、なにかの間違いだわ」ジュディスは言った。

ジャドは首を振った。「いいえ、違います。ついさっきデイビーはぼくに、あなたが彼にライターを使わせてくれて裸の男の服を焼いたと話しました。ですから、ここ数日間でこの町に別の〝裸の〟男がいたという証拠を提示できない限り、残念ながらあなた方ふたりに一緒に来てもらうほかありません」

ジュディスが答えるより先に、隣の通路でなにかが落ちる音がした。彼らがいっせいに振り向くと、ひとりの客があわててドアへ走っていくのが見えた。

ジュディスはうめき声をのみこんだ。町いちばんのうわさ好き、ソフィ・ブルーナーだ。このことは一時間もしないうちにみんなに知れ渡るだろう。ジュディスはデイビーに目をやった。わたしが連れていかれたらこの子はどうなるの？　そんな不安はみじんも見せず、彼女は向きなおった。

「デイビーの昼食を包む時間をいただけるなら、喜んでご一緒しますわ」

ジャドは驚きを隠せなかった。ジュディスは後悔の念もおびえた気配も感じさせない。そのとき、彼女とレイモンドの口論を思いだした。ジュディスの犯罪を認めることはできないものの、理解はできる気がした。いまだに謎《なぞ》なのは焼き印だけだ。いったいあのRにはなんの意味が……復讐《リベンジ》のRか？　あれは彼女が残した復讐《ふくしゅう》のシンボルなのか？

デイビーを怖がらせないよう、まるでピクニックにでも出かけるそぶりで食べかけのサンドイッチを包むやさしいジュディスを、ジャドは眺めた。気の毒なデイビー。彼の知っていた世界は恐ろしい変化を遂げようとしている。

「用意できました」ジュディスが言った。

ウェイドがドアを開け、一行は外に出た。ジャドは最後尾についた。ジュディスはデイビーの手を握って歩いた。彼女の顔にはなんの感情も表れていない。この二十年間ずっとそうだったように。

数分後、ジュディスはウェイドのデスクの前に座っていた。ジャドは戸口から見守り、彼女が少しでも悔恨の情を見せるのを待った。しかし、ジュディスはデイビーが床にジュースをこぼさずにいられるかどうかにもっぱら関心を引かれていた。

「ジュディス、この会話は録音させてもらいます」ウェイドはデスクにテープレコーダーを載せた。

彼女は肩をすくめた。「ご自由に」デイビーの手から落ちたフライドポテトをさっと拾う。「気をつけなさい、デイビー」やんわりとたしなめた。「ウェイドのお部屋の床を汚したくはないでしょう?」

「わかったよ、ジュディおばさん。気をつける」

「いい子ね」ジュディスはやさしく言い、ウェイドに視線を戻して、彼が話しはじめるのを待った。

ジャドがちらりと見ると、ウェイドの目には彼の正直な気持が表れていた。昔からの知りあいで尊敬してきた人物を逮捕するのがどれほどつらいか、ジャドは想像できた。やがてウェイドは目を細め、テープレコーダーのスイッチを入れた。

「ウェイド・フランクリン署長です。これからジュディス・ダンドリッジと、その義理の弟デイビー・ダンドリッジの尋問を録音します」

ジャドは彼女の顔に奇妙な表情がよぎるのを見た。だがそれはすぐに消えたので、気のせいだろうと思った。ジャドは肩越しに部屋の外に目をやって邪魔は入らないと確認し、ウェイドにうなずいた。

ウェイドは深々と息をついてから始めた。

「ジュディス・ダンドリッジ、あなたには黙秘権があります。もし――」

彼女は片手でさえぎった。「自分の権利はわかってますわ。弁護士を同席させる権利は放棄します」

ウェイドは眉をひそめてかぶりを振った。「警官として、それに友人として言わせてもらいますが、今の言葉は撤回したほうがいい」

「弁護士はいりません。彼らがやるのはほかの弁護士との駆け引きだけだもの。今じゃ誰ひとり、法になんと書かれているかなんて気にしない。もしそうでなかったら、そもそも事件は起きなかったのよ」

ジャドは胃がむかついた。心のどこかでは彼女の意見に大賛成だった。彼とパートナーが逮捕した犯人をその日のうちに釈放するはめになった経験が、いったい何度あったことか。ジャドはそんな思いをわきへ押しやり、尋問の進行に注意を戻した。

「ジュディス、今年の八月五日の夜、あなたはどこにいましたか?」ウェイドが尋ねた。

「そういうまわりくどい質問はやめてください。レイモンド・シュラーにお仕置きをしたのはわたしです」彼女は手をのばし、デイビーの口の端についたマスタードをふきとってやった。

ウェイドは目をしばたたいた。こうも簡単に自白が得られるとは思ってもみなかったからだ。

「あなたはお仕置き以上のことをしたんですよ、ジュディス。レイモンドを拉致《らち》して拘束し、危害を加えたんだ。これは立派な誘拐事件であり、連邦法違反になるんです。あなたの自白をテープにおさめたら、ぼくはＦＢＩに通報しなければならない。事件は連邦裁判所で審理されるでしょう」

「わたしの考えはあなたとは違うようね。わたしはレイモンドを誘拐したわけじゃないわ。解放を条件に、なんの要求も取り引きもしていないもの。ただ、充分にお仕置きを与えたと思ったから自由にしただけ。とにかく、裁判は必要ないわ。わたしがやったんです。判事の裁定どおりに罰を受けますから」

　ウェイドは悪態をついて椅子から立ちあがり、腹立たしげにテープレコーダーのスイッチを切った。

「ジュディス、正気を失ってしまったのかい？」

　彼女は挑戦的に顎をあげた。「昔、もう何年も前にね。でも立ちなおったわ」

　デイビーがジュディスの注意を引こうと腕を引っぱった。怒鳴り声や緊張感で不安になったのだ。

「ジュディおばさん……トイレに行きたいよ」

「ぼくが連れていこう」ジャドが言った。「おいで。場所を教えてあげるよ」

「ありがとう」ジュディスはそう言い、デイビーに彼女のほうを向かせた。「終わったら手を洗うのを忘れないでね。すぐここへ戻ってくるのよ」

「はい」デイビーはジャドに導かれて歩み去った。

ジャドはトイレの外の廊下に立ち、デイビーを待った。ここからでも、ウェイドの怒鳴り声やジュディスの淡々とした声が聞こえる。やがてデイビーが出てきて、ジャドの手をとった。

「ジュディおばさんはぼくのこと怒ってる?」

ジャドはかぶりを振った。「違うよ、デイビー。たぶん、おばさんは自分に腹を立ててるのさ」

「わかった」デイビーが言った。「もう行こうよ」

ウェイドのオフィスまでなかば戻りかけたとき、正面玄関からレイモンド・シュラーが飛びこんできた。顔を怒りで紅潮させ、妻のベティが後ろ手にドアを閉めるのも待たずにわめき散らした。

「本当なのか?」彼は叫んだ。「ジュディス・ダンドリッジがわたしを誘拐した犯人だというのは?」

ジャドはレイモンドがオフィスに入る前につかまえようと駆けだした。しかし、間に合わなかった。

「出ていってください、レイモンド!」ウェイドが言った。「あなたの出る幕じゃない」

「いいえ」ジュディスが言った。「彼にもいてもらってちょうだい。わたしはかまわないわ」

レイモンドは目を見開いた。「おまえはどうかしているんだ！　絶対に！」そう叫び、ジュディスの腕のなかにあわてて逃げこんだデイビーに向かって杖《つえ》を振った。「こいつがこうなったのも当然だ」

ジュディスはひるんだが一歩も動かなかった。

ベティ・シュラーが泣きだした。「ジュディス、本当にわからないわ。友達だと思っていたのに。なぜレイモンドにあんな恐ろしい仕打ちをしたの？」

ジュディスは答えようとしなかった。彼女の注意はすすり泣きはじめたデイビーにのみ向いていた。

「いいですか、レイモンド」ジャドが言った。「どちらかひとつを選んでください。おとなしく座るか、それとも、治安を乱したかどで逮捕されるか」

ベティはレイモンドを連れて近くの椅子に腰をおろした。レイモンドはしぶしぶ従った。

ウェイドがぐるりと目をまわした。「こんな異例の取り調べははじめてだ」

「普通の事件じゃないからな」ジャドが言った。「ここまでは自然と真相が明らかになってきたわけだ。このままなりゆきを見守ろうじゃないか」

ウェイドはテープレコーダーを持ちあげ、全員の面前で振った。「これから録音します。言動を慎んでください」スイッチを入れて、デスクの端に座る。「では、ジュディス、もう一度ききますから正直に答えてください。レイモンド・シュラーをさらった動機はなんですか？」

ジュディスはレイモンドのほうを振り向いた。彼女の表情を見て、ジャドはどきりとした。

「この人が自分の息子を罵倒《ばとう》したからよ」

レイモンドはうんざりしたように手をあげた。「だから言ったんだ。この女はどうかしてるって。わたしとベティに子供がないのは誰もが知ってる」

「あなたとベティのことを言ってるんじゃないわ」ジュディスが言った。「あなたにレイプされたあと、わたしが身ごもった子供のことよ」

レイモンドはうめいた。ベティが息をのんだ。ウェイドとジャドは顔を見あわせてから、デイビーを見やった。ジャドがなにより気になったのは、レイモンドがレイプの件を否定しなかったという事実だ。レイモンドの顔には罪悪感がありありと浮かんでいる。しかも、ジュディスの隣に座っている青年を見られずにいる。これで話のつじつまがあった。レイモンドの尻のRは〝強姦者《レイピスト》〟を意味していたのだ。

ウェイドはジュディスの肩に手をふれ、彼女が彼のほうに向きなおるのを待った。

「はじめから話してください……どうぞ」

ジュディスは息をついた。「ずいぶん昔の話よ」

ジャドはジュディスの目の焦点が合わなくなっているのを見て、彼女の心はここになく、まだ笑顔を知っていた時代に戻っているのだろうと察した。

「ビリー・シュラーはなんでも自分の思いどおりにしたがるって、学校では有名だったわ」ジュディスは顔をあげた。「そのころ彼はそう呼ばれていたの……ビリー・レイって。レイモンドになったのは銀行で働きだしてからよ。とにかく、わたしは彼から何度か誘われたけれど、興味がなかった」

レイモンドはやっと口がきけるだけの落ちつきをとり戻した。「わたしにはレイプの記憶などない」

「でしょうね」ジュディスが言った。「わたしも同じことが言えたらどんなにいいか。あれはわたしたちが卒業する二カ月前、祝賀会の夜だった。わたしがテッド・マイルズと出かけたから、あなたは怒り狂って泥酔していたわ」そこで言葉を切り、顔をあげてウェイドに説明した。「テッドはシャイアンの人だったの。彼がときどきこの町へ来てデートしたわ。わたしたち、同じ大学に進むはずだった」

ジュディスの目は再び自分の内側に向いた。その手が震えだすのを、ジャドはじっと見ていた。

「あの日、テッドは歯医者に行ったあとだった。それで気分が悪くなって、観戦していた試合を抜けだして先に帰ったわ。わたしは父の古いトラックを運転して町まで来ていたので、試合を最後まで見てから家へ向かった」ため息をつき、記憶がもたらすパニックと必死で闘う。「その途中で、タイヤがパンクしたの。ときどき、もしあのパンクがなかったらわたしの人生はどうなっていただろうと思うわ」

ジュディスは肩をすくめた。

「ともかく……予備のタイヤは積んでいなかった。家まではあと一キロちょっとだったから、そこから歩きだしたの。いい夜だったわ。半月が出ていて気持いいそよ風が吹いていた。本当に楽しく歩いていたわ。そこへ、車が近づいてきたの」

彼女は膝の上のこぶしをぐっと握った。

「それがビリー・レイだった。分別を失うほど酔って道の真ん中を走ってきたわ。わたしは轢《ひ》かれるんじゃないかと思って側溝に飛びこんだの」唇が苦しげにゆがむ。「今思えば、轢かれたほうがましだったけど」深々と息をついてから続けた。「彼は車をとめて、わたしに乗れと言った。わたしはいやだと答えた。酔ってる人の車には乗りたくないと。ビリー・レイはひどく怒った。そして車からおり、おまえは自分がコールシティの男には上等すぎると思っているんだと叫びながら向かってきた。酔いつぶれてくれればいいと願ったけど、そうはならなかった。わたしは走って逃げたわ。でも、つかまった」

彼女は顔をあげた。感情が抜け落ちたようなその声はどんなヒステリックな声より恐ろしかった。

「顎の骨と肋骨《ろっこつ》を二本折られたわ。彼は深さ三十センチほどの水のなかでわたしを犯し、あとは死ぬだけの状態で置き去りにした。午前三時ごろ、父が捜しに来たわ。まず車が見つかった。わたしは血まみれの放心状態で森のなかからよろめきでてきたそうよ。なにも覚えてないけど」ジュディスはすさまじい目でレイモンドをにらんだ。「覚えていたのは、ビリー・レイの顔と、彼がわたしのなかに押し入ってきたときに感じた両脚のあいだの痛みだけ」

ベティが気を失って床にくずおれた。レイモンドはジュディスの告白に激しいショックを受けて身動きできず、倒れる妻を呆然《ぼうぜん》と見守ることしかできなかった。助けを申しでたのはジュディスだった。

「うちの店から気つけ薬をとってきましょうか？」

ウェイドがため息をついた。「いえ。救急箱のなかにあると思いますから」ジャドのほうを見て言う。「しばらくこの場を頼む。すぐ戻るから」

ジャドはうなずいた。

レイモンドは、今聞いた話はどうしても受け入れがたいというように首を振りつづけた。

「なぜなにも言わなかったんだ？」ジュディスに向かって問いかける。「なぜ人に言わなかった？」

「言ったわ」ジュディスが答えた。「父にね。わたしは裁きがくだされるのを期待していた」

レイモンドはジュディスを見あげた。「きみの言う意味がわからない」

「父は警察へ行く代わりにあなたのお父さんのところへ行ったのよ。二週間後、わが家のローンと父の仕事の借金は完済され、新しい車がやってきたわ」

レイモンドの首筋が真っ赤に染まった。「父が口封じのためにきみの父親を買収したというのか？」

ジュディスはせせら笑った。「あなたは銀行家でしょ、レイモンド。計算なさいよ」

ジャドは吐き気がした。ジュディスの受けたあらゆる不当行為が自分の身に起きたことのように感じられた。彼も子供のころ、父親に守られ正当に扱われたいと望みつづけた。だが、つらい目に遭っただけだった。そして信じられる人間などいないと悟ったのだ。ジャドはデイビーの肩に手を置いた。

「ジュディス、だからあなたは卒業までのあいだ自宅学習をしていたんですね？」

彼女はうなずいた。「卒業式に出るのが精いっぱいだった。人に囲まれると気分が悪くなったから」

「ご両親はあなたにカウンセリングを受けさせなかったんですか？」

ジュディスは苦々しげに笑った。「当時のカウンセリングは精神病患者のためのものだった。そういう意味では、わたしにおかしいところはなかったのよ。ただ、レイプされただけだもの」

「ジャド、ただのレイプなんてものは存在しない」ウェイドが部屋に戻ってきて言った。「ジャド、ベティをソファに寝かせるのを手伝ってくれ」

ふたりは一緒にベティを床から抱きあげ、ウェイドが気つけ薬の容器を彼女の鼻の下で開けた。ベティはすぐに目を覚まし、意識が戻ると泣きだした。

「ベティ、すまない」レイモンドが言った。「わかってくれ、わたしはほんの子供だった――」

「お黙りなさい、レイモンド」ベティはすすり泣きながら言った。「あなたはいつだって自分の問題を人のせいにしてきたわ。でも今度ばかりは、あなた以外に責められるべき人はいないのよ」彼女は立ちあがった。「ウェイド……ミスター・ハンナ。よろしければ、わたしはもう失礼したいんですが」

「家まで車で送りましょうか?」ウェイドが尋ねた。

ベティはバッグを胸に抱えた。夫の顔をまともに見られない様子だった。

「いいえ。夫には歩いて帰ってもらいますから」

レイモンドはぎょっとした表情を浮かべた。彼は、ここで暴露された事実だけでなく、離婚の危機にも直面しているのかもしれないと気づいた。

「ベティ、もう一度だけチャンスを――」

「指図されるいわれはないわ」ベティはジュディスのほうを向いた。「こんな言葉は慰めにもならないけれど……ごめんなさい」そして部屋を出ていった。

レイモンドは足をもぞもぞさせた。妻を追いかけなければという気持と、自分が出ていったらほかになにを言われるかという恐怖の板挟みになった。彼はウェイドをちらりと見た。

「告訴する気はない」レイモンドは唐突に言った。

ウェイドはため息をついた。なぜか驚かなかった。彼はジュディスを見た。彼女の落ちつきぶりは恐ろしいくらいだった。

「それでも、ジュディスが罪を犯した事実が消えるわけではありません」ウェイドは言った。

「彼女に不利な証言はしない」レイモンドが言った。

ジュディスは黙って座ったまま、男性たちが彼女の人生を左右する決断をくだすのに耳を傾けた。そのときはじめてレイモンドの視線はジュディスを通り越し、デイビーの顔でとまった。

レイモンドはそこに、かすかながら自分の面影を見てとった。黒い髪。顔の大きさの割に短い鼻。顎のかすかなくぼみ。彼は目をしばたたき、涙を流していたことに気づいて驚愕《きょうがく》した。

「きみ」

デイビーはレイモンドを見ようとしなかった。無理もない。レイモンドは自分がこの青年にしてきた数々の仕打ちを振りかえった。

「きみ、こっちを向いてくれ……お願いだ」

ようやくデイビーはレイモンドを見た。

「二度ときみに意地悪はしないと約束するよ」

デイビーの顔にゆっくり笑みが浮かぶのを見て、レイモンドは言葉にできないほどの恥ずかしさを覚えた。それからジュディスを見つめて言った。

「どんなに謝っても足りない。もしなにかきみのためにできることがあれば……彼のためにでも……」

「デイビー。この子の名はデイビーよ」

はじめて息子の名を声に出して呼ぶのだと思い、レイモンドはひるみながらその名を口にした。

「デイビーか。もしデイビーのためになにかできることがあれば、言ってほしい」

「わたしたちにかまわないで」ジュディスは言った。

レイモンドはがっくり肩を落とした。そして、来たときよりはるかに影を小さくして去っていった。

ジャドはウェイドを見やり、次の展開を待った。

ウェイドが切りだした。「ジュディス、あなたには医者の助けが必要だとわかっているでしょう？」

彼女は肩をすくめた。「かつてわたしが助けを必要としたときには、誰も来てくれなかったわ」

そのひとことで、ジャドは来るはずのない助けを神に祈ったあの階段の下へ引き戻された。彼は深く息を吸い、喉にこみあげる吐き気をこらえた。

「そのときはそうだったかもしれない」ウェイドが言った。「でも、ぼくは今の話をしてるんです。このままだとあなたは自制心を失ってやけになり、次にはもっと悪いことをするかもしれない」

「次はないわ」ジュディスは言った。「わたしは目的を達成したんですもの」

ジャドの呼吸は速くなった。ウェイドがジュディスに言ったことは、ジャドが警部に言われたこととほぼ同じだ。そのときはそれを無視し、信じまいとした。しかし今、抑圧された怒りがどうなるかをまのあたりにして、自分の問題はまだ終わっていないとわかった。ジュディス・ダンドリッジがしたように、内なる悪魔と直面するまでは終わらないのだ。

「この件で議論する気はありません」ウェイドが言った。「すぐにカウンセリングを受けはじめるように。あなたの復讐心がもっと建設的な方向に向いたと確認できた時点で、この事件が終わったとみなしたいと思います。それでいいですね？」

ジュディスは立ちあがった。「わたしにはノーと言う権利などないのだから、仰せのとおりにしますわ」そしてデイビーの昼食の残りを片づけはじめた。

「ジュディおばさん、ピクニックは終わり？」

彼女は手をとめ、黙ってデイビーを見つめた。やがて彼の髪をくしゃくしゃとかきまわした。

「そうよ、ようやくピクニックが終わったの」

ジャドはこれ以上その場にいられなかった。自分がだめになる前に立ち去りたかった。

「家に戻るよ」ジャドは短く言い、ウェイドに反対する暇を与えず、そっとオフィスから出た。

ジャドは帰る途中ずっと、父親から暴力を受けたせいで憎しみをためこんでいた子供時代について考えた。そしてチャーリーに思いをはせ、レイチェルの愛らしい顔を思い浮かべた。いつもにこにこしていて、しょっちゅういたずらをするあの子の顔を。あのふたりは、いつ爆発するかわからない時限爆弾を抱えて暮らすべき人々ではない。ジャドには自分がその爆弾だとわかっていた。

ジャドが家の前に車をとめたとき、チャーリーは動揺していた。兄からの電話は珍しくなかったけれど、その内容には驚いた。ウェイドは、先ほどの騒ぎが町に広まって暴動が起きる懸念があるので当分家には帰らないと告げ、さらにジャドがなんの説明もなく警察署を出て家に向かったと教えてくれた。

ジャドが車をおり、ドアがばたんと閉まる音が聞こえた。チャーリーは時計を見た。一時を過ぎたばかりだ。レイチェルは少なくともあと一時間かそこらは昼寝から起きないだろう。好都合だ。ジャドとふたりで話ができる。彼はきっととり乱しているのだろう。そうでなければ、突然仕事から帰ってくるはずがない。彼女はあえて、もっとも高い可能性については考えなかった。すなわち、事件が解決したからジャドはここから出ていくということだ。

キッチンのドアが開く音がした。チャーリーは振り向いた。ジャドが戸口に立っている。その表情から、彼がさよならを言いに来たのがわかった。

「こんなのフェアじゃないわ」彼女はつぶやいた。

「人生はたいていフェアじゃない」ジャドは言いかえし、チャーリーを腕に抱きしめた。

チャーリーはジャドにしがみつきながら、彼の足にすがりついて引きとめたいという気持を必死で抑えた。プライドを失ってはいけない。ジャドが去ったら、それだけがわたしのよりどころだ。

「なにがあったか、ウェイドが教えてくれたわ」

彼はかぶりを振った。「信じられなかった」

チャーリーは彼を押しのけて顔をそむけ、つかまるものを求めてタオルに手をのばした。「荷物をまとめに来たんでしょう？」顎が震える。「予測はしてたわ。でも、こんなに急だなんて」

ジャドはため息をついた。きっと誤解されるとわかってはいた。理解してもらえればいいのだが。

「きみの考えているようなことじゃないんだ」

彼女はおなかの前でタオルを握りしめて振り向いた。涙でほとんどなにも見えない。「じゃあ、わかるように説明して」彼女は言った。「胸の痛みで今にも死んでしまいそうだから」

ジャドはうめいた。「ぼくにはやらなければならないことがある。でないと、彼女のようになってしまうから」

チャーリーが顔をしかめた。「誰のように？」

「ジュディスだよ。ジュディス・ダンドリッジ。心のなかの憎しみをとり除いておかないと、ぼくもいつか彼女のように爆発するんじゃないかと不安なんだ。そのとき苦しむのはきみとレイチェルだ」

チャーリーは蒼白《そうはく》になった。ふいにすべての意味がわかった。ジャドは彼女を捨てていこうとしているのではない。ふたりが出会うより前から彼が始めていた旅を終わらせようとしているのだ。

　チャーリーは両手の甲で涙をぬぐった。

「ひとつお願いがあるの」

「なんだい？」ジャドが言った。

「あなたの内なる悪魔を葬り、亡霊を残らず倒したら、わたしのもとへ帰ってきてくれる？」

「すぐにでもね」ジャドは彼女を腕のなかに引き戻した。「さて、ぼくもひとつ頼みがあるんだが」

「なあに？」

「ベッドでぼくと愛を交わしてくれないか？」

「いつだって」彼女は答え、彼に腕を巻きつけた。


　二時間後、ジャドは去っていった。レイチェルが昼寝から起きたとき、チャーリーはまだ泣いていた。娘は毛布を引きずりながらよちよち部屋に入ってきて、母親の膝にのぼった。

「マロ？」レイチェルは母親の涙を気にしながら、その胸に顔をすり寄せた。

　チャーリーは娘をきつく抱きしめ、自分の大事なものがここにあるのを思いだそうとした。

「わかったわ、スイートハート」チャーリーは言った。「一緒にマシュマロをとりに行きましょう」

娘はうれしそうに笑った。「ジャドも食べる？」

チャーリーは泣くのをこらえた。「今日はだめよ。ジャドは出ていったの。彼は、どこかほかのところでマシュマロを食べなきゃならないんですって」

14

ジャドがコールシティを出てから一週間以上たった。彼は途中でタルサに立ち寄り、やり残した仕事を片づけた。ダン・マイヤーズを殺した犯人がつかまったという知らせは、ジャドの胸に大きな安堵《あんど》を与えた。警察署の誰もが再会を喜んでくれた。だが、彼は同僚たちとのあいだに精神的な距離を感じた。ジャドが彼らを見捨てて去っていくかたわら、彼らは今までどおりの生活を続ける。そんな感じだ。

そのあとさらに数日かけ、アパートメントを整理してさまざまなものを倉庫にしまった。今やジャドとチャーリーのあいだに立ちはだかるのは、積み重なった過去の亡霊だけだ。

翌日、ジャドは車に荷物を積みこんで東へ向かいながら、今感じている不安はただの思いこみにすぎないと自分に言い聞かせた。それでも州境を越えてケンタッキー州へ入った瞬間、胃が締めつけられるような気がしはじめた。過去の記憶が再び押し寄せるせいで、山々の豊かな緑や果てしない渓谷は目に入らなかった。父親のような人生は送らないと決意してパデューカからバスに乗りこんで以来、十五年が過ぎた。たしかに父親のような人生は送っていない。しかし、予想もしなかったことがジャドの身に起きていた。父親はジャドを見捨てたのに、息子のほうはふたりを結びつけていた憎しみを捨てきれなかったのだ。普通なら、何年もたてば子供時代の思い出は色あせてしまう。だが、ジャドの場合はそうではなかった。引きとられた養家のなかにはよい家もそうでない家もあった。それでも、父親と暮らした十年間ほど地獄に近い場所はほかになかった。

ジャドは給油のために幹線道路沿いのガソリンスタンドに寄った。満タンになるのを待っているとき、店のわきにある公衆電話に目がとまった。たちまち思いはチャーリーのもとへ飛んだ。彼女は元気だろうか？　レイチェルはそのうちにぼくの顔を忘れてしまうのではないだろうか？　彼はため息をついた。今ごろはウェイドの部下もハネムーンから帰っているはずだ。ああ、神よ。ぼくが離れているあいだに、どうかチャーリーが心変わりしませんように。

給油を終えてノズルを戻し、ジャドは料金を払いに行った。あたたかい日で、ときおり風が通り抜けた。建物のなかに入ってクーラーボックスから飲み物をとりだし、通路をぶらぶらしてポテトチップスの袋を手にとった。陳列されたマシュマロに目がとまり、すぐレイチェルのことが頭に浮かんだ。本当に愛らしい子だった。あんな子供で家をいっぱいにできたら、さぞすばらしいだろう。

そのときジャドは家族からつねに愛されていると実感できる状況を想像し、感きわまった。ずっと孤独だった男にとって、家族の概念は驚異的だった。

「お客さん、それで全部ですか?」

ジャドは顔をあげた。レジ係の女性が待っていた。彼は品物をカウンターに置き、財布を引っぱりだした。しばらくして、ジャドは再び車に乗った。計算が正しければ、正午までにはボーイントンに着くだろう。そうしたらモーテルを探し、チャーリーに電話をかけるのだ。無性に彼女の声が聞きたい。これからは、日に一度はかけることにしよう。

ウェイドはキッチンテーブルに着いてレイチェルにスパゲティを食べさせながら、チャーリーの一挙一動を見守った。妹の不安が手にとるようにわかる。ジャドが出発して一週間以上になるのに一度も連絡がないからだ。それでも彼女はウェイドがその話題を持ちだすたび、ジャドは帰ってくる、と主張した。

「なぜそんなことがわかるんだ?」ウェイドが尋ねると、いつも同じ答えを返された。

「彼がそう言ったからよ」

チャーリーの神経は張りつめている。ウェイドにはそれを指摘することはできても、慰めになる言葉はかけてやれなかった。

しばらくしてふたりが夕食の席に着いたとき、電話が鳴った。チャーリーはびくっとして、サラダをとろうとしていたフォークをとり落とした。振りかえり、念力を送ればジャドからの電話になると信じこんででもいるように、電話機をじっと見つめた。

「ぼくが出るよ」ウェイドが受話器をとった。「はい、ウェイドです」

「チャーリーはいるかい？」

ウェイドはほっとして息をもらした。「後ろにいるよ。きみはぼくより妹と話したいわけか」

「悪いな」ジャドが言った。「でも、きみじゃとうてい、おしゃべりの相手は務まらないよ」

「コールシティのカフェの新しいウェイトレスはそうは思わないみたいだがな」ウェイドは言った。

耳もとでジャドの笑い声が響いた。ウェイドはにやりとしながら受話器をチャーリーに渡した。

「おまえにだよ」

「もしもし？」

「チャーリー、ウェイドはまだそばにいて聞き耳を立てているのかい？」ジャドが言った。

安堵感に包まれて力が抜け、チャーリーは壁にもたれかかって受話器を耳に押しつけた。

「いいえ」

「よかった」ジャドは言った。「これからきみに言うことはほかの人に聞かれちゃまずいから」

　彼女はほほえんだ。「話してみて」

　数分後、チャーリーは目を大きく見開き、胸を高鳴らせた。

「そんなことができるの？」彼女はささやいた。

「ああ。そしてそれがすんだら、ぼくはすぐ……」

　それを聞いて、チャーリーは喉の奥からしぼりだすような声をもらした。

「大丈夫か？」ウェイドが横から尋ねた。

　彼女はうなずき、大声で笑った。「すっかり元気になったわ」

　ジャドはチャーリーの喜びに満ちた声を聞き、電話をしたのは正解だったとわかって笑みを浮かべた。

「チャーリー、きみに会えなくて寂しいよ。きみにふれたくてたまらない。きみの笑顔や困ったときに唇をかむしぐさが恋しいんだ」

「わたしだって寂しいわ」彼の思いに応《こた》えてチャーリーも言った。そしてつけ加えた。

「大丈夫？　その……捜し物は見つかったの？」

　ジャドは電話帳に赤く丸をつけてある名前にちらっと目をやった。「まだだ。でも、もうすぐだよ」

　チャーリーはため息をついた。「気をつけて、早く家に帰ってきてね」

その言葉がジャドを包みこんだ。家……。早く家に帰る……。

「ぼくのためにベッドをあたためておいてくれ」彼はやさしく言った。

「いつだって」チャーリーは答えた。

やがてジャドが電話を切った。

ウェイドがにやにやしていた。「電話してきたな。ぼくが間違っていたよ。どうぞ許えてくれ」

チャーリーはテーブルに着き、ため息をついた。ジャドがこの腕のなかに戻るまでは、気が休まりそうになかった。


朝はなかなかやってこなかった。ジャドは午前一時を過ぎるまでモーテルのなかを歩きまわり、勇気を奮い立たせようとした。何度も鏡の前に立ち、自分の姿を凝視した。大きな男だ。身長は百八十センチをはるかに超える。肩幅が広く、しばしば市販の服が合わない。撃たれたのは一度、脚を折ったことは二度ある。一度は犯人の追走中に、もう一度はテンキラー湖へクラッピーを釣りに行って桟橋から落ちたときに。刑事としてのキャリアのなかでふたりのパートナーを得たがどちらも死んだ。ひとりは自然死、もうひとりは殉職だ。どちらのときも涙は流さず、冷静に墓前に立った。無情な男。妥協を知らない男だ。

自分を見つめることに耐えられなくなり、ついに鏡から目をそらした。これほどタフな男がなぜ、悪鬼に立ち向かおうとして死ぬほどおびえているんだ？　ぼくはもう子供ではない。ジョー・ハンナ以上の悪人を毎日のように逮捕しながら、一度もひるまなかった。だが、ジャドは重大な事実をひとつ見逃していた。記憶のなかのジョーはジャドがまだ非力でやりかえせない子供だったころのジョーだ。現在のジョーはどんな男になっているのだろうと考えはじめると、際限なく想像がふくらんだ。

ジャケットをとって袖《そで》を通しかけた。しかし着るのをやめてベッドの上に投げだした。「とにかく終わらせよう」そうつぶやき、気が変わって逃げだしたくなる前にドアへ向かった。

一時間後、ジャドは住所を確かめながら車で通りを走り、なにか――なんでもいい――なじみのあるものを探した。しかしあれからずいぶん時がたった。町は様変わりし、住人も入れ替わった。家々は建てなおされ、なかには今通り過ぎた家のように焼け落ちているものもある。彼は速度をゆるめ、ハンドルに身を乗りだして視線を走らせ、一二二という番号のついた家を捜した。数分後にそれを見つけると、ブレーキを踏んで路肩に車をとめた。

その家は古びているという点以外、幼いころに住んでいた家とはまるで違った。今いる場所にはまったく見覚えがない。近所の人々にも、風景にも、通り過ぎてきた近くの店にも。同姓同名の別人だったのか。ぼくが住所を控え間違ったのか。あるいは、避けがたい運命を先のばしにしたいあまり、そう感じるだけなのか。ジャドはため息をついた。最後の説がいちばん可能性が高そうだ。

車からおり、後ろ手にドアをばたんと閉めた。腰に手をあて、ステットソン帽を目深にかぶり、しばしその場にたたずんだ。日陰にもかかわらず熱気が感じられる。ジャケットを置いてきてよかった。

メイ・アベニュー一二二番の家はペンキを塗りなおす必要があった。窓のブラインドはさびつき、表面のはがれた灰色の家に黒い目があるような印象を与えている。大きな木々が狭い庭に影を落とし、のび放題の植えこみが古いコンクリートのポーチを縁どっていた。茂みが細く開けたところに階段があり、玄関があった。ジャドはそこに目を据え、決意のこもった足どりで近づいた。

玄関にたどりつくまでに吐き気がした。ジャドはまだ暗闇《くらやみ》のなかでのしかかってくる激怒した大男を思い浮かべていた。こぶしを握りしめてノックしかけたとき、左側から声をかけられてぎょっとした。

「なんの用だ？」

ジャドはびくっとして、反射的に銃をつかもうと腰に手をやった。もちろんそこにはなにもなかった。目をすがめて暗がりをのぞくと、椅子に座った老人のシルエットだけが見てとれた。

「ある男性を捜しているんですが」ジャドは言った。

老人は鼻を鳴らした。「おまえさん、その手の男なのか？」

ホモセクシャルかという意味だろう。ジャドは顔をしかめ、相手の言葉を無視した。

「ジョー・ハンナという名の男です。ご存じありませんか？」

老人はヒステリーの発作を起こしたようになった。膝をたたいて笑い転げ、しまいには咳《せ》きこんだ。老人はさらに一分ほど短い咳《せき》を続けたので、ジャドは救急車を呼ぶべきだろうかと考えた。

「大丈夫ですか？」ジャドは尋ねた。

老人は胸をたたき、ぜいぜいしたりあえいだりしながら首を振った。

「くそっ、大丈夫なもんか。死にそうだ」

「でも、まだユーモアのセンスは残っているんですね」ジャドは言った。

老人はにやっとした。「ああ、まだ死んじゃいないからな」

ジャドはもう一度はじめからくりかえした。「ジョー・ハンナですが、電話帳にはこの住所で載っていました。彼が出ていってどのくらいになるか、ご存じありませんか？」

老人はまた笑いだし、脚をぴしゃりとたたいて椅子の上で体を揺さぶった。

ジャドは目をぐるりとまわして、浮かれ騒ぎがおさまるのを待った。この老人は明らかに、ぼくの知らないなにかを知っている。

老人が静かになったので、ジャドは再び尋ねた。

「ぼくにとっては大事なことなんです。どこへ行けばジョー・ハンナに会えるかご存じですか？」

老人は身を乗りだし、長い骨張った指でジャドを指さした。

「そんなことを知りたがるおまえさんは誰だ？」

ジャドは財布から身分証明書をとりだしながら、警察バッジを持っていればよかったと思った。だがそれはすでにタルサの警部に返却していた。

老人は手を振ってジャドの財布をはねつけた。

「おれにはもうなにも見えんよ。口で説明してくれ、ぼうず。本を読む気分じゃないんだ」

「ぼくは警官です。名前はジャド・ハンナといって、ある男を捜して――」

「ジョーだな」

「そうです」ジャドは言った。「ジョー・ハンナ」

老人の顔つきが急にとげとげしくなった。自分の身に死が迫っていると覚悟し、これが最後かもしれないと思いながら息を吸うのは、いったいどんな気分だろう？　老人はよろよろ立ちあがり、奇妙な横歩きでジャドのほうへ向かってきた。

老人が近づくにつれ、ジャドは緊張した。目あての人物をついに捜しあてたことにいつ気づいたのか、自分でもわからなかった。だがそれを悟ると同時に、思いがけない喜びがこみあげた。長年抱きつづけてきた恐怖はどこにもなかった。これまで歯をむきだしにしてジャドの生活と夢をおびやかしつづけてきた悪魔、ジョーことジョセフ・ハンナには、もはや自分の歯さえ残っていなかった。ジャドは清めの息を深々と吸いこみ、父親の顔を見おろした。

「またおまえに会おうとはな」ジョーが言った。

「ぼくだって、会いに来るつもりはなかったよ」

息子のそっけない返答はジョーにとって予想外だった。自分同様、ジャドには昔の面影がなかった。ここにいるのはジョーにいやというほど厄介をかけた鼻持ちならない少年ではない。かつてのジョーよりずっと背が高く、物腰にはねたましいくらいの鋭さがある男だ。〝ぼくが気に入らないならほうっておいてくれ〟と言わんばかりの自信にあふれた態度は、ジョーが決して身につけられなかったものだ。もう一度しゃんと立てるなら、魂を売り渡してもかまわない。そう考えてから、思いなおした。とっくの昔に失ったものを売ることなどできない。

「ほう……この不意討ちが偶然じゃないんなら、おまえはここへなにしに来たんだ？」ジョーは尋ねた。

ジャドは両手をポケットに突っこんだ。

「亡霊を倒しに来た」

ジョーはしかめっ面をした。「どういうことかわからないな」

ジャドは肩をすくめた。「だとしても驚かないよ、じいさん」

「ふん、今じゃ老いぼれ呼ばわりか。だがな、昔はおれだって大きくて強くて――」

「そして、わけもなくぼくをぶん殴った。毎日毎日、そうできるからというだけの理由で。そうさ、あんたは昔、正真正銘の立派なろくでなしだった」

ジョーは顔をかっと赤らめ、防御にまわった。

「おれはできる限りのことをした」ジョーは言った。「ひとりで子供を育てるのは楽じゃないんだぞ」

「あんたはぼくを育ててなんかいない。ぼくは自分で自分の面倒を見ていたんだ」

「なにも知らないくせに」ジョーはつぶやいた。

ジャドはため息をついた。そのとき、生まれてから一度も眠っていないような疲労がこみあげた。

「たぶんそのとおりさ。だがこれだけはわかってる。ぼくはあんたにおさらばするためにここへ来た」

ジョーは目をしばたたいた。「今、着いたばかりじゃないか」

「違うよ。ぼくはここを離れたことはなかった……少なくとも心のなかではね。だが、すべてに別れを告げるときが来たんだ」

ジャドは帽子を少し深くかぶりなおし、きびすを返した。

「どこへ行くつもりだ？」

ジャドは足をとめ、振りかえった。「家へ帰るんだよ。ぼくの居場所へ」

ジョーは階段の端まで追いかけていき、力強い足どりで歩み去るジャドを見守った。その瞬間、これまで感じたことのないほどの憤りがこみあげた。

「自分はひとかどの人間だとでも思ってるんだろう？」ジョーは叫んだ。「前よりでかくなって悪知恵がついたからって、偉くなったつもりでいるんだ。いいか、教えてやるよ。おまえはおれみたいにはなれっこないんだ、ぼうず！　絶対にな！」

ジャドは歩道を途中まで行ったところで足をとめて振り向いた。その顔に、今まで一度も見せたことのない表情を浮かべて。「ありがとう……父さん。どんなほめ言葉よりもうれしいよ」

ジャドは運転席に乗りこんでジープを発進させた。町を遠ざかるにつれ、次第に心が軽くなった。彼は悪魔を葬った。恐怖を克服したのだ。二十三年もかかったが、ついにベッドの下の怪物を討ちとった。

ジャドは二日間ほとんど休みなしに車を走らせた。チャーリーのもとへ戻りたいという思いは、彼を旅立たせた衝動よりはるかに強烈だった。時計に目をやり、コールシティに着くまでの時間を計算してうめいた。最短ルートで車を飛ばしてもあと三時間はかかる。前方の空を雷が照らした。輝く純粋な怒りのエネルギーが天を引き裂く。このまま行けば嵐《あらし》の真ん中を突っ切るはめになるだろう。たしかこの少し先に小さな町があるはずだ。今夜はそこでモーテルに泊まり、明日の朝早く出発してもいい。だが、あと数時間でチャーリーの腕のなかに飛びこめると思うと、走りつづけずにいられなかった。

さらに一時間たち、予想どおり嵐に突入した。激しい風が吹きつけてきてジープを揺らす。ジャドは車線を守るのが精いっぱいだった。ワイパーが狂ったようにフロントガラスを右へ左へ行き来し、リズムを刻んだ。

チャーー、リー。チャーー、リー。

あらゆるものが彼女の名前をささやいていた。

「どうか家に帰してくれ」ジャドは無心でそうつぶやき、自分の声にぎくりとした。

今の言葉を思いかえし、心臓が一瞬とまるかと思った。神よ。願いを聞いてくれる神の存在はいまだ確信できずにいるものの、ジャドは今、たしかに祈りを口にした。あの夜、地下室の階段の下で祈って以来、一度もなかったことだ。

祈りと呼ぶには短すぎる言葉だったが、神を見限ったも同然の男にとっては正しき道への飛躍的な一歩だった。思いがけない感情の変化に呆然《ぼうぜん》とした。いったいなにがぼくの気持を変えたのだろう？

チャーリーのもとへ帰るという簡単な行為だろうか？　信仰心をとり戻すのに必要だったのはこれだったのか？　あるいは、憎しみから解き放たれて、幻のなかのジョー・ハンナの顔におびえなくてもいいという事実がそうさせたのか？　ジャドは咳払いした。驚いたことに、目から涙があふれていた。

「神よ、そこにおいでですね？　あなたの存在に再び気づくまで、本当に長いことかかりました」

ジャドの心は静かなままだった。答えが返ってきたとしても、彼には聞こえなかった。

突然、ひと筋の閃光《せんこう》がほんの少し先の地面を貫いた。あわててハンドルを切ったせいで道路から飛びだしそうになった。車を路肩から道路へ戻しながら、短く安堵の吐息をついた。彼は今、答えを得たのだ。

「ありがとう」静かに言う。「あなたのおかげです」

ジャドは自分をチャーリーのもとへ導く黄色いラインから決して目を離さずに、走りつづけた。

雷雨はあらゆるものを洗い流して、数時間前に通り過ぎた。フランクリン家の外にはいくつもの水たまりができて、頭上に輝く月を映していた。ときどき響くウェイドのいびきと時計の音以外、家のなかは静まりかえっている。

やがてチャーリーは息をのんで跳ね起き、あたふたと部屋のなかを見まわした。なに？今聞こえたのはなんなの？

カバーをはねのけ、大急ぎで部屋の外へ出た。最初に頭に浮かんだのは、いつもどおりレイチェルだった。だが、娘はかけてやった毛布の下で身動きもせずに眠りこんでいる。しばらく廊下に立って耳を澄ましたけれど、ウェイドの穏やかないびきのほかはなにも聞こえなかった。向きを変え、そわそわと廊下の奥を見た。なにかが起ころうとしている。でも、いったいなんなの？

急いで自分の体を抱きしめ、ベッドに戻ろうとした。しかし廊下に背を向けた瞬間、またもその感覚がわきあがった。

「神さま、そこにいらっしゃるのですね……でも、なにをおっしゃりたいのかわかりません」

もはや眠れないとわかっていたので、忍び足で廊下を歩き、リビングルームのランプの明かりを頼りに、椅子のひとつに体を丸めた。目を見開き、窓の外の暗闇に視線を釘《くぎ》づけにしたまま、答えが明かされるときを待ち受けた。

睡眠が不足しているせいで、ジャドのまぶたは重く体は疲れきっていた。だが、走りつづけたいという欲求はとても強かった。助手席に、違う色の紙にくるまれたふたつの包みが置かれている。リボンやカールでいっぱいのピンクの包みは毛布にくるまった大きなブラウンの目をした赤ちゃん人形で、彼の知っている少女にそっくりだった。人形が枕《まくら》にしているのは小さなマシュマロの袋だ。中身が多少つぶれていても少女はきっと気にしないだろう。

白いほうの包みは小さくて質素だ。それでも、ジャドにとってはなによりすばらしい宝物――チャーリーに贈る指輪だった。これを彼女の指にはめ、その顔に思いがけない喜びが広がる様子を眺める場面を、彼は夢見た。これこそが、ジャドとチャーリーを生涯結びつける絆《きずな》となるのだ。

指輪と、短い誓いの言葉と、牧師。それだけでいい。今、唯一ふたりを隔てているのは、少しずつ縮まってゆく距離だけだ。

ふいにジャドは景色が見覚えのあるものに変わったことに気づき、背筋をしゃんとのばした。闇のなか、タッカー家の家畜小屋の輪郭がくっきり見えた。この道をたどれば三つに枝分かれした木がある。胸が高鳴った。

一キロ、もう一キロと進み、いよいよ例の道にたどりついた。カーブを曲がり、夜を切り裂くヘッドライトの光を追いかける。到着を目前にして彼は、今ごろみんな寝入っているだろうとはたと気づいた。

家を見おろす丘をのぼりきったとき、ジャドは心臓が一気に喉までせりあがってきたような思いがした。古いファームハウスの窓辺に、夜目でもはっきり見えるランプの明かりが赤々とともっていた。涙で視界が曇ったので、ジープをとめた。ウェイドのパトカーとチャーリーの車がかすんで見えた。つまり、みんな家にいるのだ。ぼくを除いては。ジャドは深く息を吸った。そして、ランプの光を道しるべに車を再び走らせはじめた。

チャーリーはぼんやり窓の外を眺めていて、丘の上のヘッドライトに気づいた。それを見た瞬間、立ちあがってドアへ駆けだした。これが答えだったんだわ。真夜中に突然目が覚めたのは、こういうわけだったのだ。

ポーチの階段の上に立って、近づいてきた車が停止するのを見守った。乗っていた男性が姿を現した瞬間、チャーリーははじかれたようにポーチから駆けおりた。彼女はたちまちジャドの腕に包まれ、キスの雨を受けとめながら泣き笑いした。

「おかえりなさい！　おかえりなさい！　よかった、やっと帰ってきてくれたのね！」

ジャドの胸は熱い思いであふれんばかりになった。星の数ほどの愛の言葉が頭のなかを駆けめぐる。だが、チャーリーを抱きしめることしかできなかった。彼女の体のやわらかさや手のやさしさ、自分のためにとっておいてくれた笑い声が、耐えがたいほどの喜びを感じさせる。ジャドはキスの合間に深い息をつき、思いを伝える言葉を練った。ぼくにとってきみこそが真のパートナーであり、背後から援護射撃をするかのようにぼくを救ってくれたのだ、と。それでも、口から出るのはチャーリーの名前だけだった。

チャーリーはふとキスをやめ、両手でジャドの顔を包みこんで笑った。

「そうよ、ジャド・ハンナ。わたしよ。おかえりなさい、あなた。わたしたちの家へ」

●本書は、2001年1月に小社より刊行された作品を文庫化したものです。

笑顔の行方

2018年5月1日発行　第1刷

著　者　シャロン・サラ

訳　者　宇野千里（うの　ちさと）

発行人　フランク・フォーリー

発行所　株式会社ハーパーコリンズ・ジャパン
東京都千代田区外神田3-16-8
03-5295-8091（営業）
0570-008091（読者サービス係）

印刷・製本　株式会社廣済堂

 ISBN978-4-596-93877-0

「遅れてきた恋人」

シャロン・サラ／土屋　恵　訳

父の友人の屋敷で育った孤児のジェシーは義兄キングへの恋心を募らせて家を出た。傷を負い、屋敷に戻ってきた彼女を義兄は今も妹としてしか見てくれず…。

「じゃじゃ馬天使」

ヘレン・ビアンチン／岸上つね子　訳

シャナンの新しい家主となった、ハンサムな大富豪ニックが何かと彼女に近づいてくるように。釈然としないままのシャナンの唇を、ある日、彼は盗んで…。

「やすらぎ」

アン・ハンプソン／三木たか子　訳

事故が原因で深い傷を負い、子供が産めなくなったゲイルは、富豪の男性にプロポーズされる。子供の母親役が必要だと言われて、愛のない結婚を承諾するが…。

「裏切りのゆくえ」

サラ・モーガン／木内重子　訳

ミリーは銀行家の夫レアンドロと姉の浮気を知って家を出た。1年後、ある事情から家に帰るが、再会した夫は離婚を許さず妻として家に留まるよう要求した。

「テキサスの夏」

ダイアナ・パーマー／八雲香子　訳

暴力的な夫との離婚でマギーはひどい男性不信に陥っていた。かつて慕っていた初恋の人ゲイブと再会するも、なぜか彼に冷たくされて、さらに傷ついてしまう。

「捨てられたシンデレラ」

ナタリー・リバース／松尾当子　訳

かつてケリーを紙屑のように捨てた、不動産王テオが現れた。彼の子を密かに生んでいたことを知られたくないケリーは、テオの言うがままになるしかなかった。

ハーレクイン文庫

「誰も知らない結婚」

リン・グレアム／藤村華奈美　訳

かつてヒラリーは大富豪ロエルと便宜結婚をした。4年後、彼が交通事故に遭ったと知り駆けつけると、記憶を失ったロエルは彼女を“本物の妻”だと思い込んだ。

「汚れなき乙女の犠牲」

ジャクリーン・バード／水月　遙　訳

まだ10代だったベスは、悪魔のようなイタリア人弁護士ダンテに人生を破滅させられる。しかも再会した彼に誘惑され、ダンテの子を身ごもってしまって…。

「惑いのバージンロード」

ミシェル・リード／柿原日出子　訳

大企業の社長エンリコの愛人だったフレイアは、不貞を疑われ追い出された。しかし3年後、再会した彼に、小さな男の子を育てているという秘密を知られて…。

「偽りのダイヤモンド」

シャロン・ケンドリック／みずきみずこ　訳

垢抜けない家政婦ナターシャは、主人のイタリア人大富豪ラファエルをひそかに愛している。それなのに、ある事情から彼の偽りの婚約者を演じることになった。

「光と影のはざまで」

シャーロット・ラム／三好陽子　訳

平凡な娘ジョアンヌは美しい母の陰でひっそりと生きてきた。投資家ベンとの出逢いが運命を変えるが、初めて愛されたいと願った彼はジョアンヌを見もしない。

「美しい妹」

パトリシア・レイク／三木たか子　訳

寄宿学校を卒業したレクサは、2年ぶりに家族のもとへ。母亡き今、誰とも血のつながりはないが、ひそかに慕う実業家の長兄ジェースとの再会に胸が高鳴り…。

ハーレクイン文庫

「メモリー」

ゼルマ・オール／国東ジュン　訳

18歳で結婚した天涯孤独のアプリルは、夫ラスに“君の愛は重い”と捨てられてしまう。6年後、記憶喪失に陥った彼女の前にラスが現れるが何も思い出せない。

「暁を追って」

ケイト・ウォーカー／鏑木ゆみ　訳

双子の姉が交通事故で死に、車に同乗していた妹も重体になる。ローレルは途方にくれ、大富豪だという姉の夫に助けを求めるが、彼に姉本人と勘違いされて…。

「天使と悪魔の結婚」

ジャクリーン・バード／東　圭子　訳

実業家アントンと電撃結婚をしたエミリー。南仏で甘い愛の交歓をした翌朝、彼から結婚した真の理由を告げられて、幸せの絶頂から奈落の底に突き落とされる。

「愛の雪解け」

シャーロット・ラム／斉藤雅子　訳

ローラのもとに祖父の会社の次期後継者ダンが現れる。余命わずかな祖父が会社のために、ダンと彼女の結婚を望んでいるという。ローラは激しく拒絶するが…。

「捨てたはずの愛」

ヘレン・ビアンチン／桜井りりか　訳

シャネイは、スペイン人富豪で別居中の夫マルチェロの弟夫婦と思いがけず再会する。そのせいで隠していた娘の存在を夫に知られ、屋敷に連れ戻されてしまう。

「つらい別れ」

アン・メイザー／平江まゆみ　訳

不気味なストーカーにつきまとわれるフランセスカは、別れた夫ウィルに助けを求めた。だが再婚話が持ちあがっていると知り、彼の幸せを祈って身を引くが…。